Für Rica
Ohne dich würde es diese Geschichte nicht geben.
Wirklich nicht!

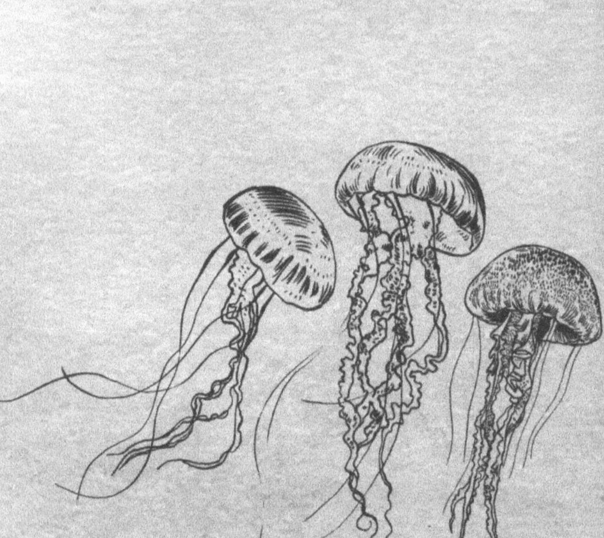

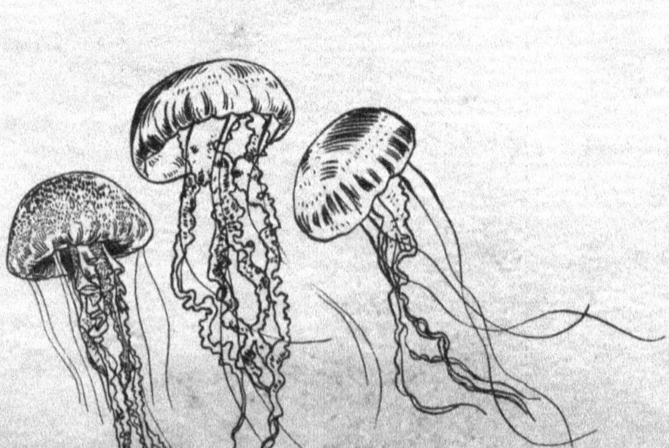

Kapitel 1

»Oh Shit, ich hab die Zeit vergessen«, rief ich erschrocken aus und klappte meine Bücher zu. Dabei hatte ich mir den Stoff meiner letzten Literaturvorlesungen nur ganz kurz ansehen wollen. Hektisch blickte ich mich um und klopfte meine Hosentaschen ab. Im Kopf ging ich alles durch, was ich auf keinen Fall vergessen durfte: Geldbeutel, Schlüssel, Autoschlüssel, Handy und natürlich meine obligatorische Beanie, die auf meinem Schreibtisch lag und die ich mir direkt auf den Kopf zog.

In Eile und immer zwei Stufen gleichzeitig nehmend, polterte ich die Treppe nach unten und schnappte mir meine Lederjacke von der Garderobe. Eigentlich war die für diese Jahreszeit viel zu dünn, aber sie stand mir, glaube ich, ziemlich gut. Ich hatte da andere Prioritäten. Zumindest, bis im Winter die 0 Grad unterschritten wurden. Dann war die Lederjackenzeit leider vorbei.

»Ich bin weg«, brüllte ich in die Richtung, in der ich meine Eltern vermutete. »Ich muss noch Mike und Zoya abholen.«

»Okay, viel Spaß beim Quiz«, riefen Papa und Mama gleichzeitig.

Ich lief zu meinem knallroten Opel Corsa, den ich, aufgrund mangelnder Parkplätze in unserem Viertel, zwei Straßen weiter geparkt hatte, stieg ein und steckte den Schlüssel ins Zündschloss. Auf mein Auto war ich stolz. Es war zwar nur eine gebrauchte Schrottkiste mit extrem vielen leeren Pfandflaschen im Fußraum, aber es war *meine* vermüllte Schrottkiste, und ich liebte sie.

Zuerst fuhr ich zu Mike, meinem besten Freund, der quasi um die Ecke wohnte, und machte mich mit einem Hupen bemerkbar. Mike schien nur darauf gewartet zu haben, da er in der gleichen Sekunde aus der Haustür stürmte, einstieg und sich auf den Beifahrersitz warf.

»Hi, Henry.«

»Hi. Alles fit?«

»Logisch«, entgegnete er. Mike und ich kannten uns schon eine gefühlte Ewigkeit. Im Gegensatz zu mir war er ziemlich laut und stand gern im Mittelpunkt. Aber das war okay. Ich beobachtete ihn dabei, wie er die Sonnenblende runterklappte und sein Aussehen im Spiegel kontrollierte.

»Können wir los? Oder musst du noch Rouge auflegen?«, fragte ich und konnte mir ein Lachen kaum verkneifen.

»Brauch ich nicht, bin schön genug.«

Und eindeutig auch selbstbewusst genug. Wir fuhren weiter. Nach ungefähr fünf Minuten hielten wir vor dem kleinen Häuschen von Zoyas Familie. Auch hier reichte es zu hupen, und schon kam sie mit hüpfenden Locken herausgestürmt und setzte sich hinter Mike.

»Hey, ihr zwei.«

»Hi, Zoya«, begrüßten wir sie unisono.

»Nächste Woche fahre ich, okay? Dann ist mein Auto auch wieder aus der Werkstatt raus«, sagte Mike.

Ich winkte ab. »Wie du magst, mir macht das nichts aus, und ich weiß ja, wie gern du das eine oder andere Bier trinkst. Und solange du die naturwissenschaftlichen Fragen alle beantworten kannst, darfst du so viel bechern, bis du umfällst.«

»Wie gnädig von dir, Mami.« Mike alberte mal wieder herum. Ich schenkte ihm nur ein Augenrollen.

»Und was geht bei dir?«, fragte ich nach hinten. »Gibt's was Neues?«

»Du glaubst es nicht«, brach es da aus Zoya heraus. »Ich hab eine richtig alte CD ergattert. Eine *Bravo Hits 11*. Und jetzt haltet euch fest: Ich hab die für drei Euro dreiundsiebzig auf eBay ersteigert.«

»Schnäppchen«, sagte Mike neben mir.

»Ja! Ich konnte es gar nicht fassen! Die ist aus dem Jahr 1995.«

Zoya war ein riesiger Fan von Neunzigerjahre-Musik. Vor allem, wenn es um Boybands ging, machte ihr niemand etwas vor. Das war einer der Gründe, warum wir beim wöchentlichen Pub-Quiz in unserer Stammkneipe auch ziemlich unschlagbar waren. Jeder aus unserer Truppe hatte Themengebiete, in denen er oder sie sich besonders gut auskannte.

Ich liebte zum Beispiel Fantasygeschichten wie *Game of Thrones* oder *Herr der Ringe* und hegte seit meiner Kindheit eine seltsame Faszination für Aquarien und Meerestiere. Wir alle waren Studierende der hiesigen Universität und nannten uns *Masterminds*. Andere sahen in uns eine Ansammlung von Nerds. Wir waren hingegen einfach nur glücklich, das ganze unnütze Wissen in unseren Köpfen endlich gebrauchen zu können. Das machte uns einen Heidenspaß.

Als wir das Irish Pub *The Green Leaf* betraten, wartete Fatih, ein weiteres Mitglied unserer Quiz-Truppe, schon an unserem Stammtisch. Wir setzten uns dazu, und noch bevor wir uns begrüßen konnten, stand auch schon Jenny, die Bedienung, die fast jeden Dienstag beim Quiz hier arbeitete, an unserem Tisch.

»Hey, was kann ich dir bringen? Bist du wieder der Fahrer heute?« Jenny kannte uns mittlerweile schon sehr gut.

»So sieht's aus. Eine Coke für mich bitte.«

»Könnte aber ein bisschen dauern. Irgendwie kamen gerade alle auf einmal. Fühlt sich an, als wäre ein Reisebus voller Trinkwütiger vorgefahren. Unsere beiden Barkeeper kommen kaum hinterher.« Sie tippte auf ihrem Bedienungsgerät herum, das ein wenig wie ein altes, klobiges Handy aussah.

»Ist das so?« Ich drehte mich um und musterte das Treiben hinter der Bar. Und vor allem beobachtete ich Max, einen der beiden Barkeeper. Den Kerl, für den ich seit einiger Zeit schwärmte und der gerade an der Zapfsäule stand und zig Biere zapfte, die die Bedienungen im Akkord wegbrachten. Die größte Aufmerksamkeit schenkte ich dabei seinen muskulösen Oberarmen. »Der ist echt so heiß«, sagte ich leise, sodass es nur Zoya neben mir hörte. Ich ließ meine Augenbrauen anzüglich hüpfen, woraufhin sie mich mit dem Ellenbogen traktierte.

»Du unanständiger Kerl.«

»Bin ich gern, wenn er auf unanständig stehen sollte.«

Mike neben mir prustete los. Ganz so leise waren wir wohl doch nicht gewesen.

»Junge, ganz ruhig. Du hast dich bisher kaum getraut, mehr als drei Worte mit ihm zu wechseln! Vielleicht solltest du erst mal daran arbeiten.«

»Womöglich hast du recht. Der spielt aber eh in einer ganz anderen Liga und ist garantiert hetero. Oder was meint ihr?«

Mike zuckte mit den Schultern.

»Also, ich habe zumindest den Eindruck, dass er hinter der Bar sehr flirty ist. Jedem gegenüber. Aber vielleicht will er auch einfach nur viel Trinkgeld.« Zoya sah ihn nachdenklich an und versuchte ihn wohl zu analysieren. Das konnte sie aber vergessen, das machte ich schon, seit er hier angefangen hatte zu arbeiten. Und zwar mit mäßigem Erfolg. Der Kerl war nicht so leicht zu durchschauen.

Wie konnte man am besten herausfinden, ob jemand auf Männer oder Frauen stand? Einfach fragen war selten eine Option. Oder? Max flitzte von der einen Seite der Bar zur anderen, nahm eine Bestellung entgegen und zapfte dann wieder ein Bier. »Fuck, der könnte glatt ein Hemsworth-Bruder sein. Nur in jünger und vielleicht ein wenig hübscher.«

»Ist er aber nicht, soweit ich weiß. Außer er hat einen anderen Nachnamen angenommen. Er war vorher Kunde hier und arbeitet jetzt seit einiger Zeit bei uns. Er ist nicht sehr gesprächig, dafür macht er aber einen verdammt guten Job hinter der Bar. Der Chef hat einen Narren an ihm gefressen und ihm sogar schon den Schlüssel anvertraut«, meinte nun Bedienungs-Jenny neben uns, die trotz der vielen Bestellungen, die sie gerade eintippte, wohl schnell verstanden hatte, über wen wir sprachen.

Ein ehemaliger Kunde also. Kam er mir deshalb so bekannt vor? Vielleicht waren wir uns ja mal am Tresen oder auf dem Klo über den Weg gelaufen?

»Dann bleibt er uns ja hoffentlich noch erhalten. An den Anblick könnte ich mich nämlich gewöhnen.«

»Ich auch«, raunte Jenny, zwinkerte mir zu und ging dann, um die Leute einen Tisch hinter uns zu bedienen. Am Quiz-Dienstag war immer viel los, und einige der Teilnehmenden waren jede Woche da.

So wie wir. Unsere größten Konkurrenten hielten sich an einem Tisch im hinteren Bereich auf. Sie nannten sich die *Gummibierbande*. Wahrscheinlich sollte der Name lustig sein. Die meisten Mannschaften hatten solche komischen Namen. Da waren die *Agatha Quizies,* die *Quizzly Beers*, die *Quizzards of OZ* und die *Pubser* … aber die waren alle nicht wirklich gut.

»Ich bestell mir mal ein paar Chips direkt am Tresen«, sagte ich zu Zoya.

»Warte doch, bis Jenny die Getränke bringt. Sie ist eh gleich wieder da.«

»Schon, so kann ich mir aber den Barkeeper etwas genauer ansehen, bevor das Quiz beginnt.«

»Dann bring mir wenigstens ein paar Salt-and-Vinegar-Chips mit«, meinte Zoya lachend. Ich hatte da schon eine Ahnung, warum sie sich so amüsierte. Sie kannte mich zu gut. Ich würde mich eh nicht trauen, irgendeinen Vorstoß zu wagen. Erst recht nicht bei so einem Typen. Ganz abschreiben wollte ich mich allerdings auch nicht. Ich war schüchtern, ja. Aber ich war kein hoffnungsloser Fall. Ich konnte auch anders. Gelegentlich.

Ich setzte mich auf einen freien Barhocker und nahm die Cocktailkarte in die Hand. Die war schön groß, sodass ich mein Gesicht dahinter verstecken konnte. Unauffällig beobachtete ich darüber hinweg das Treiben hinter der Bar. Max war heute nicht allein. Anton, der Barkeeper, der hier schon etwas länger arbeitete, huschte ständig zwischen Kaffeemaschine und Cocktailshaker hin und her. Als er mich erblickte, nickte er mir zu.

»Kann ich dir was bringen?«, fragte er gehetzt.

»Nein danke.« Schnell verkroch ich mich wieder hinter der Karte. Verdammt! Ich wollte doch bei Max bestellen, um wenigstens ein paar Worte mit ihm gewechselt zu haben und vielleicht sogar ein Lächeln von ihm zu erhaschen. Ich schmachtete ihm nun schon seit einigen Wochen aus der Ferne hinterher. Da genoss ich die wenigen Sekunden, in denen ich ihn auch mal von Nahem sah.

»Herzlich willkommen zum heutigen Pup-Quiz«, drang es durch die Lautsprecher. Harry, der grauhaarige Chef des Irish Pubs, saß weiter hinten an einem kleinen Tisch. Vor ihm verstreut lagen die Quizfragen. Das Mikrofon hielt er locker in der Hand. Kurz sah ich mich um, aber meine Freunde saßen alle hoch konzentriert am Tisch und schienen mich gerade noch nicht zu vermissen.

»Die Spielregeln dürften, denke ich, mittlerweile bekannt sein. Zu gewinnen gibt es wie immer einen 25-Euro-Getränkegutschein. Braucht noch jemand einen Stift und einen Zettel für die Antworten?«, schallte es durch das Pub. Niemand meldete sich. »Dann scheinen ja alle versorgt zu sein, und wir starten mit der ersten Frage: Was haben die Entdeckung Amerikas, Viagra, Penizillin und LSD gemeinsam?«

Ich drehte mich um und sah, dass Zoya bereits etwas auf den Zettel schrieb. Also hatte irgendjemand an unserem Tisch wohl die Antwort gewusst. Ich grübelte noch. Was hatten Amerika, Viagra, Penizillin und LSD gemeinsam?

»Zufall«, murmelte der hübsche Barkeeper im Vorbeigehen.

»Was?«, fragte ich, da er gerade vor mir stand und eine Fuhre dampfender Gläser aus der Spülmaschine holte. Er sah mich perplex an, als würde er mich das erste Mal richtig wahrnehmen. Und vielleicht war das tatsächlich so.

»O verdammt, hab ich das laut gesagt?« Er lächelte und fuhr sich mit seiner Hand verlegen durch sein Haar.

»Ja klar. Und das ist genial. Du hast recht. All das wurde nur durch Zufall entdeckt.«

»Verrate mich bloß nicht. Wenn rauskommt, dass ich Gästen Tipps gebe, komme ich in Teufels Küche.«

»Das bleibt unter uns«, sagte ich hinter vorgehaltener Hand, woraufhin er mir zuzwinkerte und wieder zum Zapfhahn lief. Wenn ich es richtig sah, zapfte er ein Guinness. Gott, dieses Zwinkern hatte mein Herz gerade so was von zum Rasen gebracht. Zum Glück war es im Pub immer recht düster. So fiel es hoffentlich niemandem auf, dass meine Wangen glühten.

Schnell ging ich wieder zurück zu unserem Tisch und setzte mich auf meinen Hocker. Ich trank einen Schluck von meiner Coke und bemerkte erst dann, dass Zoya mich missmutig musterte.

»Du hast meine Chips vergessen.« Sie machte einen astreinen Schmollmund.

»Ein Blick von diesem Kerl reicht aus und ich vergesse meinen eigenen Namen.«

»Und meine Chips«, wiederholte sie das Offensichtliche noch einmal. Ich rollte mit den Augen und winkte dann Jenny zu uns, die gerade die Bestellung zum Nebentisch gebracht hatte.

»Kannst du uns bitte zweimal Essigchips bringen?«

»Klaro.«

Wir waren wie immer quasi unschlagbar. Fatih, der Schweigsame in unserer Runde, kam wieder genau im richtigen Moment aus sich heraus. Erst wusste er, dass sich das teuerste Restaurant der Welt in Tokio befand, und dann auch noch, dass Jacques Villeneuve 1997 Formel-1-Weltmeister gewesen war. Er war ein echter Sportfreak und Japan-Fan. Zoya erkannte ein Lied von der Band *Worlds Apart*, das ich in meinem ganzen Leben noch nie gehört hatte, und Mike wusste, dass Laverna in der römischen Mythologie die Göttin der Diebe und Betrüger war.

Bei der finalen Frage ging es um die Verfilmung von *Der Hobbit.* Das war mein Moment! Ich fing an, laut zu jubeln, da das einfach genau mein Themengebiet war. Dabei fiel mir auf, dass beide Barkeeper zu mir sahen und grinsten. Wahrscheinlich, weil sie sich mitfreuten und gute Laune hatten. Vielleicht lachten sie auch weniger mit mir als vielmehr über mich, weil ich gerade das gesamte Pub mit meinem Jubelschrei übertönt hatte. Trotzdem wünschte sich ein kleiner, aber sehr lauter Teil in mir, dass zumindest einer der beiden auch aus anderen Gründen zu mir sah.

Wir gewannen mit knapp zwanzig Punkten Vorsprung und lösten den gewonnenen Gutschein wie fast jede Woche direkt wieder ein. Das Pub hatte sich nach der Verkündung der ersten drei Plätze schnell geleert, und einzig die zahllosen leeren Gläser, die überall auf den Tischen standen, waren Beweis dafür, dass hier vor wenigen Minuten eine Mordsstimmung geherrscht hatte. Ich half Zoya in ihren Mantel und zog mir dann selbst meine Lederjacke an. Mike war noch mal aufs Klo verschwunden, also warteten wir auf ihn, bevor auch wir uns auf den Heimweg machen würden. Mir war es recht. Denn ich nutzte die Zeit und beobachtete den hübschen Barkeeper bei der Arbeit. Natürlich so unauffällig wie es nur ging. Er hatte gerade damit angefangen, die Kaffeemaschine zu reinigen, und Anton, sein Kollege, besprach anscheinend mit ihm, was noch alles zu tun war. Kurz trafen sich wieder unsere Blicke. Zumindest glaubte ich das. Sicher konnte ich mir nicht sein, da ich direkt wegsah und Zoya in irgendeinen unwichtigen Small Talk verwickelte. Verdammt. Mein Herz schlug wild in meiner Brust und meine Ohren fühlten sich heiß an. So wollte ich nicht sein. Wenn ich es nicht mal schaffte, jemandem länger als ein paar Sekunden in die Augen zu sehen, wie sollte ich dann ein ganzes Gespräch führen oder am Ende sogar flirten?

Vielleicht musste ich mir einfach einen Ruck geben. Ins kalte Wasser springen. Ohne etwas zu riskieren, würde ich wahrscheinlich nie jemanden kennenlernen. Es war ja nicht so, als hätte ich Torschlusspanik. Ich war immerhin gerade mal einundzwanzig Jahre alt. Aber in diesen einundzwanzig Jahren war eben auch nicht wirklich viel passiert. Zumindest nicht in Sachen Liebesbeziehung.

Los, Henry, tu es, redete ich mir selbst gut zu und ging dann kurzerhand zu Jenny, die gerade einen Tisch im hinteren Bereich des Pubs abwischte.

»Hauen wir gleich ab?«, fragte Mike und ich winkte ab.

»Einen Moment, muss gerade noch etwas erledigen«, sagte ich an ihn gewandt und sprach dann Jenny an. »Könntest du mir vielleicht einen Kugelschreiber und ein Stück Papier geben?«

»Klar.« Sie fischte einen kleinen Block und einen Stift aus ihrem Bedienungsgürtel und überreichte mir beides.

Schnell schrieb ich meinen Namen und meine Handynummer auf. Mit einem kräftigen Ruck riss ich das Blatt aus dem Block und gab Jenny den Rest zurück. Ich bedankte mich und lief, ohne weiter darüber nachzudenken, an die Theke. Nachdenken wäre jetzt der größte Fehler, denn dann könnte sich mein Hirn in allen Farben, Details und Facetten ausmalen, was schiefgehen konnte. Einfach zur Tat zu schreiten hatte den Vorteil, dass das blöde und unangenehme

Gefühl im Bauch ausblieb. Zumindest für wenige Sekunden. Denn viel länger konnte man seine Gedanken ja nicht kontrollieren.

»Hey, du«, rief ich Max, dem Barkeeper, zu. Er drehte sich um, trocknete sich die Hände an einem Tuch ab und kam zum Tresen gelaufen. Zu mir.

»Ja?«

Und da war das Hirn auch wieder voll da und analysierte alles. Die weißen Zähne, den Dreitagebart, das Lächeln, das ein wenig misstrauisch, aber auch unendlich attraktiv war und …

Henry, reiß dich zusammen!

»D-d-d-das w-w-wollte ich dir geben«, stotterte ich mich um Kopf und Kragen und reichte ihm mit zittriger Hand den Zettel. Als er mir nicht schnell genug entgegenkam, beugte ich mich noch weiter über den Tresen und drückte ihm die Notiz einfach zwischen die Finger.

»Was ist da…?« Er kam nicht dazu, den Satz zu Ende zu sprechen.

»Also, bis dann«, sagte ich schnell, zog den Kopf ein und verschwand fluchtartig aus dem Irish Pub. Mike, Fatih und Zoya rannten mir hinterher.

»Was war das?«, fragten meine Freunde im Chor.

»Ich weiß nicht«, nuschelte ich in mich hinein.

»Hast du ihm deine Nummer gegeben?« Zoya holte auf und erschien rechts von mir. Sie grinste über beide Ohren. »Wenn ja, bist du der mutigste Mensch, den ich kenne. Vielleicht sogar der mutigste Kerl der Welt.«

»Oder einfach komplett übergeschnappt. Du weißt, dass das unser Stammpub ist. Wehe, du meidest es nun, weil du dich schämst oder so«, drohte Mike links von mir.

»Quatsch ich … na ja, also …« Ich atmete tief durch und bereute jetzt schon den kurzen, übermütigen Moment, den ich gerade gehabt hatte.

O Mann, was hatte ich mir nur dabei gedacht?

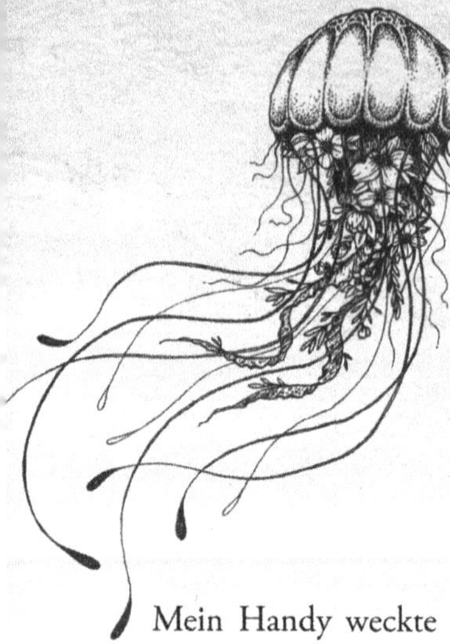

Kapitel 2

Mein Handy weckte mich mit aufdringlich lautem Vibrieren. Ich tastete blind nach dem Gerät, das irgendwo auf meinem Nachttisch liegen musste. Erst nachdem ein paar andere Gegenstände auf den Boden gefallen waren, ertastete ich es und sah, dass mehrere Nachrichten von Zoya eingegangen waren. Außerdem erkannten meine müden Augen, dass es bereits acht Uhr war und ich mich echt beeilen musste, um noch pünktlich zu meiner Vorlesung zu kommen.

Ich klickte auf Zoyas Namen.

Und? Hat er sich bei dir gemeldet?

Sag schon!

Ignorierst du mich?

Henry? AUFSTEHEN! Ich warte auf Antworten, und außerdem verpennst du mal wieder die Uni!

Ich stöhnte und richtete mich ruckartig auf. Sie hatte recht. Ich musste mich dringend fertig machen, sonst würde ich wieder einmal zu spät kommen.

Trotzdem nahm ich mir die drei Sekunden und antwortete Zoya. Ansonsten würde sie einen Suchtrupp vorbeischicken oder am Ende gleich persönlich vor der Tür stehen.

Guten Morgen. Ich bin eben erst aufgewacht.
Und NEIN, er hat sich nicht gemeldet.

Direkt stellte sich wieder das schreckliche Gefühl in meiner Magengegend ein. Was hatte mich nur dazu getrieben, ihm meine Nummer zu geben? Der nächste Gang ins *Green Leaf Pub* würde so was von peinlich werden. Wenn ich allerdings genauer darüber nachdachte, würde es wahrscheinlich nur dann peinlich werden, wenn ich es zuließ. Wenn ich hingegen selbstsicher genug war und darüberstehen würde, wäre es vielleicht okay. Ein lässiges *Schwamm drüber,* und wir würden über diese Sache hinwegsehen und lachen können. *Fake it, till you make it.* Tue so, als wärst du der selbstbewussteste Kerl aller Zeiten, bis du es in einigen Jahrzehnten eventuell wirklich bist.

Mit Schwung stand ich auf, schnappte mir ein paar der Klamotten, die auf meinem Schreibtischstuhl lagen, und machte mich im Badezimmer schnell fertig. Als ich frisch geduscht, mit geputzten Zähnen und angezogen in die Küche trat, fiel mir auf, dass das ganze Haus ruhig war. Lissy war schon im Kindergarten und meine Eltern beide arbeiten. Und ich sollte eigentlich auch längst unterwegs sein. In Eile goss ich mir etwas Kaffee in meinen *Game-of-Thrones*-to-go-Becher und stopfte mir einen Apfel und zwei Müsliriegel in meine Uni-Tasche. Mit Jacke und der obligatorischen Beanie auf dem Kopf lief ich auch schon los zur Straßenbahnhaltestelle. Ich hatte das Glück, dass ich einen Studienplatz an der Uni ergattert hatte, die nur wenige Minuten von meinem Zuhause entfernt war. Damit hatte ich im Gegensatz zu anderen den Vorteil, dass ich nicht ellenlange Wege einplanen musste und sogar noch bei meinen Eltern wohnen bleiben konnte. Zwar entgingen mir so die Wohnheim- und WG-Erfahrungen, die würde ich dann aber einfach später nachholen. Oder eben nicht. Momentan genoss ich es, hier zu sein. Bei meinen Eltern und meiner kleinen Schwester.

An der Uni angekommen, war mein Kaffee leer getrunken und ich verstaute den Becher in meiner Tasche. Zwischen zahlreichen Studentinnen und Studenten lief ich zum großen Vorlesungssaal am anderen Ende des Campus. Der Tag begann mit Kulturwissenschaft.

Ein Kurs, den wohl fast jeder, der eine Geisteswissenschaft studierte, belegen musste. Die meisten Kurse, die ich sonst so besuchte, fanden in kleinen Räumen statt, die maximal für zehn oder fünfzehn Leute ausgelegt waren. Viel mehr Studierende interessierten sich wohl nicht für Kleist oder Eichendorff. Solche riesigen Dimensionen gab es im Fach Germanistik selten. Zumindest an meiner Uni, an der die meisten Menschen Jura oder BWL studierten.

Als ich den Vorlesungssaal betrat, war er schon gut gefüllt. Ich suchte mir einen freien Platz, relativ weit hinten am Rand. So konnte ich schnell und unbemerkt wieder verschwinden. Angeborener Fluchtreflex oder so. Ich hasste es, mich an zahllosen Kommilitoninnen und Kommilitonen vorbeiquetschen zu müssen, wenn ich pünktlich gehen oder einfach mal aufs Klo wollte.

Aufmerksam beobachtete ich die Leute in den Reihen vor mir. Ein Kerl aß gerade genüsslich ein Leberwurstbrot, das ich bis hierher riechen konnte. Der war heute Morgen wahrscheinlich genauso spät dran gewesen wie ich. Ein Mädchen in derselben Reihe weiter links hatte nicht einen, sondern gleich zwei Laptops vor sich aufgeklappt. Was sollte das denn? Ergab eigentlich nur mit vier Armen Sinn. Laute Stimmen hinter mir zogen meine Aufmerksamkeit auf sich. An der Eingangstür des Vorlesungssaales kabbelten sich zwei Kerle darum, wer als Erster den Raum betreten durfte. Das Ganze war eindeutig ein Spiel und keine echte Schlägerei. Am lautesten an ihnen war nämlich ihr Lachen. Dabei übersahen sie eine junge Frau hinter sich, die auch in den Saal wollte. Sie saß in einem Rollstuhl und schien zu glauben, dass einer der beiden Jungs ihr die Tür aufhalten würde. Die waren allerdings so mit sich selbst und mit ihrer lustigen Streiterei beschäftigt, dass ihnen die Frau gar nicht auffiel. Da ich am Rand saß, stand ich auf, um die Tür für sie zu öffnen.

»Danke dir«, sagte sie und lächelte mich an. Sie hatte blondes, langes Haar, das sie zu einem Pferdeschwanz zusammengebunden hatte. Ihre Augen waren strahlend blau und ihre Wangen leicht gerötet. Vielleicht ja vor Aufregung.

»Kein Problem. Es war Glück, dass ich gerade in deine Richtung gesehen habe.« Ich wandte mich wieder meinem Platz zu und wollte zurücklaufen, doch etwas hielt mich auf. Vielleicht war es ihr hilfloser Blick. »Sag mal«, ich sah wieder zu ihr, »bist du im ersten Semester? Ich hab dich bislang in keinem Kurs gesehen.«

»Sieht man mir an, wie unglaublich überfordert ich bin?« Sie lachte.

»Nein, so meinte ich das nicht.« Na ja, ein wenig vielleicht. Ich glaubte, dass ich an meinem ersten Tag an der Uni genauso verloren ausgesehen hatte. Aber das große Gelände, die vielen Lehrveranstaltungen, Pflichtfächer, die Kurse, die nur jährlich angeboten wurden ... Vieles war am Anfang wirklich unnötig kompliziert. Und die ewig lange Prüfungsordnung und Studienführer machten es selten einfacher. Das war zumindest meine Erfahrung gewesen. Am meisten hatte mir geholfen, mich an erfahrene Kommilitonen zu halten und von ihnen zu lernen.

»Wo magst du denn hin?«, fragte ich, da ich keine Ahnung hatte, wie sie das mit dem Rollstuhl bewerkstelligen wollte und es vielleicht einen speziellen Platz für sie gab.

Sie sah sich im Saal um. »Ich werde mich einfach an den Rand einer Bank setzen. Da ich eine Unterlage für den Laptop habe, brauche ich keinen Tisch für mich.« Sie kramte eine gepolsterte Unterlage aus ihrer Tasche und trommelte mit den Fingern eine Melodie darauf.

»Das ist praktisch. Magst du dich vielleicht zu mir setzen? Ich konnte mir diesen wunderbaren Platz hier sichern.« Daraufhin zeigte ich mit gespieltem Stolz auf die Bank, auf der bereits meine Jacke lag.

»Sehr gern. Danke schön.« Sie lenkte den Rollstuhl neben mich und begann, ihre Utensilien auszupacken.

»Wow, ist das ein Mac?«

»Ja. Richtig tolles Teil. Habe ich vor ein paar Wochen geschenkt bekommen. Ein kleines Geschenk zum Studienbeginn«, sagte sie überglücklich.

»Ach, übrigens.« Ich reichte ihr die Hand. »Ich bin Henry.«

Sie schüttelte sie und lächelte noch immer von einem Ohr bis zum anderen. Dieses Lächeln war ansteckend.

»Ich bin Mathilda, und, um ehrlich zu sein, ziemlich froh, dass du mich angesprochen hast. Ich kenne hier nämlich noch niemanden. Das ist eine meiner ersten Vorlesungen.«

Und dann gleich eine so große, semesterübergreifende Vorlesung. Da konnte ich durchaus versehen, dass man erst einmal überfordert war.

»Dann kannst du ja von Glück reden, dass du mich getroffen hast. Ich bin im dritten Semester und quasi schon ein alter Hase. Wenn du Fragen hast, kannst du dich vertrauensvoll an mich wenden.«

»Ich bin echt ein Glückspilz.« Wir kicherten beide los.

In dem Moment betrat die Dozentin den Saal und das Gemurmel verstummte. Auch wir stellten das Reden ein. Zumindest für ein paar Anstandsminuten. Ziemlich schnell fingen wir wieder an, über dies und das zu tuscheln. Als dann die Unterschriftenliste herumgereicht wurde, konnten wir unser Lachen kaum unterdrücken. Irgendwelche Scherzkekse vor uns hatten die Liste mit wunderbar lustigen Namen komplettiert. Es gab angeblich einen *Earl of Pearl,* einen *Mr Bombastik* und eine *Sailor Moon* hier in diesem Kurs. Auf die Idee musste man erst mal kommen. Schnell unterschrieben wir, natürlich mit unseren richtigen Namen. Doch bevor ich die Liste nach links weitergeben konnte, griff Mathilda nochmals nach dem Blatt und schrieb *Justin Bieber* dazu. Erst dann durfte ich den Zettel weiterreichen.

»Nicht dein Ernst?« Ich sah sie mit großen Augen an und konnte es nicht glauben. Sie schien um einiges mutiger zu sein als ich. Das gefiel mir.

Danach fiel es uns beiden schwer, der Dozentin konzentriert zu folgen. Bei jeder Kleinigkeit drohten wir in Gelächter auszubrechen. Wenn der Lachmuskel mal angespannt war, war es für mich schier unmöglich, ernst zu bleiben. Mathilda schien es ähnlich zu gehen. Zumindest erwischte ich sie während der Vorlesung mehrmals dabei, wie sie sich die Faust vor den Mund hielt, um ihr Lachen zu verbergen. Ein Anblick, der mich mehr als einmal dazu brachte, schnell wegzusehen und einen imaginären Gegenstand in meiner Tasche unter der Bank zu suchen. Einfach weil ich ansonsten laut losgeprustet hätte.

Für meine Noten würde meine Bekanntschaft mit Mathilda kein gutes Ende nehmen. Und trotzdem hatte ich das Gefühl, eine Verbündete gefunden zu haben. Und vielleicht ja sogar eine richtig gute Freundin.

Nach der Vorlesung verließen wir beide den Hörsaal.

»Hast du noch ein Seminar heute?«, fragte ich sie.

»Ja, aber erst in drei Stunden. Und du?«

»Ich hab jetzt auch erst mal Zeit. Soll ich dir vielleicht irgendetwas zeigen? Hast du Fragen?« Ich konnte mich noch an meine Anfangszeit an der Uni erinnern. Ich hatte ewig gebraucht, um alles zu finden und zu verstehen.

»Ja. Wie läuft das hier mit der Bibliothek? Ich weiß, dass sie in dem Gebäude da vorn ist.« Sie zeigte auf die Bibliothek auf der anderen Straßenseite. Ein riesiges Bauwerk mit einer großen Glasfront, durch die man die endlos langen Reihen der Bücherregale schon von hier erkennen konnte. »Brauche ich einen Ausweis? Muss ich irgendetwas beantragen?«

»Alles hier an der Uni funktioniert mit deinem Studentenausweis. Den hast du ja schon, oder?«

Sie nickte und kramte in ihrer Jackentasche, bis sie mir die Karte entgegenstreckte. Das Bild darauf war fürchterlich. Sie war kaum wiederzuerkennen.

»Schrecklich, oder?« Sie lachte und steckte die Karte schnell wieder weg. »Ich habe keine Ahnung, warum der Fotograf einfach ohne Vorwarnung auf den Auslöser gedrückt hat. Ich hatte nicht mal mehr Zeit, direkt in die Kamera zu sehen. Eigentlich hatte ich sogar noch Glück, dass ich nicht gerade meinen Finger in der Nase hatte.«

»Mach dir nichts draus. Sieh mal, wie mein Foto aussieht.« Ich griff in meine hintere Jeanstasche, holte den Geldbeutel heraus und zeigte ihr auch meinen Studentenausweis. Das Bild darauf war stark überlichtet. Ich hatte quasi keine Kontur im Gesicht. Den dicken Pickel am Kinn konnte man trotzdem leuchtend gut sehen. Mathilda prustete los.

»Jaja … mach dich ruhig über mich lustig«, meinte ich gespielt eingeschnappt.

»Sorry, aber wie kann man bei dem Bild nicht lachen? Ich muss dir recht geben. Dein Bild toppt alles. Warum stellen die nicht einfach einen richtigen Fotografen ein, oder kaufen besseres Equipment? Was soll das?«

Ich blieb stehen und rieb mir nachdenklich über mein stoppliges Kinn. Ja, für Rasieren war heute Morgen wirklich keine Zeit gewesen.

»Vielleicht gehört das schon zum Studentsein dazu. Dinge, die man als Student erlebt haben muss. Auf einer Wohnheimparty versacken, verkatert durch eine Prüfung fallen, ein schreckliches Bild auf dem Studentenausweis haben«, begann ich aufzuzählen.

»Lustige Namen auf die Anwesenheitsliste schreiben«, ergänzte Mathilda und brachte mich damit schon wieder zum Lachen.

Da hatte ich plötzlich eine Idee. »Wie wär's? Soll ich dich auf einen Kaffee einladen? Da vorn ist ein super Laden, da bin ich recht häufig. Irgendwie habe ich das Gefühl, wir sollten an unserer studentischen Bucket List weiterarbeiten. Zwanzig Dinge, die man während des Studiums erlebt haben muss, oder so.«

»Gute Idee, auch wenn mir der Sinn eher nach heißer Schokolade steht und uns garantiert auch fünfundzwanzig Dinge einfallen werden.«

»Das klingt nach einem Plan.«

Nach einigen Heißgetränken und fünfzehn weiteren Punkten auf der Liste von *Dingen, die du während deines Studiums unbedingt erlebt haben musst,* verabschiedeten wir uns. Natürlich nicht, ohne vorher Handynummern zu tauschen und uns gegenseitig auf Instagram zu folgen. Danach mussten wir beide zurück zur Uni, nur in unterschiedliche Kurse.

Doch vorher versprachen wir uns, unsere Freistunden nun öfter miteinander zu verbringen, und ich freute mich schon sehr darauf.

Gegen Abend schrieb ich ihr direkt, dass ich Freitag ziemlich viel Freizeit zwischen zwei Vorlesungen haben würde, und sie antwortete mir erfreulicherweise, dass auch sie dann Zeit hätte. Also stand unserem nächsten Treffen schon mal nichts im Wege. Zufrieden lehnte ich mich auf dem Schreibtischstuhl zurück. Ich hatte bereits meinen Pyjama an, also eine Boxershorts und ein verwaschenes Bandshirt von *Linkin Park,* und ordnete gerade den ganzen Uni-Kram, der sich diese Woche angesammelt hatte. Arbeitsblätter, Mitschriften, Grafiken und so Zeug. Ich hatte die Erfahrung gemacht, dass es mehr Sinn ergab, sich regelmäßig darum zu kümmern und nicht erst kurz vor einer Prüfung. Auch so eine Sache für die studentische Bucket List: Du hast nie richtig studiert, wenn du nicht mit großer Panik in der Nacht vor einer Prüfung diese *eine* wichtige Notiz gesucht hast.

Ich notierte den Punkt und schickte ihn an Mathilda. Genau in diesem Moment vibrierte mein Handy in der Hand und es ging eine Nachricht von einer unbekannten Nummer ein.

Hi, Henry! Schön, dass ich nun auch deinen Namen kenne. Meiner ist Max, falls du es noch nicht wusstest.

Und einige Sekunden später.

Ich bin's übrigens. Der Barkeeper aus dem Green Leaf.

Ich starrte total perplex auf die beiden eingegangenen Nachrichten. Mein Hirn brauchte ein paar Sekunden, um zu verstehen, was da gerade passiert war.

Er schrieb *mir!* Er hatte den Zettel nicht weggeworfen. Vielmehr hatte er ihn aufbewahrt, sich die Mühe gemacht, die Nummer einzutippen, einzuspeichern und im Anschluss eine Nachricht an mich zu senden. Sogar zwei. An mich!

Geschah das gerade wirklich?

In diesem Moment wurde mir erst so richtig klar, dass ich tatsächlich nicht damit gerechnet hatte, dass er mir schreiben würde.

Aber er hatte es getan! Yes!

Kapitel 3

»Boah, Henry, ich wusste, dass das ab jetzt seltsam wird. Ich hab's echt gewusst!« Mike sah mich vorwurfsvoll an und hatte beide Hände in die Hüfte gestemmt.

»Warte doch mal. Ich brauch nur noch 'ne Minute.«

Wir standen bereits seit geraumer Zeit vorm Eingang des Irish Pubs und warteten auf … na ja … darauf, dass ich endlich den Mumm hatte, die Tür zu öffnen. Allerdings war ich so aufgeregt, und mein Herz schlug so schnell in meiner Brust, dass ich nicht wusste, wie ich das schaffen sollte.

Mike und Fatih hatten bereits vor einigen Tagen den Vorschlag gemacht, heute Abend noch auf einen kleinen Drink ins Pub zu gehen. Unter anderem, weil irgendein Champions-League-Spiel lief und die beiden große Fußballfans waren. Ich würde mich nicht gerade als Fan bezeichnen, aber ich kam eigentlich immer gern mit. Ich liebte die Atmosphäre des Pubs und verstand mich mit den meisten Bedienungen echt gut. Es fühlte sich ein wenig wie mein zweites Wohnzimmer an. Deshalb war es mir egal, ob Fußball auf einer Leinwand lief, eine Irish-Folk-Band auftrat, Karaoke-Night war oder eben Pub-Quiz. Ich war einfach gern hier. Nur hatte sich an meiner Situation seit gestern Abend einiges geändert.

Max hatte mir geschrieben, und ich hatte nach einigen Anläufen und einem verzweifelten Telefonat mit Zoya geantwortet. Die Nachrichten mit ihm waren nicht besonders intim gewesen. Wir hatten nur locker hin- und hergeschrieben. Uns über unseren Tag ausgetauscht.

Ich würde es ungezwungenen Small Talk nennen. Und am Ende meinte ich, dass ich morgen eventuell im Pub vorbeischauen wolle. Daraufhin hatte er geantwortet, dass er sich freuen würde, mich zu sehen.

Und nun stand ich hier und wischte zum wiederholten Male meine verschwitzten Hände an meiner schwarzen Jeans ab.

»Vor was hast du denn Angst?«, fragte Fatih, der seit seinem *Hallo* vorhin, als er in Mikes Auto gestiegen war, glaube ich, noch kein Wort gesagt hatte. Seine schweigsame Art machte ihn aus, und ich wusste sie zu schätzen.

»Ich hab gar keine Angst. Höchstens davor, dass mein Körper vollkommen rebelliert, wenn ich ihn sehe, und ich ihn nur anstottere, ein nervöses Zucken am Auge bekomme, ohnmächtig werde oder mich vor Aufregung übergebe. Oder was ist, wenn er mich ignoriert? Wenn das alles nur ein doofer Scherz von ihm war? Und wie sehr können Hände eigentlich schwitzen? Wir haben verdammt noch mal Oktober.« Wieder wischte ich mir meine Handflächen trocken.

»Ach, komm schon.« Mike legte einen Arm um meine Schulter und dirigierte mich zur Eingangstür. »Es war doch so unglaublich mutig von dir, ihm deine Nummer zu geben.«

»Ja, schon …«

»Und du hast echt nichts zu befürchten. Glaub mir. Wir gehen da jetzt rein und du wirst megacool und gelassen sein. Zumindest könntest du versuchen, so zu tun als ob. Und außerdem ist gleich Anpfiff, also …« Er öffnete die Tür und gab mir einen kräftigen Stoß. »Rein mit dir.«

Und schon stand ich im holzvertäfelten und nach Bier riechenden Pub. Wie immer war das Licht gedimmt und fast jeder Tisch war bereits voll besetzt.

Schnell und mit wild klopfendem Herz lief ich zu unserem Stammtisch, den Mike in weiser Voraussicht auch heute reserviert hatte. Ich rutschte direkt auf die Bank, von der aus ich zur Bar sehen konnte, und schnappte mir eine Getränkekarte als Sichtschutz. Fatih gesellte sich neben mich auf die Bank, Mike setzte sich gegenüber auf einen der Hocker.

»Hat er uns gesehen?«, fragte ich flüsternd in die Runde.

»Wenn nicht, kann ich ihn gern rufen und laut auf uns aufmerksam machen«, antwortete Mike nur lachend und winkte der Bedienung. Heute war es nicht Jenny, sondern Jule. Sie arbeitete mindestens schon so lange hier, wie wir Stammkunden waren.

»Hey, schön, dass ihr da seid«, begrüßte sie uns und zündete das Teelicht auf unserem Tisch an. »Was kann ich euch bringen?«

»Ein Kilkenny bitte«, bestellte ich.

»Wir trinken beide Cola, oder?«, fragte Mike in Fatihs Richtung, und der nickte. »Zweimal Cola für uns. Danke.« Mike lächelte Jule an und machte keinen Hehl daraus, dass er schon seit Monaten auf sie stand. Sie schien das nicht zu bemerken. Oder ignorierte es absichtlich. Zumindest tippte sie schweigend alles in ihr Gerät ein und ging dann einen Tisch weiter, an dem zwei Kerle verzweifelt versuchten, auf sich aufmerksam zu machen. Die mussten kurz vorm Verdursten sein, oder nur unglaublich unverschämt. Vorsichtig spitzelte ich über den Rand der Karte hinweg zum Tresen. Max war auch heute wieder mit Anton hinter der Bar. Er lief gerade zu den Shotgläsern und goss irgendeinen Schnaps ein, schnappte sich dann die kleinen Gläser und stellte sie auf ein Tablett. Danach zapfte er wieder Bier. Er schien total in seinem Element zu sein. Jede seiner Bewegungen war fließend. Als würde er hier schon Ewigkeiten arbeiten oder wäre in dem Laden aufgewachsen. Aber soweit ich wusste, hatte er erst vor ein paar Monaten hier begonnen.

Plötzlich hob er seinen Blick und sah direkt zu unserem Tisch herüber. Verstecken brachte nichts und wäre mehr als kindisch gewesen, auch wenn das mein erster Impuls war. Wir saßen immer an diesem Tisch, und außerdem hatten wir ja ein wenig hin- und hergeschrieben. Ich sollte mich also jetzt auch so verhalten. Also so, wie man sich eben als erwachsene Person verhielt, wenn man mit dem Schwarm Telefonnummern getauscht hatte. Ich straffte meine Schultern und erwiderte seinen Blick. Als ich sah, dass er lächelte und mir zunickte, erhob ich zögerlich meine Hand und senkte sie dann schnell wieder.

»Weißt du, wie du gerade aussiehst?« Mike musterte mich mitleidig. »Als wäre dir das alles verdammt unangenehm und als würdest du am liebsten weglaufen.« Ganz unrecht hatte er nicht.

»Ich weiß einfach nicht, wie ich mich verhalten soll«, raunte ich ihm zu.

»Du musst doch nichts tun.«

»Aber ist es denn nicht megadoof und unhöflich, jetzt hier sitzen zu bleiben? Wie verhält man sich denn in meiner Situation normal? Hätte ich direkt zu ihm gehen sollen, um ihn zu begrüßen? Oder ist das dann aufdringlich? Ich bin gerade total überfordert. Bestimmt denkt er, ich bin voll der Depp.«

»Oder er denkt momentan einfach nur daran, wie er schnellstmöglich fünfzig Bier für die ganzen irren Fußballfans hier zapfen kann. Mach dir doch nicht immer so einen Kopf.«

Ich raufte mir die Haare. »Das sagst du so einfach.«

»Du hast doch schon den ersten Schritt getan«, meldete sich plötzlich Fatih neben mir zu Wort. »Vielleicht ist jetzt auch einfach er dran mit der nächsten großen Geste.«

Mike zeigte mit dem Finger auf Fatih.

»Verdammt richtig. Wenn du mal was sagst, dann zum Glück immer was Sinnvolles.«

Ich musste lachen. »Also soll ich mich jetzt zurücklehnen und ihn machen lassen?«, fragte ich meine beiden Freunde.

»Wäre doch mal einen Versuch wert«, meinte Mike. Er konnte das so seelenruhig sagen. Ich befürchtete allerdings, dass ich bei diesem Kerl nur einen Versuch hatte. Und wenn ich nun rüberkam wie ein eingeschüchterter Freak, dann würde er mich höchstwahrscheinlich einfach ghosten und sich dem oder der Nächsten zuwenden.

Trotzdem hörte ich auf Fatihs Rat und blieb sitzen. Nicht weil ich auf die große Geste wartete. Ich wusste nur nicht, was ich sonst hätte tun sollen.

Das Fußballspiel war bis zur letzten Minute recht ereignislos. Was dazu führte, dass ich sehr oft Gelegenheit dazu hatte, Max heimlich bei der Arbeit zu beobachten.

In der Verlängerung überschlugen sich plötzlich die Ereignisse. Es fielen zwei Tore, und es kam zu einem Elfmeter. Im kompletten Pub ging es drunter und drüber. Alle riefen durcheinander, und Mike und Fatih hielt es nicht mehr auf ihren Plätzen. Beide standen vor der Leinwand und fieberten mit. Ich hingegen stopfte mir gerade das letzte Stück meiner Pizza rein. Seit einiger Zeit gab es hier im Pub auch Pizzen und Flammkuchen, da der Chef in einen Pizzaofen investiert hatte. Beste Idee ever. Seitdem hatte sich meine Ernährung nicht wirklich verbessert. Zum Glück sah man es mir noch nicht an.

Ich versuchte mir die fettigen Finger mit der Serviette zu säubern, was mir mehr schlecht als recht gelang. Da gerade eh alle abgelenkt waren und dem Treiben auf der Leinwand zusahen, waren die Toiletten garantiert leer. Also lief ich zum Männerklo ganz hinten im Pub und wusch mir dort die Hände. Der Blick in den Spiegel zeigte mir, dass meine Haare eine Katastrophe waren. Ich trug ja eigentlich fast immer eine Beanie auf dem Kopf. Da es im Laufe der letzten anderthalb Stunden im Pub richtig heiß geworden war, hatte ich sie vorhin abgesetzt. Jetzt klebten mir die Haare am Kopf und ich sah total doof aus. Mit meinen nassen Fingern versuchte ich, sie zu richten, gab aber schnell auf. Ich würde einfach direkt wieder die Mütze aufziehen, sobald ich am Tisch saß.

Als ich aus dem Männerklo heraustrat, hatte sich das Pub erstaunlich flott geleert. Jule kassierte die letzten Anwesenden ab, und überall standen leere Gläser auf den Tischen und auf dem Tresen herum. Fatih und Mike saßen wieder auf ihren Plätzen und wirkten bedrückt. Anscheinend war das Spiel nicht so ausgegangen, wie es sich die beiden gewünscht hatten.

»Hey, du.«

Ich erschrak, drehte mich um und stand plötzlich direkt vor Max. Ich war ihm das erste Mal so nah. Sonst hatte uns immer der Bartresen getrennt. Langsam wanderte mein Blick nach oben und ich sah ihm ins Gesicht.

»Verdammt, bist du groß«, brach es aus mir heraus, was Max zum Lachen brachte und meine Wangen sofort heiß werden ließ. Gott, hatte dieser Kerl ein hübsches Lachen. Mein Kopf musste hingegen knallrot sein.

Er sah mich fast schon schüchtern an und kratzte sich am Hinterkopf. »Findest du?«

»Das ist mir bislang nie aufgefallen.«

Kurz schwiegen wir uns an. O verdammt. Ich musste schnell irgendetwas sagen, damit dieses peinliche Schweigen aufhörte.

»Was …« Wir setzten beide gleichzeitig an und brachen genauso schnell wieder ab. Und dann zeigte er mir dieses Lächeln, bei dem ich am liebsten laut aufgeseufzt hätte. Dieses unglaublich attraktive und strahlende Max-Lächeln.

»Was ich dich fragen wollte: Was machst du am Samstagabend?«

»Nichts«, rief ich fast schon einen Tick zu laut, räusperte mich dann und setzte noch mal in normaler Lautstärke an. »Ich habe, glaube ich, noch nichts vor.«

»Ich arbeite nämlich nur mittags hier bis ungefähr halb acht. Wenn du magst, könnten wir danach ja was essen gehen.«

Ich nickte vollkommen perplex.

»Okay, ähm … holst du mich einfach hier ab?«, fragte er und wieder nickte ich. »Ich reserviere uns dann irgendwo einen Tisch.«

»Klasse.« Zum Glück hatte ich meine Stimme wiedererlangt. Zumindest für ein Wort.

»Ich freu mich.«

»Ja.« Wieder nur ein Wort von mir und dann Stille. Aber dieses Mal war es nicht mehr ganz so unangenehm. Wir sahen uns etwas länger an, als man es vielleicht normalerweise tun würde. Dann wich ich seinem Blick aus und musterte den Boden vor mir. Einfach, weil mich dieser kurze Moment verlegen gemacht hatte.

Verzweifelt suchte ich nach den richtigen Worten und hatte jetzt schon Angst, am Samstag den Mund nicht aufzubekommen. »Ich geh dann mal und ja … bis Samstag dann. Halb acht.«

»Genau, bis dann.«

Ich lief ein paar Schritte rückwärts und versuchte mir seinen Anblick einzuprägen. Für später, wenn ich im Bett lag und mein Verstand mir einreden wollte, dass ich mir das alles nur eingebildet hatte.

Max. Beide Hände in der Hosentasche. Eine dunkelblaue Jeans, die ihm supergut stand. Das schwarze Poloshirt, das die Barkeeper und Bedienungen hier alle trugen, mit dem *The-Green-Leaf* Logo auf der Brust. Sein kurzes dunkelblondes Haar war etwas zerzaust und mit seinen warmen braunen Augen betrachtete er mich. Er war so attraktiv und …

O. Mein. Gott.

Ich hatte ein Date mit diesem Kerl!

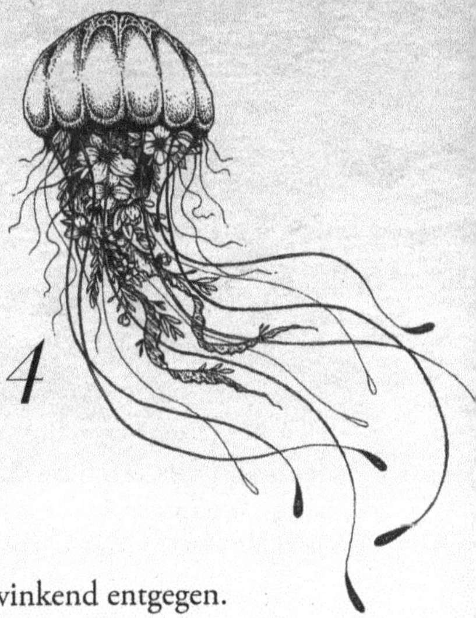

Kapitel 4

»Da bist du ja endlich«, rief mir Mathilda winkend entgegen.

»Sorry.« Ich entschuldigte mich außer Atem. Die letzten Meter war ich hierhergerannt. »Das ist 'ne doofe Angewohnheit von mir. Ich bin leider viel zu oft zu spät. Ist mir verdammt unangenehm.«

»Wie kommt's?«, fragte sie und wirkte ehrlich interessiert. Ich setzte mich auf einen Stuhl gegenüber von ihr und zuckte mit den Schultern.

»Ich geb mir echt Mühe, pünktlich zu sein, aber dann werde ich durch irgendwas abgelenkt, oder ich verschätze mich einfach total. Vorhin dachte ich zum Beispiel, dass ich ja noch eine halbe Stunde Zeit habe, bis wir uns treffen, und dass das noch locker reicht, um im Supermarkt ein paar Besorgungen zu machen. Hat es ja ganz eindeutig nicht.«

»Gut zu wissen, dann lasse ich mir in Zukunft einfach auch Zeit, wenn wir uns treffen.«

»Beeilen musst du dich mit Sicherheit nicht. Noch mal Entschuldigung! Deine heiße Schokolade geht dafür auf mich.« So hoffte ich, mein schlechtes Gewissen zumindest ein wenig zu beruhigen. Und natürlich wollte ich damit auch Mathilda besänftigen. Obwohl sie keinen wütenden oder beleidigten Eindruck machte. Wir kannten uns noch nicht so lange, und ich wollte es mir nicht direkt mit ihr verscherzen, nur weil ich mein Zeitmanagement nicht im Griff hatte.

»Du hast mich doch schon letztes Mal eingeladen.«

»Wenn ich dich so hängen lasse, ist das wohl das Mindeste. Wenn ich mal pünktlich sein sollte, geht die Rechnung auf dich, okay? Spoiler: Das ist ein gutes Geschäft für dich.«

Sie lachte herzlich.

»Deal!«

Nachdem ich zwei Tassen vom Tresen zu uns balanciert hatte, setzte ich mich wieder an den runden Tisch. Mathilda schnappte sich direkt den Löffel, um die Sahne von ihrer Schokolade zu löffeln. Ich nahm den Zuckerstreuer von der Mitte des Tischs und schüttete etwas in meinen Milchkaffee.

»Wie war die Uni bis jetzt?«, fragte ich sie und nippte an meinem Kaffee. Natürlich verbrannte ich mir sofort die Zunge. Warum musste sich unter dem Milchschaum auch immer flüssige Lava verstecken?

»Ziemlich langweilig«, antwortete sie kurz und knapp. »Aber lass uns doch nicht über die Uni sprechen. Erzähl mal, was gibt's sonst so bei dir?«

Als wir das letzte Mal hier gesessen waren, hatte ich ihr schon einiges über mich erzählt. Über meine Studienfächer, meine Familie, Hobbys und so. Aber es hatte sich seither ja tatsächlich etwas anderes von Bedeutung ereignet.

»Ich hab am Samstag ein Date und bin megaaufgeregt.«

»Nein! Echt?« Sie machte große Augen. »Woher kennst du sie?«

»Ich kenne *ihn*«, das *ihn* betonte ich besonders, »aus meiner Stammkneipe. Er ist der Barkeeper.«

»Oh, wie cool. Hat er dich angesprochen oder du ihn? Erzähl mir jedes Detail!«

»Das ist das Allerkrasseste. Ich habe den ersten Schritt gemacht. Ich hab meinen ganzen Mumm zusammengenommen und ihm meine Nummer gegeben. Das macht mich im Nachhinein echt ziemlich stolz. Und ganz so doof scheine ich mich auch nicht verhalten zu haben. Immerhin hat er sich tatsächlich am nächsten Tag bei mir gemeldet.«

Mathilda quietschte vor Freude und klatschte in die Hände.

»Und dann? Lass dir doch nicht alles aus der Nase ziehen!«

Also berichtete ich ihr im Detail von den Nachrichten, die wir uns geschrieben hatten, von meiner Unsicherheit, als wir uns im Pub wiedergesehen hatten und ich nicht gewusst hatte, ob ich zu ihm gehen sollte. Und natürlich auch davon, dass er mich gefragt hatte, ob ich am Samstag Zeit hätte, um mit ihm auszugehen. Während des Erzählens spürte ich, wie ich schon wieder ganz aufgeregt wurde und heiße Wangen und feuchte Handflächen bekam.

»Und jetzt schiebe ich Panik. Ich weiß so gut wie nichts von ihm und habe Angst, dass das am Samstag ein Desaster werden könnte. Ich hab nicht wirklich viel Dating-Erfahrung. Und ich bin in seiner Anwesenheit total eingeschüchtert. Ich werde kein Wort herausbekommen.«

»Aber das, was wir hier haben, ist doch auch nichts anderes als ein Date. Nur eben ohne romantische Hintergedanken. Also ist das hier«, sie zeigte zwischen uns beiden hin und her, »doch eine echt gute Übung.«

»Aber bei dir bin ich nicht aufgeregt. Da stottere ich nicht oder versuche zwanghaft ein Thema zu finden, über das man reden kann.«

»Okay, Generalprobe.« Sie fuhr sich einmal mit den Fingern durch ihr Haar, atmete tief durch und legte dann einen Gesichtsausdruck auf, der mich direkt zum Lachen brachte.

»Was wird das?«, fragte ich zwischen zwei Lachanfällen.

»Das ist mein männlichster Flirt-Gesichtsausdruck. Ist doch klar. Was gibt's da zu lachen? In der Schule war ich zwei Jahre in der Theater-AG. Wenn du das nicht erkennst, dann liegt das an dir.«

»Klar. Mein Fehler.«

»Stell dir also vor: Ich bin Mister-hot-Barkeeper und du bist gerade hier reingekommen und na ja … nun müssen wir eben miteinander sprechen.«

Ich versuchte mir Max vorzustellen. Wie er vor mir saß und mich vielleicht genauso frech angrinste, wie sie es gerade tat. Das Bemerkenswerte: Allein bei dem Gedanken daran begann mein Herz schon zu rasen, und ich hatte den Drang, mir die Hände an der Jeans trocken zu wischen. Entweder war meine Vorstellungskraft außergewöhnlich gut oder ich war einfach außergewöhnlich merkwürdig. Mathilda räusperte sich.

»Hi, Henry, hast du gut hierhergefunden?« Wow. Small Talk mit verstellter Stimme. Sie gab wirklich alles.

»Ja«, antwortete ich und erntete ein Augenrollen von ihr.

»So wird das nichts, Henry. Einsilbige Antworten müssen wir dir abtrainieren. Die sind der absolute Gesprächskiller. Es ist ganz simpel: Wenn du antwortest und direkt eine Gegenfrage stellst, dann schläft das Gespräch nicht ein. Logisch, oder?«

Ich nickte zaghaft und trank von meinem Kaffee. Keine Lava mehr, trotzdem noch zu heiß für mich.

»Also noch mal. Hast du gut hierhergefunden?«

»Ja.« Kurz überlegte ich. »Und du?«

Mathilda lächelte.

»Das war nicht wirklich gut, aber ein Anfang.«

Wir probten noch eine ganze Stunde, und danach war ich zwar nicht wirklich selbstbewusster, aber zumindest hatten wir unseren Spaß gehabt. Wie womöglich alle um uns herum auch. Denn Mathilda war alles andere als leise. Vor allem, wenn sie mich lautstark zur Schnecke machte, weil ich mal wieder der ungesprächigste Gesprächspartner aller Zeiten war. Sie winkte mir noch mal zu, als sie sich zu ihrer nächsten Vorlesung aufmachte. Ich hatte mich dazu entschlossen, zu schwänzen. Ja, keine Glanzleistung von mir. Aber ich konnte mittlerweile ganz gut einschätzen, bei welchen Seminaren und Vorlesungen man auch gern mal fehlen konnte. Nach dem Gespräch mit Mathilda und unserer kleinen Date-Generalprobe hatte ich eine Auszeit verdient und auch ziemlich nötig. Wenn ich aufgeregt war, mich ärgerte oder einfach schlecht drauf war, hatte ich einen Wohlfühlort, wo es mich seit Jahren regelmäßig hintrieb. Meine eigene kleine heile Welt. Und genau dorthin ging ich auch jetzt.

Ich stieg in die nächste Straßenbahn und suchte mir einen Fensterplatz. Gedankenverloren starrte ich hinaus und betrachtete die trübe Landschaft. Das Wetter war alles andere als gut, und eigentlich wartete man nur darauf, dass es irgendwann anfing zu regnen, und jeder hoffte, dass es erst dann begann, wenn man zu Hause war. Genau wie ich, denn an einen Regenschirm hatte ich natürlich nicht gedacht. Mathilda hatte mir viel zum Nachdenken gegeben, aber auch Tipps und Ratschläge, die ich mir einprägen sollte. Zum Beispiel wäre es nicht schlecht, wenn ich gerade sitzen und meinem Gegenüber in die Augen sehen würde. Verschüchtertes nach unten schauen und die Maserung des Holztischs mustern, während man auf dem Stuhl hing wie ein nasser Sack, war wenig attraktiv. Das waren ihre Worte gewesen. Ich sollte außerdem mit deutlicher Stimme sprechen und nicht leise vor mich hin nuscheln. Wenn ich so darüber nachdachte, verhielt ich mich ja tatsächlich schrecklich. Zumindest, wenn ich aufgeregt war. Ob Mathilda wohl viel mehr Dating-Erfahrung hatte als ich? Sie wirkte so. Bei unserem nächsten Treffen würde ich sie einfach mal fragen. Es konnte ja nicht angehen, dass ich ihr mein Liebesleben auf dem Silbertablett präsentierte und sie über ihres schwieg. Keine Chance.

Einige Haltestellen später stieg ich aus und wechselte die Straßenseite. Da war es auch schon. Mein Zufluchtsort! *Aquantis*, das hiesige Aquarium.

Ich betrat das imposante Gebäude und zeigte an der Kasse kurz meine Jahreskarte vor, die ich, seit ich denken konnte, jedes Jahr zu Weihnachten von meinen Eltern geschenkt bekam. Der Typ an der Kasse hieß Walter und saß dort gefühlt schon immer. Aber auch hier hielt ich nicht viel von Small Talk.

»Hey, Henry.«

»Hi.« Das war's dann auch schon mit Konversation und ich betrat die abgedunkelten Räumlichkeiten des Aquariums. Um mich herum waren unzählige Glasfronten, hinter denen sich Fische in allen Größen und sämtlichen Farben des Regenbogens tummelten. Mehrere knallrote Skalare, Schmetterlingsbuntbarsche, ein Schwarm Zebrabärlinge und weiter hinten ein Becken mit unglaublich vielen verschiedenen Goldfischen. Man glaubte gar nicht, wie unterschiedlich Goldfische aussehen konnten. Es gab helle, dunkle, sogar gefleckte. Fische waren wirklich unglaublich interessant, und ich hatte noch nie verstehen können, warum niemand in meinem Freundeskreis diese Begeisterung mit mir teilte. Ich lief an den vielen Glasfronten vorbei und entdeckte jedes Mal, wenn ich hier war, etwas Neues. Dieses Mal zum Beispiel ein paar kleine Meeresschnecken, die innen an der Scheibe klebten. Dann kam ich zu dem wohl beliebtesten Ort im *Aquantis*: einen großen Tunnel, in dem man umgeben war von Wasser. Nicht selten hatte man Glück, und es schwamm ein kleiner Hai über einen hinweg.

Danach durchschritt ich einen weiteren Raum, der vor allem beliebt war durch das Aquarium mit vielen verschiedenen Seepferdchen. Aber auch ein Becken mit Schildkröten zog Besucherinnen und Besucher an. Heute stand eine große Gruppe Kinder davor, deren laute und begeisterte Stimmen sich überschlugen. Ich hatte allerdings ein anders Ziel. Mein Ziel war das große blau beleuchtete Aquarium ganz am Ende des Rundgangs. Kurz vorm Ausgang, wo dann der Souvenirshop auf einen wartete. In diesem Becken war alles voll von wunderschönen Quallen.

Schon viele hatten mich gefragt, warum gerade Quallen so eine Faszination auf mich ausübten. Und ich fragte mich einfach nur: warum bitte schön nicht? Wie konnte man nicht vollkommen gefangen sein, wenn man diesen zarten Wesen beim eleganten Schweben zusah? Diese Tiere waren so fragil, dass es ein Wunder war, dass sie tatsächlich existierten. Und dennoch waren sie mit die ältesten Lebewesen auf der Erde. Sie existierten schon seit einer halben Milliarde Jahren. Auf mich wirkten sie fast weise, wie sie so dahintrieben und sich nicht darum kümmerten, was um sie herum geschah. Dabei hatten sie nicht mal ein Gehirn. Womöglich erinnerten mich die vielen Tentakel einfach an eine Art Methusalem. Alt, weise und bärtig. Dieses Aquarium war meine überdimensional große Lavalampe. Es beruhigte mich, hatte sogar die Kraft, mich einzuschläfern, wenn ich nicht aufpasste.

Neben mir erschien ein kleines Mädchen, das die Quallen genau wie ich beobachtete.

»Wie essen die denn?«, fragte sie. Wahrscheinlich war die Frage gar nicht an mich gerichtet, aber es war ja sonst niemand da.

»Die dünnen Tentakel am Rand nehmen die Nahrung, die im Wasser schwimmt, auf und geben sie an die dickeren inneren Tentakel, die sogenannten Mundarme, weiter. Meistens essen sie kleine Krebse oder auch Plankton.«

Das Mädchen neben mir starrte mich mit offenem Mund an. »Hübsch, oder?« Ich lächelte, doch sie zuckte nur mit den Schultern.

Dann kamen ihre Eltern um die Ecke und zogen sie weiter. Ich seufzte. Vielleicht war ich ja doch der einzige Mensch auf dieser Welt, der Quallen mochte. Ich setzte mich auf eine Bank, die glücklicherweise genau gegenüber von dem großen Aquarium der Quallen stand. Das war mein Platz. Ich wunderte mich, dass da nicht schon längst mein Name eingraviert war. Ich hatte dort noch nie jemand anderes sitzen sehen. Höchstens mal eine Oma, die sich kurz ausruhen musste. Vielleicht konnte ich ja auch Max mal mit hierhernehmen? Oder würde es ihn langweilen? Ich befürchtete, dass es mich sehr enttäuschen würde, wenn er meine Faszination nicht verstehen könnte. Wenn er mich am Ende vielleicht sogar für meine Liebe zu Meerestieren und Quallen auslachen würde.

Mir blieb nichts anderes übrig, als zu hoffen, dass Max nicht so ein Mensch war. Wie er wohl so war?

Kapitel 5

Max – 12 Jahre zuvor

»Max? Kommst du mal bitte her?« Ich hörte Paps aus irgendeiner Ecke des Hauses rufen und seufzte kurz, bevor ich zurückrief.

»Was ist denn los?«

»Komm halt mal her!«

»Wo bist du denn?« Ich würde jetzt garantiert nicht das ganze Haus nach ihm absuchen, nur weil er mir mal wieder vorhalten wollte, dass irgendwo eine Socke von mir rumlag, meine Schuhe nicht ordentlich im Regal standen oder ich die Spülmaschine nicht eingeräumt hatte. Oder was es eben sonst so an mir rumzunörgeln gab.

»Ich bin in deinem Zimmer.«

WAS?

»Warum?«, schrie ich schon fast hysterisch, sodass sich meine Stimme überschlug, und sprintete dabei den Flur entlang. In meinem Zimmer angekommen, sondierte ich schnell die Lage. In der Ecke stand ein Wäschekorb, in den Paps alles reingeworfen hatte, was zuvor auf dem Boden gelegen hatte. Klamotten, Hefte, meine Hanteln und sonstigen Krimskrams.

»Du sollst hier nicht schnüffeln!«

Paps lachte kurz auf und warf dann einen weiteren Strumpf zielsicher in den Wäschekorb.

»Ob du es mir glaubst oder nicht, ich will gar nicht schnüffeln. Es gibt nämlich Dinge, die ich gar nicht wissen will.« Er kramte mehrere leere Pfandflaschen unter meinem Bett hervor, lief an mir vorbei und stellte sie vor meine Zimmertür in den Flur.

»Aber was machst du dann hier? Geh raus!«

»Wenn ich nicht ab und an mal zumindest grob aufräume, würden hier die Ameisen irgendwann die Herrschaft übernehmen.«

»Jaja.« Ich lehnte mich an meinen Kleiderschrank und beobachtete ihn. Dann schnappte er sich den Staubsauger und begann, meinen Teppich zu saugen.

»Was ist das?« fragte er plötzlich und stellte den Staubsauger wieder aus. Unter meinem Bett zog er einen Schuhkarton hervor. »Der kann weg?«

Verdammt!

Ich sprang auf ihn zu und riss ihm den Karton schon fast grob aus der Hand. Was ich dabei nicht bedacht hatte, war, dass der Deckel nur locker auflag, sich durch den Ruck öffnete und der Inhalt sich auf dem Boden verstreute.

Ich sah das Chaos an und spürte, wie ich rot wurde.

»Was ist denn das?« Paps legte den Staubsauger zur Seite und wirkte belustigt. Und verwirrt. »Ist das Zucker?«

Er bückte sich nach einem der Tütchen und betrachtete es sich genau. Ich nickte zaghaft und begann hektisch, alles wieder in den Karton zu werfen.

»Warum sammelst du Zucker?«

»Ich weiß nicht …« Eilig sammelte ich alles wieder auf und wünschte, dass meine Sammlung noch etwas länger geheim geblieben wäre. Immerhin war das total seltsam. Ich wusste das. Auch Paps griff nach ein paar Tütchen und half mir dabei, alles wieder in den Karton zu befördern. Eine Packung sah er sich etwas genauer an.

»Daran erinnere ich mich. Die ist doch aus der Eisdiele auf Sylt, oder? Wo wir für ein paar Tage Urlaub gemacht haben?«

Ich nickte.

»Ein schönes Andenken. Sammelst du sie deshalb?«

»Ich denke schon.« Nachdenklich blickte ich auf ein blaues Tütchen, auf dem der Name einer Bäckerei gedruckt war. Eine Bäckerei, die es mittlerweile schon gar nicht mehr gab. Stattdessen war dort nun eine Shishabar.

»Das ist doch schön. Muss dir nicht peinlich sein. Als ich die vielen kleinen bunten Päckchen gesehen habe, dachte ich erst, das wäre etwas ganz anderes.« Paps lachte kurz auf. Ich hatte keine Ahnung, was er meinte.

»Ist es nicht irgendwie schräg? Briefmarken sammeln wäre schon echt peinlich, aber Zuckertütchen? Wenn das jemand aus meiner Klasse wüsste, die würden mich für einen riesigen Freak halten.«

Paps schüttelte den Kopf.

»Nur weil man etwas macht, was sonst keiner tut, ist man doch nicht gleich seltsam. Die meisten Sammler sammeln doch aus nostalgischen Gründen, oder um sich an etwas zu erinnern. Das ist voll okay.«

Ich nickte, sah aber wahrscheinlich nicht ganz überzeugt aus. Ich blickte in die Schachtel, die vor mir auf dem Boden lag, und konnte nichts dagegen tun, dass sich bei dem Anblick ein schönes Gefühl in mir entwickelte. Es waren eben wirklich viele Erinnerungen damit verknüpft. Mit jedem einzelnen Tütchen.

»Max?« Paps stellte sich vor mich und griff nach meinem Kinn, damit ich ihm in die Augen sah. Noch war er um einiges größer als ich. »Wenn du etwas mit Leidenschaft tust, dann schäme dich nicht dafür. Tue, was dir Freude bereitet, und lass dir von niemandem einreden, dass irgendetwas daran seltsam ist. Ich finde die Kiste verdammt cool.«

Ich behielt für mich, dass das meiste, was Paps cool fand, alles andere als cool war. Denn eigentlich war ich in dem Moment einfach nur froh, dass ich mein süßes Geheimnis mit ihm teilen konnte.

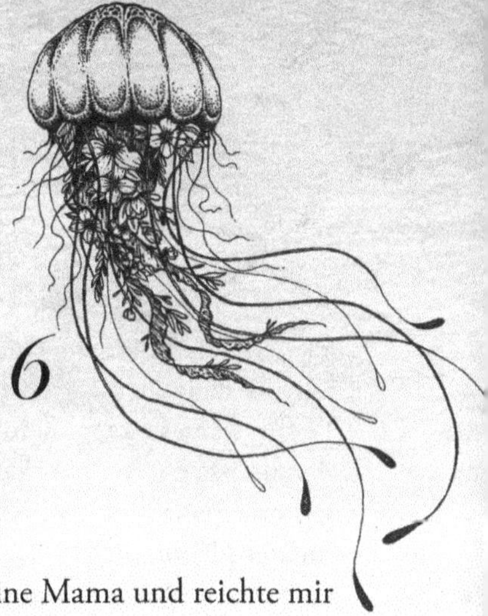

Kapitel 6

»Henry? Magst du echt nichts?«, fragte meine Mama und reichte mir das Glas, in dem kleine Gürkchen in Gurkenwasser schwammen.

»Nein danke. Ich geh später noch aus.«

»Und du, Lissy?« Meine kleine Schwester, die vom einen bis zum anderen Ohr Nutella im Gesicht kleben hatte, schüttelte den Kopf.

»Die sind eklig!«

»Ich zeig dir mal, was eklig ist.« Ich zog mein Handy aus der Hosentasche, stellte die Frontkamera an und zeigte Lissy ihr Spiegelbild. Sie grinste sich begeistert an, stand dann auf und versuchte mir doch tatsächlich einen schokoladigen Kuss aufzudrücken. Ich gab alles, um sie von mir fernzuhalten, während sie mit aller Macht meinen Pullover als Serviette missbrauchen wollte. Wir rangelten so heftig, dass dabei Getränke überschwappten und wir so laut kicherten und lachten, als wäre das hier nicht das Esszimmer unseres kleinen Einfamilienhäuschens, sondern ein Indoorspielplatz. Plötzlich räusperte sich Papa lautstark. Lissy sprang zurück auf ihren Stuhl und wischte sich den Mund an ihrem Handrücken ab. Mama und Papa verdrehten die Augen. Ich konnte meine kleine Schwester nur angrinsen. Wie man das eben so tat als großer Bruder einer Fünfjährigen. Als Mama ungeplanterweise noch mal schwanger geworden war, hätte ich nie gedacht, dass ich einmal so viel Spaß mit der kleinen Kröte haben könnte.

»Was hast du heute noch vor?«, erkundigte sich Papa und versuchte wohl, die Aufmerksamkeit auf ein anderes Thema zu lenken. Ein Thema, über das ich gerade noch nicht nachdenken wollte.

»Ich treff mich später noch mit jemandem.«

»Mit wem?«, fragte Mama. Ich kaute extralang, um etwas Zeit zu schinden.

»Einer aus dem Pub, kennt ihr nicht.«

»Aha«, entgegnete meine Mama. Ihre Augen sagten aber etwas ganz anderes. Sie schien zu ahnen, dass ich etwas verheimlichte. Aber ich sah keinen Sinn darin, ihnen von meinem Date zu erzählen. Dafür war es noch nicht ernst genug. Meine Mama würde sofort darauf bestehen, Max kennenzulernen, und die Diskussion wollte ich mir heute einfach ersparen. Ich hatte schon viel zu viel Chaos in meinem Kopf.

Schnell trank ich aus, strubbelte Lissy durch ihr blondes Haar und stand auf. »Ich geh dann mal hoch. Hab noch zu tun.« Ich klang, als wollte ich die Aktienkurse checken oder so etwas in der Art. Dabei wollte ich einfach die letzten Stunden vor meinem Treffen mit Max in einsamer Panik verbringen und darüber verzweifeln, dass ich nichts zum Anziehen hatte. Zu viel Klischee? Mag sein.

In meinem Zimmer angekommen, öffnete ich meinen Kleiderschrank, nur um festzustellen, dass der fast leer war. Typisch. Ich sah mich um. Die meisten Klamotten lagen entweder auf meinem Schreibtischstuhl, am Fußende meines Betts oder auf der kleinen Couch, die mehr wie ein besonders großer Wäschekorb aussah. Ich bereute gerade, nicht auf meine Mama gehört zu haben, die mir seit Wochen damit in den Ohren lag, endlich aufzuräumen. Ich war so ein Chaot. Ehrlich. Also durchforstete ich die vielen Haufen und drapierte einige passable Kleidungsstücke auf meinem Bett. Und nun?

Ich griff nach meinem Handy, das ich zum Laden auf meinen Nachttisch gelegt hatte. Ich entfernte das Kabel und rief Zoya an. Hatte ich ihr eh versprochen, aber nun wurde aus dem Anruf eben direkt ein Videocall. Ich brauchte dringend Hilfe.

»Hallo!« Zoya erschien, strich sich ihre dunkelbraunen Locken hinter die Ohren und winkte in die Kamera. »Du sieht megafertig aus.«

»Danke. Das baut mich auf«, sagte ich und seufzte lautstark.

»Was ist los? Was bereitet dir gerade am meisten Kummer?«

Kurz überlegte ich.

»Momentan mache ich mir die meisten Gedanken über meine Klamottenwahl. Ich weiß nicht, wo Max mit mir hingehen will. Es wird doch nicht zu chic sein, oder?« Ich hatte schon so eine Horrorvorstellung davon, in einem edlen Schuppen vollkommen underdressed zu sein. Am Ende würden sie mich ohne Hemd und Lackschuhe gar nicht reinlassen.

»Henry, denk doch mal nach. Wo holst du ihn ab?«

»Vom *Green Leaf* Pub, nach seiner Schicht«, antwortete ich.

»Siehst du. Meinst du, er wirft sich dann in 'nen Dreiteiler, oder was? Der wird Jeans und sein Poloshirt mit Pub-Logo tragen. Wie immer. Mach dir also keine Gedanken. Du wirst so oder so schicker sein als er.«

Ich nickte. Sie hatte ja so recht, und ich hätte da auch selbst draufkommen können, wenn ich nicht so verstrahlt wäre.

»Was hast du dir zurechtgelegt? Zeig mal.«

Ich drehte die Kamera um und zeigte ihr die Outfits, die auf meinem Bett lagen. »Ich bin für das ganz rechts. Das karierte Hemd mit dem schwarzen Shirt. Das steht dir.«

»Ja, findest du?«

»Klar. Und du magst es auch, sonst hättest du es nicht in die engere Auswahl genommen.« Zoya lächelte mich durch die Kamera an. »Henry, du machst das schon. Der Typ ist auch nur ein Mensch. Hast du schon mal darüber nachgedacht, dass er vielleicht auch aufgeregt sein könnte?«

»Nein.« Hatte ich wirklich nicht. Warum sollte er auch?

»Siehst du. Da ist der erste Fehler. Du denkst immer, dass du der Einzige bist, der Unsicherheiten hat. Wer weiß, was bei ihm gerade in seinem hübschen Kopf los ist.« Zoya sollte Dating-Coach werden oder so was in der Art. Nur ein paar Minuten Telefonat mit ihr, und ich fühlte mich schon fast gut. Das war ein Wunder.

»Danke, Zoya. Wirklich. Das hat mir sehr geholfen. Ich fühle mich echt etwas ruhiger. Ich bin zwar immer noch ein Nervenbündel, aber ich habe nicht mehr den Drang zu kotzen.«

»Zumindest, bis er dir gegenübersteht«, erwiderte sie lachend.

»Jaaaa!« Ich seufzte. »Dann wird mein Puls mal wieder eskalieren. Aber dagegen gibt es wohl kein Mittel.«

»Wäre auch schade.« Sie zwinkerte mir zu. »Genieß es. Verliebt zu sein ist was Schönes.«

Vielleicht hatte sie ja recht. Auch wenn es sich für mich gerade nicht wirklich schön anfühlte. Eher wie kurz vor einem schlimmen Test in einem Fach, von dem ich keine Ahnung hatte. Ein Date mit Max war wie eine Prüfung in Atomphysik oder Altgriechisch.

»Ich zieh mich dann mal um.«

»Mach das. Mach ein Selfie, wenn du fertig bist, damit ich dir noch ein paar aufmunternde Worte schicken kann.«

»Wird gemacht.«

Wir verabschiedeten uns, und ich war wirklich froh, sie noch mal gesehen zu haben. Nicht nur ihre Worte, auch ihr Lächeln und ihre Art hatten mich beruhigt.

Die nächsten Minuten verbrachte ich mit umziehen, deodorieren und etwas Styling. Ich versuchte meine Haare zu richten, und entschied mich am Ende doch wieder für eine Beanie. Damit musste Max klarkommen. Mich gab es momentan nur mit, so gefiel ich mir einfach am besten.

Ich trottete die Stufen nach unten und blickte noch einmal ins Wohnzimmer. Dort saßen Mama, Papa und Lissy zusammen auf der Couch und sahen irgendeine Quizshow.

»Ich bin dann mal weg. Wird bestimmt später.«

»Okay, pass auf dich auf«, sagte Mama.

»Logisch.« Dann nahm ich meine Lederjacke und einen dünnen Schal von der Garderobe und meinen Haustürschlüssel von der Kommode neben der Tür.

»Tschüss, Riri«, rief mir meine Schwester nach, kurz bevor ich ging. Riri war eines ihrer ersten Worte gewesen, als sie noch ein Baby gewesen war. Nur sie durfte mich so nennen.

»Bis morgen früh«, antwortete ich und schloss die Tür hinter mir. Ich war viel zu früh dran. Das war wieder so typisch. Da ich Angst hatte, zu meinem ersten Date mit Max zu spät zu kommen, verließ ich eine Stunde zu früh das Haus. Ein Mittelding gab es bei mir einfach nicht. Also entschloss ich mich, zu Fuß zu gehen. Mit der Straßenbahn wäre ich innerhalb weniger Minuten am Ziel gewesen. Aber die frische, ziemlich kalte Luft würde dem Durcheinander in meinem Kopf vielleicht guttun. Auch wenn ich mal wieder nicht warm genug angezogen war. Nicht umsonst sagte man ja, dass man einen kühlen Kopf behalten sollte. Ich steckte mir meine Kopfhörer in die Ohren und wählte eine rockige Playlist, die hoffentlich keinen Platz für andere Gedanken lassen würde. Ich vergrub meine Hände tief in meinen Hosentaschen und lief los. Den Bass in den Ohren und die kalte Oktoberluft im Gesicht.

Überpünktlich stand ich vorm Irish Pub und setzte mich auf das steinerne Fensterbrett direkt neben der Tür. Im Pub war es laut wie immer, und ich konnte die Irish-Folk-Musik bis hierher hören. Auf der Straße war, dafür, dass es Samstagabend war, recht wenig los. Aber für die Klubgänger war es wohl noch zu früh. Ich sah auf die Uhr. Es war kurz nach neunzehn Uhr.

»Was machst du denn schon hier?« Da war er. Max. Und ich hatte einen Puls, der echt nicht mehr feierlich war. Er stand mit zerzaustem Haar in der geöffneten Tür und sah so attraktiv aus. »Ich hab dich gerade durchs Fenster gesehen und konnte erst nicht glauben, dass du es schon bist. Du hattest jetzt nicht wirklich vor, noch eine halbe Stunde im Kalten zu sitzen?«

»Eigentlich schon«, gab ich zu.

»Dann bist du morgen erkältet und ich bin schuld. Keine gute Idee. Komm rein und setz dich kurz an die Theke. Ich kann auch gleich Feierabend machen, denke ich.«

»Okay.« Immer noch mit den Händen in den Hosentaschen trottete ich hinter ihm her, betrat das Pub und blieb neben der Bar stehen. Das war nun wirklich eine seltsame Situation. Ich war ja schon öfter hier gewesen. Aber noch nie hatte ich auf Max gewartet, um danach etwas mit ihm zu unternehmen. Bei dem Gedanken daran setzte auch prompt das Bauchkribbeln wieder ein.

»Hey.« Max stand vor mir. Dieses Mal trennte uns wie gewohnt der Tresen.

»Hey«, antwortete ich wenig geistreich und viel zu leise.

»Ich mach schnell die Abrechnung und zieh mich um. Bin gleich wieder da, okay?«

Ich nickte. »Geht klar.« Meine Stimme war nur ein Flüstern. Das musste ich in den Griff kriegen. Ich räusperte mich und nahm mir vor, ab jetzt mal wieder den mutigen Henry rauszulassen. Der, der seine Handynummer an den heißen Barkeeper gegeben hatte. Genau diesen Mut musste ich nun aus mir herauskitzeln, um das Date nicht vollkommen in den Sand zu setzen.

Max ließ mich nicht lange warten. Keine zehn Minuten später stand er schon vor mir in einem simplen schwarzen Pullover und einer Bluejeans. Nicht zu chic und trotzdem chic genug.

»Du siehst gut aus«, sagte ich zu ihm. Einerseits schämte mich für diesen Satz, andererseits klopfte ich mir auf die Schulter.

»Danke.« Sein Lächeln wurde noch breiter. »Du auch.« Was er mit dieser Antwort in mir auslöste, konnte er wohl nur erahnen. Ich hoffte zumindest, dass man es mir nicht zu sehr ansehen konnte. Denn ich hatte gerade das Gefühl, dass mir das Herz aus der Brust springen und wild klopfend auf der Theke landen würde. Nach seinem überraschenden *du auch* zog er sich seinen Mantel an und wir verließen das Irish Pub. Ob sich seine Kolleginnen und Kollegen wunderten, dass wir gemeinsam gingen? Oder hatte er ihnen vielleicht sogar von unserem Date erzählt? Ich hatte ja keine Ahnung, wie offen er mit seinem Privatleben umging.

»Warum arbeitest du samstags eigentlich nur mittags? Ist abends nicht unglaublich viel los?« Dass ich das Gespräch mit einer Frage begann, hatte ich Mathilda zu verdanken. In unserer Generalprobe hatten wir uns da so einiges überlegt. Sie wäre stolz auf mich gewesen.

»Ach, das ist ganz simpel. Mittags ist Bundesliga, und da ist der Schuppen manchmal sogar voller als abends. Da trifft sich das für mich ganz gut. Dann habe ich auch mal einen Abend frei.«

»Das ist toll.«

»Finde ich auch. Und noch besser ist natürlich, dass auch du heute Abend Zeit hattest.«

Ich könnte ihm jetzt gestehen, dass ich mir zu jeder Tages- und Nachtzeit für ihn freigenommen hätte. Aber das behielt ich mal lieber für mich.

»Und, wo gehen wir hin?« Wir liefen jetzt schon ein paar Minuten eine vielbefahrene Straße entlang, aber ich wusste noch immer nicht, was Max mit mir vorhatte.

»Ich hatte mir heute den Tag über noch überlegt, ob es nicht besser gewesen wäre, dich zu fragen, ob du irgendein Essen nicht magst oder vielleicht sogar allergisch gegen irgendetwas bist. Na ja. Ich hoffe, du magst Sushi, denn hier …« Er zeigte auf einen Laden auf der anderen Straßenseite. »Hier verbringe ich oft meine Feierabende. Lohnt sich wirklich!«

Sushi … na ja. Was sollte ich nun dazu sagen?

»Ja, klasse«, brachte ich heraus und war somit nur halb ehrlich. Ich freute mich darüber, dass er mir einen Ort zeigen wollte, den er mochte und wo er viel von seiner Freizeit verbrachte. Allerdings hatte ich eine große Abneigung rohem Fisch gegenüber. Eigentlich mochte ich Fisch auch sonst nur in Fischstäbchenform. Aber konnte ich bereits beim ersten Date zugeben, was für ein Banause ich war? Ich haderte mit mir, blieb aber vorerst still. Typisch.

Wir überquerten die Straßenseite und betraten das kleine Restaurant. Dort sprach Max kurz mit einem Herrn, der uns dann zu einem Tisch brachte. Der Laden war sehr voll, es war also eine gute Idee von Max gewesen, vorher reserviert zu haben.

»Wenn ich manchmal nach meiner Schicht hier bin, also so um zwei Uhr nachts oder so um den Dreh, dann ist nicht so viel los.«

»So spät haben die noch auf?«

Er nickte. »Das Restaurant hat fast durchgängig geöffnet. Es gibt einige Schichtarbeiter, die hier oft essen gehen. Vom benachbarten Hotel, zum Beispiel. Und der Bahnhof ist ja auch in der Nähe. Das hat sich wohl mittlerweile herumgesprochen, dass man hier immer etwas Leckeres zu essen bekommt.«

»Anscheinend.«

Der Herr von eben brachte uns eine Karte und fragte direkt nach, ob wir schon etwas zu trinken mochten. Max bestellte Wasser und ich eine Cola.

»Du trinkst eher selten Alkohol, oder?«, fragte Max interessiert.

»Ich bin, wenn ich mit meinen Freunden unterwegs bin, oft der Fahrer. Und ich vertrage auch nicht wirklich viel. Wenn ich jetzt hier was trinken würde, hätte ich die Befürchtung, dass nur noch Müll aus meinem Mund kommen würde. Und ich möchte eigentlich einen guten ersten Eindruck machen.«

»Den guten ersten Eindruck hatte ich bereits, sonst hätte ich dich nicht eingeladen.«

Mein Herz. Ich senkte meinen Blick und hoffte, dass meine Ohren nicht so rot waren, wie sie sich anfühlten. *Nicht die Maserung des Tischs anstarren,* hallten Mathildas Worte plötzlich durch meinen Kopf. Also sah ich Max schnell wieder in die Augen. Zum Glück kam in dem Moment eine Bedienung und brachte uns unsere Getränke. So hatte ich etwas, an dem ich mich festhalten konnte.

»Wie bist du denn darauf gekommen, mir deine Nummer zu geben? Ich war wirklich überrascht.« Max hatte die Ellenbogen auf dem Tisch und sein Gesicht in den Händen abgelegt. Er hatte definitiv kein Problem mit Augenkontakt, oder damit, ein Gespräch am Laufen zu halten.

»Ach … Das war das Ergebnis eines wochenlangen Kampfes mit mir selbst.«

»Wie? Erzähl!«

»Na ja, du bist mit natürlich schon eher aufgefallen, und ich habe lange mit mir gerungen und überlegt, was ich tun könnte. Und am Dienstag war es dann einfach so weit. Da hab ich es einfach getan und es danach direkt bereut.«

»Warum das denn?«

»Ich wusste ja nicht, wie du reagierst oder na ja … ob du hetero bist«, gab ich leise zu.

»Ich bin bi, und ich habe mich wirklich gefreut. Auch wenn ich erst mal gefühlt zehn Minuten auf den Zettel gestarrt habe. Das hat mich wirklich total kalt erwischt.« Er lachte.

»Du bekommst doch bestimmt viele Angebote, oder? So wie du aussiehst, und dann noch der Job an der Bar … also, ich stelle es mir zumindest so vor, dass da viel geflirtet wird und so.«

»Angebote bekomme ich schon manchmal, aber die sind selten so charmant.«

Dieses Lächeln würde mich irgendwann noch niederstrecken. Ich würde gern laut aufseufzen, so attraktiv war dieser Mann.

Wir bestellten unser Essen. Und da ich mich mit Sushi nicht auskannte, orderte ich einfach das Gleiche wie Max. Eine gemischte Platte mit allerhand Maki und Nigiri ... was auch immer.

»Erzähl mal von dir, was machst du so?«, fragte Max, und ich war froh, dass er so unglaublich talentiert darin war, das Gespräch am Laufen zu halten. Das würde den Abend garantiert retten und nahm etwas den Druck von mir.

»Ich studiere Germanistik und Anglistik. Ansonsten bin ich – wie du vielleicht schon festgestellt hast – ein großer Quiz-Fan.« Kurz überlegte ich, was sonst noch interessant an mir war. »Ich wohne noch zu Hause bei meinen Eltern und habe eine kleine Schwester. Meine Lieblingsfarbe ist Rot, obwohl man mir das nicht wirklich ansieht, weil ich fast nur schwarze Kleidung besitze. Aber die steht mir einfach besser. Finde ich zumindest.«

Max nickte. Also schien er mir in dem Punkt zuzustimmen.

»Ich liebe Meerestiere. Nicht als Essen. Ganz und gar nicht. Die Tiere an sich finde ich furchtbar faszinierend. Vor allem Quallen haben es mir angetan. Und mein Lieblingsessen ist ...«, nachdenklich starrte ich an ihm vorbei auf einen imaginären Punkt, »... ich glaube, Lasagne oder Russischer Zupfkuchen. Je nachdem, ob mir der Sinn nach süß oder herzhaft steht.«

»Wow.« Das war das Einzige, was Max herausbekam.

»Was?«

»Na ja. Dafür, dass du sonst recht wenig sagst, war das ja gerade ein richtiger Wortschwall.«

Sofort glühten mir die Ohren.

»Das hat mich jetzt wirklich beeindruckt. Taust du etwa langsam auf?«

»Vielleicht.«

Dann kam wieder der Kellner und brachte uns zwei Platten, gefüllt mit verschiedenen Sushi-Sorten, einer grünen Paste und brauner Soße. Bestimmt Sojasoße.

»Guten Appetit«, sagte Max, nahm ein wenig von der grünen Paste und mischte sie mit Sojasoße. »Ich weiß, dass man das eigentlich nicht tun sollte. In Japan würden sie mich wahrscheinlich hochkant rauswerfen.«

Aha. Was sollte ich mit der Information nun anfangen? Misstrauisch betrachtete ich erst seinen und dann meinen Teller. Überfordert, wie ich war, griff ich nach den Essstäbchen, mit denen ich zum Glück nicht ganz so ungeschickt umging, nahm ein wenig von der grünen Masse und leckte sie ab.

»O heilige …« Mir verschlug es die Sprache. »Damit hab ich nicht gerechnet.« Ich fächerte mir Luft zu und trank dann gierig von meiner Cola.

»Das ist Wasabi, wusstest du das nicht?«

Ich kam nicht wirklich dazu, zu antworten, da ich mit Trinken beschäftigt war. »Hast du noch nie Sushi gegessen?«

Ich schüttelte den Kopf. Und da ich nicht einfach nur schweigen und schwitzen wollte, ergänzte ich noch mühsam ein paar Worte.

»Ich wollte nichts sagen, aber ich hab eine totale Abneigung Fisch gegenüber. Und roher Fisch ist noch schlimmer. Aber ich wollte zumindest probieren und konnte ja schlecht ahnen, dass es dazu grüne Höllenglut als Dip gibt.«

»Okay. Das ist schade.« Max war das Ganze anscheinend unangenehmer als mir. Was eigentlich nicht sein konnte, da ich gerade im Erdboden versank. »Ich habe eine Idee!« Er nahm seine Stäbchen und begann damit, ein paar meiner Sushiröllchen vom Teller zu klauen. Nicht dass ich traurig darüber war, aber es wunderte mich schon sehr. Doch dann nahm er einige seiner Maki und legte sie wiederum auf meinen Teller.

»Was machst du?«

»Schau.« Er zeigte mit seinen Stäbchen auf meinen Teller. »Die hier sind mit Gurke, die da mit Avocado und das hier ist, glaube ich, mit einer Ei-Füllung. Den Fisch übernehme ich. Klingt das okay?«

Ich konnte nicht anders, als ihn anzugrinsen. »Danke.«

»Und nächstes Mal entscheidest du, wohin wir gehen. Nicht dass ich in noch ein Fettnäpfchen trete.«

Er hatte *nächstes Mal* gesagt. Wir würden uns also wiedersehen. Das klang fast zu schön, um wahr zu sein. Es beruhigte mich, dass ich es also zumindest bis jetzt noch nicht komplett verkackt hatte. Den Rest des Abends würde ich auch noch irgendwie hinbekommen.

Sushi konnte lecker sein. Das war meine Erkenntnis des Abends. Die mit Gurke mochte ich am liebsten. Aber vielleicht lag es auch gar nicht am Sushi, sondern eher an meiner netten Begleitung. Max war so charmant. Ja, das Wort passte tatsächlich am besten zu ihm. Er interessierte sich sehr für mich, stellte mir viele Fragen über mich, meine Familie und meinen ganzen Alltag, und er war ein verdammt guter Zuhörer. Und da er das Gespräch am Laufen hielt, gab es auch keine peinlichen Schweigemomente. Max übernahm sogar die Rechnung. Ich protestierte zwar, aber er ließ sich nicht davon abbringen.

Danach begaben wir uns noch auf die Suche nach einer Nachspeise und konnten in einem Café ein paar Straßen weiter zwei Coffee to go ergattern. Max bezahlte auch den Kaffee, obwohl ich mich mit Händen und Füßen dagegen wehrte. Daraufhin orderte ich aus Trotz und Protest noch zwei Muffins, damit ich ihn an diesem Tag wenigstens auch zu einer Kleinigkeit eingeladen hatte.

»Du trinkst deinen Kaffee mit Zucker?«, fragte ich, als ich Max dabei beobachtete, wie er in einen Korb griff, in dem Zuckertütchen lagen. Ich wusste nicht warum. Aber es erschien mich wichtig zu wissen, wie er seinen Kaffee am liebsten mochte. Das könnte für die Zukunft nur von Vorteil sein.

»Nein. Meistens sogar schwarz.«

Kaffee schwarz. War gespeichert. Ich goss reichlich Milch in meinen Kaffee und drückte den Plastikdeckel wieder auf den Becher.

»Nimmst du den Zucker dann für schlechte Zeiten mit?«

»Ach so, das.« Er grinste mich an. »Das ist nur so eine Angewohnheit von mir. Weiß gar nicht, wann das angefangen hat. Aber an manche Tage will ich mich einfach auch später erinnern, und das ist quasi mein Andenken daran.« Er hob das Tütchen hoch und ich betrachtete es etwas genauer. Es war nichts Besonderes. Auf der einen Seite war es blau und mit weißen Buchstaben stand der Name des

Cafés geschrieben. Die Rückseite war lila und machte Werbung für einen Sexshop um die Ecke.

»Interessante Kooperation«, stellte ich fest und musste kichern.

»Kaffee und Kondome. Beides ungefähr gleich wichtig«, meinte Max daraufhin.

»Nur komm ich ohne das eine nicht aus dem Bett, und ohne das andere bekommt man mich nicht rein.« Ich ließ die Augenbrauen hüpfen und brachte uns damit beide zum Lachen. Während ich mich noch fragte, woher meine Schlagfertigkeit plötzlich kam, schnappten wir uns die Pappbecher und liefen weiter. Hin und wieder biss einer von uns in seinen Muffin, und selbst der schmeckte besser als sonst. Was war das bitte für ein Abend? Sogar das Wetter war erstaunlich mild, sodass unser Spaziergang mehr als angenehm war. Und tatsächlich hatte Max es geschafft, mir fast meine komplette Nervosität zu nehmen. Den ganzen Nachhauseweg erzählte ich ihm von meinem Studium. Von Mike, Zoya und Fatih, meinen besten Freunden. Und natürlich von unseren Quiz-Erfolgen. Max schien mir gern zuzuhören, und als ich auf das *The Green Leaf* zu sprechen kam, blühte auch er auf. Der Job war anfangs für ihn nur eine Notlösung gewesen, um Geld zu verdienen. Aber mittlerweile liebte er die Arbeit, seine Kollegen und den ganzen Laden einfach.

»Es ist verdammt anstrengend. Die Arbeitszeiten sind alles andere als praktisch. Immerhin hat man immer dann frei, wenn alle anderen arbeiten, und andersrum. Aber es macht so viel Freude. Und am Ende deiner Schicht weißt du, was du geleistet hast. Meistens vor allem, weil dir jeder Knochen im Körper schmerzt.« Max lachte. »Und es ist alles andere als einfach. Viele denken wahrscheinlich, dass es nicht mehr ist als Bier einschenken. Aber es ist so viel mehr.«

»Ich würde mir niemals rausnehmen zu behaupten, dass der Job leicht sei. Allein dass man immer und zu jedem freundlich sein muss ist doch anstrengend. Ich wäre auch nicht schlagfertig genug oder überhaupt dazu in der Lage, mit jedem Small Talk zu führen. Du glaubst nicht, wie viel Angst ich hatte, dass wir zwei uns heute nichts zu sagen haben und uns anschweigen.« Ich schüttelte ebenfalls lachend den Kopf.

»Dafür hat es doch ganz gut geklappt, findest du nicht?« Er stupste mich mit der Hüfte an und brachte mich damit zum Grinsen.

»So ...« Ich blieb abrupt stehen, als wir plötzlich vor meiner Haustür standen. »Hier wohne ich.« Der Weg von der Innenstadt zu unserem Häuschen war keineswegs kurz. Aber mit Max war die Zeit wie im Flug vergangen. Und nun? Wie genau lief eine Verabschiedung nach dem ersten Date ab? Gab es dafür einen Knigge? Ich persönlich hatte das Gefühl, dass wir über einen Handschlag oder ein High Five hinaus waren. Aber war es schon Zeit für einen Kuss? Gab es etwas dazwischen? Und was wollte Max? Dieses Gedankenkarussell bewirkte zumindest eines: All meine Schüchternheit war mit einem Schlag wieder da. Wir standen uns gegenüber und ich fühlte mich noch kleiner, als ich in seiner Gegenwart eh schon war.

»Ja, ähm. Das ist unser Haus. Meine Eltern schlafen sicher schon. Das da oben ist mein Zimmer«, erwähnte ich leise, zeigte auf das dunkle Fenster, das wahrscheinlich für ihn genauso aussah wie jedes andere gottverdammte Fenster in der kompletten Straße. Nervös wippte ich von einem Bein aufs andere.

»Schön«, sagte er und war nun plötzlich genauso wortkarg wie ich.

»Dann treffen wir uns bald mal wieder?« Ich hatte irgendwie Angst vor der Antwort. Der Abend war wohl einer der besten gewesen, die ich seit Langem verbracht hatte. Aber es konnte ja trotzdem sein, dass Max das vollkommen anders sah.

»Wenn du das möchtest.«

»Gern.« Meine Stimme war nicht mehr als ein Flüstern. Dann kam Max einen kleinen Schritt auf mich zu und beugte sich ein wenig nach unten. Näher zu mir. Mein Herz drohte stehen zu bleiben. Würde er? Er würde doch nicht ...? Und gerade in dem Moment, als ich die Augen schließen wollte, spürte ich einen hauchzarten Kuss auf meiner Wange. Einen kurzen Augenblick später entfernte er sich auch schon wieder und lächelte verlegen. Und man sah Max nicht oft verlegen. Dafür war er viel zu groß, selbstsicher und attraktiv. Diesen Anblick musste ich mir merken. Max konnte richtig süß sein.

»Ich schreibe dir, ja?«

»Ja«, hauchte ich. Dann lief Max ein paar Schritte rückwärts, ohne den Blick von mir abzuwenden. Erst nach ein paar Metern drehte er sich um und ging. Ich sah ihm nach, bis er an der nächsten Kreuzung abbog. Seufzend ließ ich den Kopf in den Nacken fallen. Wow! Einfach nur wow!

Ich griff nach meinem Haustürschlüssel, drehte ihn vorsichtig im Schloss und betrat mein Zuhause. Alles war dunkel und still. Leise zog ich Jacke und Schuhe aus und lief dann auf Zehenspitzen nach oben in mein Zimmer. Dort warf ich mich auf mein Bett, starrte an die Decke und ließ den Abend noch mal Revue passieren. Was für ein schönes Date. Meine Sorge, dass ich alles verhauen würde oder wir uns einfach nur peinlich anschwiegen, war unbegründet gewesen. Und das war nicht ausschließlich Max' Verdienst. Ich hatte mich nicht schlecht gehalten. Und das Beste: Wir würden uns wiedersehen.

Ich war so gespannt, wie sich das mit uns entwickeln würde.

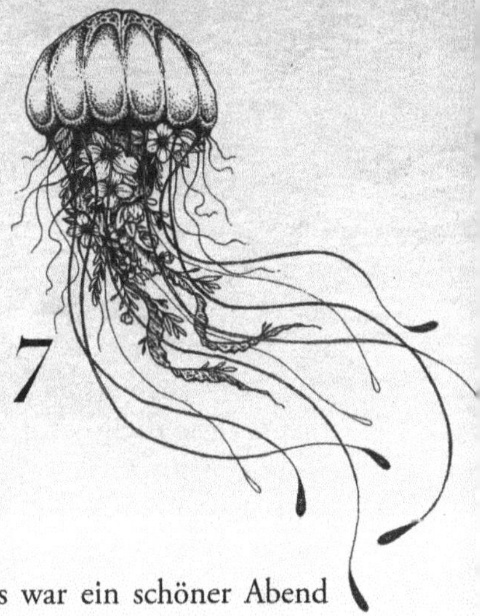

Kapitel 7

Tag eins nach meinem Date mit Max. Es war ein schöner Abend gewesen, und ich hatte mich meines Erachtens nur wenig doof angestellt. Mal von dem Wasabi-Zwischenfall abgesehen.

Und nun wartete ich sehnsüchtig auf eine Nachricht. Auf irgendein Lebenszeichen von ihm. Er hatte gesagt, dass er sich melden würde. Und das würde er dann auch bestimmt tun. War es nun unangebracht, wenn ich zuerst schreiben würde? Das hatte ich auch Mathilda und Zoya gefragt. Beide hatten sich direkt heute Morgen erkundigt, wie mein Date gelaufen war. Und beide waren unabhängig voneinander der Meinung, dass ich ihm natürlich schreiben durfte, wenn ich etwas zu sagen hatte.

Ich hatte keine News, die ich ihm mitteilen musste, nichts Dringendes, was zeitnah auf den Tisch gebracht werden musste. Ich hatte nur den unglaublichen Drang, den gestrigen Abend nicht einfach so verstreichen zu lassen. Ich wollte mich auch jetzt, einen Tag nach unserem Treffen, weiter so verbunden mit ihm fühlen.

Also hatte ich ein paar simple Worte getippt.

Ich fand es gestern wirklich sehr schön
und freu mich schon darauf, wenn wir uns wiedersehen.

Vormittags hatte ich es abgeschickt, und seitdem wartete ich auf eine Antwort. Es war vielleicht nicht das Klügste, etwas in die Abwesenheit einer Nachricht von Max hineinzuinterpretieren.

Aber mit jeder Stunde, die verstrich, war ich mehr und mehr davon überzeugt, dass ich es gestern wohl doch irgendwie versaut hatte. Dass er nur höflich sein wollte, als er sich mit dem Wangenkuss von mir verabschiedet hatte und von einem baldigen weiteren Date die Rede gewesen war. Nun überlegte er wohl schon, wie er mir am besten den Laufpass geben konnte. Vielleicht war der bloße Kuss auf die Wange schon Zeichen genug gewesen. Vielleicht konnte man sich je nach Art der Verabschiedung ja schon denken, wie es weitergehen würde.

Feuchter Zungenkuss = Sehr gute Aussichten auf ein weiteres Date und noch mehr Zungenakrobatik.

Wangenkuss = Next.

»Warum guckst du denn so?« Lissy kam in mein Zimmer und starrte mich an.

»Du sollst doch nicht in mein Zimmer, ohne anzuklopfen!«, wies ich sie zurecht.

»Ich habe angeklopft.«

»Ich habe aber nicht gesagt, dass du reindarfst.«

Sie zuckte mit den Schultern. Eine Autoritätsperson war ich für sie trotz meines Alters eindeutig nicht. Die kleine Kröte kletterte auf meinen Schoß und umarmte mich. Spätestens jetzt konnte ich ihr eh nicht mehr böse sein. Lissy wusste genau, wie sie mich um den Finger wickeln konnte.

»Warum bist du traurig?«, fragte sie und sah mich mit riesigen blauen Lissy-Augen an. An unseren Augen erkannte man, dass wir verwandt waren. Die hatten wir beide von unserer Mutter geerbt. Das dunkle Blau. Nur war Lissy auch so blond wie Mama, und ich hatte das dunkle Haar von Papa bekommen. Lissy konnte durch ihr Erscheinungsbild tatsächlich aussehen wie ein Engel. Vor allem, wenn sie schlief. Im wachen Zustand war sie meist zu frech, laut und mit Schokolade oder Buntstiften beschmiert, um als Engel durchzugehen.

»Wie kommst du darauf, dass ich traurig bin?«

»Du guckst so.«

»Wie denn?«

»So.« Dann versuchte sie mich zu imitieren und zog eine astreine Schnute. Sollte ich so dreinschauen, sah ich wirklich todunglücklich aus. Und ein wenig lächerlich.

»Weißt du, Lissy, ich bin nicht traurig. Ich bin mehr enttäuscht.«

Sie verdrehte die Augen und starrte nachdenklich die Decke an. »Und wieso? Wegen dem Mais auf der Pizza?«

Ich musste lachen. Das Mama heute Mittag einfach so Mais auf die Pizza gestreut hatte, war tatsächlich eine herbe Enttäuschung gewesen. Aber da würde ich drüber hinwegkommen.

»Nein, das war okay. Weißt du, ich habe mich gestern mit einem Kerl getroffen, den ich ziemlich toll finde. Und jetzt meldet er sich nicht mehr bei mir.«

»Das ist gemein«, stellte Lissy fest, und ich musste ihr rechtgeben.

»Ja, aber vielleicht ist es halb so wild. Er wird sich bestimmt morgen melden und hatte heute einfach viel zu tun. Das kann ja auch sein. Wahrscheinlich erwarte ich zu viel.«

»Hast du ihm denn schon geschrieben?«

»Ja, direkt heute Morgen«, gab ich zu. Jedoch sah Lissy das wohl nicht als nervig, sondern als etwas Gutes an, denn sie nickte zustimmend.

»Du bist eben einfach lieb. Und der andere nicht.«

Mit diesen Worten stand sie auf und ging. Lissys Weltsicht zu haben war wirklich toll. Und so simpel. Sie musste nicht wie ich alles dreimal hinterfragen und Fehler an sich selbst suchen, wo wahrscheinlich gar keine waren. Lissy verstand die Welt manchmal besser als ich. Und sie hatte viel mehr Selbstbewusstsein. Hoffentlich würde sie das auch in Zukunft behalten.

Später tat ich das, was ich oft an freien Tagen machte: Ich sah eine Dokumentation über Meeresbewohner. Dieses Mal ging es um das Mittelmeer. Nach einer halben Stunde setzte sich Lissy zu mir, sie hatte eine Prinzessin-Elsa-Puppe dabei und kuschelte sich an mich heran. Keiner von uns sprach, wir ließen uns einfach von den Farben und den prächtigen Bildern berauschen.

»So viele schöne Fische«, meinte sie irgendwann andächtig. Das konnte ich natürlich nicht so stehen lassen.

»Um genau zu sein, sind Wale gar keine Fische, sondern Säugetiere.«

»Aber das sind Fische?« Sie zeigte auf eine Gruppe Delfine, die gerade einem Boot hinterherschwammen und ein paar Sprünge zum Besten gaben.

»Das sind Delfine, und um genau zu sein, sind das auch Wale. Klingt komisch, ist aber so.«

Lissy nickte und sah sich weiter die Doku mit mir an. Zwischendurch setzte sich auch mal Papa dazu und reichte uns eine riesige Tüte Gummibärchen, die wir dann gemeinsam vernichteten. Danach war mir sogar fast ein wenig schlecht, und am Abendbrottisch hatte ich kaum mehr etwas runterbekommen. Was Mama ziemlich sauer gemacht hatte.

Als ich später im Bett lag, starrte ich nachdenklich die wild umhertanzenden Lichtmuster an, die die vorbeifahrenden Autos an die Wand und an die Zimmerdecke zeichneten.

Ein letzter Blick auf mein Handy verriet mir, dass es nach elf Uhr war, und dass sich Max noch immer nicht bei mir gemeldet hatte.

Wahrscheinlich war's das.

Das war wirklich ein sehr kurzes Vergnügen gewesen.

Kapitel 8

»Ich hasse dich. Sehr.« Mike stand vollkommen genervt vor mir und seufzte laut. »Ich dachte echt, wir wären über diesen Punkt hinaus.«

Ich sah ihn mindestens genauso vorwurfsvoll an wie er mich. »Du musst ja nicht mit mir hier draußen warten. Geh doch rein und bestell dir schon mal was. Ich will einfach nicht unnötig lange drin herumsitzen. Ich bin rechtzeitig zum Quiz da.«

»Du hast ein Problem. Ernsthaft.« Mike klopfte mir auf die Schulter und lief an mir vorbei. »Regel das mit ihm«, sagte er noch, bevor er die Tür öffnete und das Pub betrat.

Ich setzte mich auf die Fensterbank, auf der ich auch am Samstag vor unserem Date gewartet hatte. Nur war jetzt Dienstag, und Max hatte sich seit Samstag kein einziges Mal gemeldet. Kein Anruf, keine kurze Nachricht. Kein Lebenszeichen. Nada. Und dafür gab es meines Erachtens nur einen Grund: Er wollte eben doch keinen intensiveren Kontakt mit mir. Damit musste ich wohl oder übel leben. So was wie Liebe auf den ersten Blick gab es eben doch nicht, und es war sein gutes Recht, mich einfach nicht megatoll zu finden. Vielleicht würden wir es heute noch schaffen, ein paar erwachsene Worte miteinander zu wechseln, und dann einen Schlussstrich ziehen. Das war schade und machte mich traurig. Denn für mich war der Abend mit ihm wirklich schön gewesen. Und beim Gedanken an seinen Abschiedskuss überschlug sich mein Herz geradezu. Obwohl er nur unschuldig gewesen war. Das tat nichts zur Sache. Aber das Gefühl war wohl nur einseitig gewesen. Damit musste ich mich abfinden. Ich seufzte und beobachtete ein paar Raucher, die sich vor dem Eingang tummelten. Dann sah ich auf die Uhr meines Handys. Das Quiz würde gleich beginnen. Also rutschte ich von meinem Sitzplatz und ging langsam Richtung Eingangstür. Eilig hatte ich es wirklich nicht. Aber was sein muss, musste nun mal sein.

Das Erste, was ich sah, war Jenny, die mir von Weitem mit der rechten Hand zuwinkte. In der linken balancierte sie mehrere Getränke auf einem Tablett. Dann sah ich Zoya und die anderen, die an unserem Stammtisch saßen.

»Beeil dich, das Quiz geht gleich los!« Zoya zerrte mich auf den Hocker neben ihr.

»Herzlich willkommen zum heutigen Pub-Quiz! Habt ihr alle einen Zettel und einen Stift? Ja? Dann können wir ja gleich loslegen.« Wie jede Woche saß der grauhaarige Pub-Chef im hinteren Bereich an einem Tisch und rasselte seinen Text herunter. Hinter der Bar sah man ihn kaum mehr. Dafür war er, glaube ich, schlichtweg zu alt. Einzig die Moderation des Quiz ließ er sich nicht nehmen. Und ab und an, wenn er ein paar gute Whiskey intus hatte, sah man ihn sogar bei der Karaoke-Night auf der Bühne. Meistens mit dem Song *Piano Man* von *Billy Joel.*

»Doch bevor wir mit der ersten Frage loslegen, habe ich noch eine wichtige Ankündigung zu machen. Vor allem für die regelmäßigen Quizzer. Wie ihr sicher wisst, findet jedes Jahr die Pub-Quiz-Meisterschaft statt, auf Landes- und dann natürlich auch auf Bundesebene. Wir haben das Glück, dass der Vorentscheid in diesem Jahr hier in unserem *The Green Leaf* Pub stattfinden wird.«

Jubel hallte durch den ganzen Raum. Und auch wir strahlten uns an. Das war genau das Richtige für uns.

»Wer also bei der Meisterschaft teilnehmen möchte, meldet sich einfach später bei mir.«

»Das ist ja klasse!«, rief Mike begeistert, und Fatih neben ihm nickte überschwänglich. »Wird bestimmt spaßig!«

»Meinst du, wir können da noch mithalten?«, gab Zoya zu bedenken. »Hier gibt's ja selten große Konkurrenz, und die meisten sind eh zu besoffen, um bis zum Ende konzentriert mitzumachen. Aber das ist eben dann doch eine andere Liga. Sind wir so gut?«

»Wenn wir es nicht versuchen, dann wissen wir es nicht. Also versuchen wir's«, sagte ich, und Mike und Fatih stimmten mir nickend zu. Nach ein paar Sekunden nickte auch Zoya lächelnd.

»Endlich mal eine richtige Herausforderung für uns!«

»Beginnen wir nun mit der ersten Frage«, kam es wieder mit einem pfeifenden Ton aus den Lautsprechern. »Von wem stammt der Spruch *Fußball ist wie Schach, nur ohne Würfel?*«

Mike und Fatih sahen sich für einen Sekundenbruchteil an, beugten sich dann nach vorn und flüsterten gleichzeitig »Lukas Podolski«. Zoya grinste und schrieb die Antwort auf.

»Ich hätte auf Lothar Matthäus getippt. Aber ich vertraue euch da natürlich voll und ganz. Eure Expertise!«

»Frage zwei: Wer gewann 1927 den Literatur-Nobelpreis?«

Alle Augen waren auf mich gerichtet. »Heinrich Böll«, sagte ich leise, aber dafür wie aus der Pistole geschossen.

»Verdammt! Woher weißt du das?«, fragte Mike. Ich zuckte mit den Schultern.

»Keine Ahnung. Irgendwo mal gelesen.«

Mike brauchte gar nicht so erstaunt zu tun. Jeder von uns hatte Themengebiete, in denen er oder sie mehr wusste als der Durchschnitt. Meiner Konzentration tat es allerdings auch gut, dass ich heute mit dem Rücken zur Bar saß. Die Neuigkeit über die Quiz-Meisterschaft und die Quizfragen selbst hatten mich zudem bislang gut abgelenkt. Ich hatte mich also noch nicht einmal zur Bar umgedreht.

»Ist er da?«, fragte ich Zoya leise hinter vorgehaltener Hand. Sie nickte und sah an mir vorbei Richtung Tresen. »Er ist da und hat schon ein paarmal zu dir gesehen.«

»Ernsthaft?«

Sie nickte wieder. Ich sah nachdenklich auf mein Colaglas, das Zoya in meiner Abwesenheit bereits für mich bestellt hatte. »Was würdest du an meiner Stelle tun?«

Zoya, Mike und Fatih wussten über alles Bescheid. Wir hatten eine gemeinsame Chatgruppe, in der ich mich heute vorab schon für mein seltsames Verhalten entschuldigt hatte. Dort hatte ich kurz und knapp erklärt, was vorgefallen war. Zoya hatte mich daraufhin sogar noch angerufen und sich näher erkundigt, wie es mir ging. Da hatte ich ihr dann alles im Detail geschildert und war ehrlich froh gewesen, das Ganze jemandem zu erzählen, der älter war als fünf.

»Ich würde zu ihm gehen und ihn zur Rede stellen. Aber nicht jetzt. Jetzt ist zu viel los. Der muss ja im Akkord Getränke ausschenken. Außerdem brauchen wir dich hier.«

»Hauptstadt von Uganda?«, fragte Mike plötzlich. Ich hatte die Frage gar nicht mitbekommen, so sehr war ich in das Gespräch mit Zoya vertieft gewesen. Zoya tippte sich mit dem Bleistift nachdenklich gegen die Lippe. Dann weiteten sich ihre Augen und sie grinste wissend.

Kampala, schrieb sie auf das Blatt vor ihr.

»Du meinst also, ich sollte, wenn das Pub-Quiz vorbei ist, mal kurz zu ihm gehen und ihn zur Rede stellen?« hakte ich nochmals nach.

»Ja, das meine ich. Oder willst du ihn so einfach mit seinem Ghosting davonkommen lassen? Wenn er anständig ist, würde er ja auf dich zukommen und nicht andersrum. Immerhin hat er sich nicht gemeldet, obwohl er es dir versprochen hat.«

Sie hatte ja so recht. Aber mir graute es jetzt schon vor diesem Gespräch. Das konnte ja nur unangenehm und peinlich werden.

»Welche Stadt gilt als die nördlichste in Europa?«, hallte die nächste Frage über die Lautsprecher. Wir mussten überhaupt nicht darüber diskutieren. Zoya schrieb bereits etwas auf den Antwortzettel.

»Hey.« Jenny, die Bedienung, stand hinter uns. »Der Barkeeper gibt was aus und lässt eine Runde Kurze für euch springen.« Sie stellte vier Schnapsgläser vor uns ab, und mir steckte sie unauffällig einen zusammengefalteten Zettel zu.

»Und was genau ist das?«, fragte Zoya, die argwöhnisch an dem Getränk schnüffelte.

»Nennt sich Baby Guinness«, antwortete Jenny. »Das ist Kahlúa mit Baileys. Schmeckt ein bisschen wie Milchkaffee mit Alkohol.«

Fatih schob sein Getränk zu Mike rüber. Er trank nie Alkohol. Und da ich heute wieder der Fahrer war, bekam Zoya meinen Schnaps. Mike und Zoya tranken und verzogen beide ihre Gesichter.

Anscheinend war das Gesöff gar nicht mal so lecker. Ich nutzte die kurze Ablenkung und faltete das Stück Papier unter dem Tisch unauffällig auseinander.

Hast du nach dem Quiz noch kurz Zeit? Bitte.

Zoya und Mike ließen ihr jeweils zweites Glas schwungvoll auf die Tischplatte knallen und zogen wieder Grimassen, als hätten sie puren Essig getrunken.

Zum ersten Mal am heutigen Tag drehte ich mich um und suchte Max hinter der Bar. Da stand er an der Zapfanlage, wischte sich mit dem Oberarm etwas Schweiß von der Stirn und sah dann genau in dem Moment zu mir. Ein zaghaftes Lächeln bildete sich auf seinen Lippen, und ich konnte nicht anders, als es zu erwidern. Auch wenn ich nicht wusste warum. Immerhin hatte ich keinen blassen Schimmer, was das zwischen uns war, und eigentlich rechnete ich noch immer damit, dass er mir nach dem Quiz einen Korb geben würde. Obwohl sein Lächeln ein kleines Fünkchen Hoffnung in mir aufkeimen ließ.

»Was ist ein oder eine *Chironex fleckeri*?« Die nächste Frage hallte durch das Pub.

»Eine Seewespe«, sagte ich meinen Teamkollegen.

»Okaaaay?« Zoya wirkte skeptisch. »Und das ist ein Fisch, oder was?«

»Das ist eine höchst giftige Qualle. Sogar für den Menschen tödlich.«

»Gut zu wissen.« Zoya schrieb die Antwort auf und schob den Zettel dann zu Mike. »Ich geh pinkeln. Du bist dran.«

»Mensch, Zoya, du weißt doch, dass meine Schrift eine Zumutung ist? Das kannst du echt niemandem antun.«

»Du schaffst das, ich glaube fest an dich.« Daraufhin stand sie auf und Mike brummte ihr etwas Unverständliches hinterher.

»Wo wohnen Watson und Holmes?«

»Schreib: 221b Baker Street«, flüsterte ich Mike zu und tippte auf die freie Spalte, wo er die Antwort notieren sollte.

»Na toll. Zweihundert was? Was für 'ne Straße? Schreibt man das zusammen?«

»Ach, gib her!« Ich riss ihm das Blatt aus der Hand und schrieb die Antwort selbst.

Das heutige Quiz war schwierig. Wir waren uns bei vielen Fragen nicht einig und mussten hier und da sogar raten. Trotzdem gewannen wir am Ende.

»Nächstes Mal schlagen wir euch«, sagte ein anderer Gast, dessen Name ich nicht kannte, der aber mit Mike im Vorbeigehen in ein High Five einschlug.

»Ja klar, träum weiter«, rief Mike ihm lachend hinterher. Niemand war hier ernsthaft sauer, wenn man verlor. Eigentlich waren alle nur aus Spaß hier.

»Kennst du den?«

»Nicht wirklich. Hab ihn hier nur ein paarmal gesehen.«

Mike, der Gesellige unserer Truppe. Der machte sich immer und überall sofort Freunde. So war er.

»Jenny, können wir zahlen?«, fragte Zoya unsere Bedienung, als sie mit einem Tablett voll leerer Gläser an uns vorbeilief.

»Ich komme gleich. Ach, und Henry, du sollst mal kurz in den Biergarten gehen«, meinte sie an mich gewandt. Ich ahnte schon, wer da auf mich warten würde.

»Warum sollst du denn in den ... ah!« Zoya verstand. »Kommt es jetzt etwa zu einem klärenden Gespräch?«

»Oder er erklärt mir, warum das mit uns nicht werden kann und dass er mich total langweilig findet.« Ich seufzte und griff nach meiner Lederjacke. »Wir werden sehen.«

Mit erhobenem Haupt und mit hoffentlich selbstsicherem Gesichtsausdruck trat ich nach draußen. Im Biergarten hielt sich niemand auf. Es war auch viel zu kalt, um hier draußen ein Bier zu genießen. Der Einzige, der in einer Ecke stand, war Max. Er zog fahrig an einer Zigarette und schnippte Asche in einen Aschenbecher. Sein Gesicht war ernst.

»Du rauchst?«, fragte ich, noch bevor ich ihn überhaupt begrüßte.

»Nur ab und an, wenn ich gestresst bin.« Er zog noch mal kräftig an seiner Kippe. Ich beobachte ihn genau. Er sah müde aus. Mit Augenringen und glasigen Augen.

»Du hast mich herbestellt«, sagte ich, und ja, ich hörte mich motzig an. Denn ich kam mir gerade ziemlich doof vor, wie ich hier stand und auf das Urteil wartete. Stand ich etwa vor Gericht? Hatte ich das wirklich nötig?

»Es tut mir leid, dass ich mich nicht gemeldet habe. Es war einfach viel los bei mir.«

»Aha.« Mehr brachte ich nicht heraus. Ich wusste auch nicht, was er von mir erwartete. Wohl sicher nicht, dass ich ihm freudig um den Hals sprang.

»Ja, ich wollte dir schreiben, und dann …« Er seufzte gedehnt und drückte die Zigarette fast schon aggressiv aus. Als könnte die was für seine schlechte Laune. Oder für meine.

»Dann kam dir etwas dazwischen?«, komplettierte ich seinen Satz.

»Quasi.« Max kam ein paar Schritte auf mich zugelaufen und blieb dann genau vor mir stehen. Er sah auf mich herab und wirkte ein wenig wie ein getretener Hund. »Ich fand es schön am Samstag mit dir. Ehrlich«, gab er zu und griff mit seiner Hand ganz zaghaft nach meiner. Der bedröppelte Gesichtsausdruck änderte leider nichts an seiner Attraktivität. Eigentlich sah er so sogar besonders süß aus. »Magst du die Tage vielleicht noch mal mit mir ausgehen?«

Mein Herz galoppierte, als wäre es auf der Flucht. Ich nickte. Ich war eben doch nur ein Opfer.

»Durch meinen Job hier habe ich nicht oft Zeit. Zumindest nicht um die Uhrzeit, die für ein Date normal wäre. Aber wir finden bestimmt eine Möglichkeit.«

»Ab wann arbeitest du denn morgen?«, fragte ich und bemühte mich, nicht allzu hoffnungsvoll zu klingen.

»Ab acht Uhr abends erst. Aber dafür bis zum Schluss.«

»Wie sieht es denn nachmittags bei dir aus? So um drei?«, hakte ich unsicher nach. War es doof, sich mittags auf ein Date zu treffen? Ein bisschen wie ein Kindergeburtstag. Andererseits … wenn er abends fast immer arbeitete, wann dann?

»Dieses Mal entscheidest aber du, wo wir hingehen?« Max lächelte nun wieder sein wunderschönes Max-Lächeln. Das, das von Herzen kam.

»Ich hab da sogar schon eine Idee. Ich schreibe dir die Adresse. Okay?«

Max nickte und kam dann noch einen Schritt auf mich zu.

»Danke.« Er hauchte mir einen Kuss auf die Wange. Genau wie er es schon Samstag zum Abschied getan hatte. Das hatte etwas unglaublich Unschuldiges, aber auch sehr Liebevolles an sich. Ich mochte es. Diese sachte Berührung schaffte es, mein Herz zum Überlaufen zu bringen. Mehr, als es alles andere je vermocht hätte. Ich war diesem Kerl einfach verfallen. Und ich konnte nur hoffen, dass er das nicht ausnutzen würde.

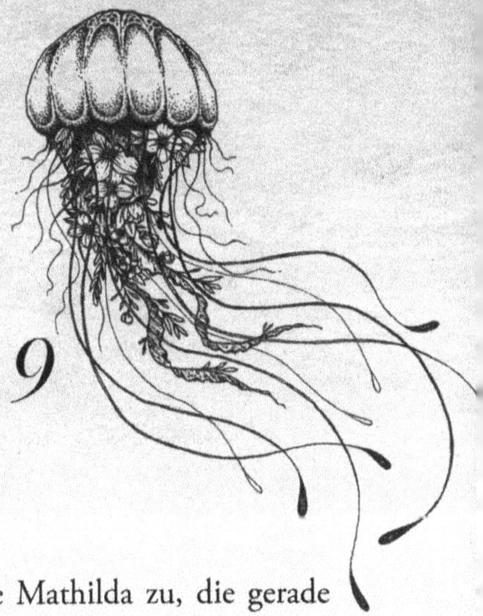

Kapitel 9

»Hey, Mathilda, hier drüben.« Ich winkte Mathilda zu, die gerade in den Vorlesungssaal kam. Ich hatte mir auch heute wieder einen Sitzplatz am Rand gesichert, damit sie sich mit ihrem Rollstuhl neben mich platzieren konnte. »Wie geht's?«, fragte ich sie und grinste.

»Super. Es wundert mich, dass du pünktlich bist.« Sie musste kichern.

»Ist nicht mein Verdienst. Mein Papa musste heute später zur Arbeit und hat mich mitgenommen. Er hat mich also zur Pünktlichkeit getrieben. Hatte gar keine Chance, unpünktlich zu sein. Schlimmer noch. Ich war viel zu früh!« Ich schob einen To-go-Becher zu ihr rüber.

»Für dich. Ich hatte sogar noch genügend Zeit, mich im Café anzustellen und Getränke für uns zu besorgen.«

»Du Heiliger! Ich bin dir und deinem Vater so dankbar.« Sie griff nach dem Pappbecher und trank einen kleinen Schluck. »Früchtetee, lecker!«

»Na ja, mittlerweile weiß ich ja in etwa, was du gern magst und was nicht.«

»Guten Morgen, alle miteinander.« Die Dozentin betrat den Raum und sorgte wie auch schon vergangene Woche dafür, dass das Reden abrupt eingestellt wurde. Mathilda griff wieder hinter sich, holte ihre Laptop-Unterlage aus ihrer Tasche und legte sie sich auf den Schoß. Dann folgte ihr schickes Macbook, auf das ich noch immer neidisch war.

»Ich muss dir unbedingt noch was erzählen. Zwei Dinge sogar«, flüsterte ich hinter vorgehaltener Hand.

»Ich habe aber heute leider keine Zeit nach der Vorlesung«, sagte sie und sah zu mir rüber. »Um was geht es denn? Um den Barkeeper?«

Ich nickte zaghaft. »Auch«, flüsterte ich zurück. Und dann wechselte ich, wie in der Schule früher, zum klassischen Zettel-Gespräch.

Erst mal das »Unwichtige«. Du weißt doch, dass ich jeden Dienstag mit ein paar meiner besten Freunde im Irish Pub rumhänge und wir am Pub-Quiz teilnehmen?

Ich schob den Zettel rüber und versuchte, mich kurz auf die Vorlesung zu konzentrieren. Oder zumindest den Eindruck zu erwecken.

Ja. Und? Habt ihr ausnahmsweise verloren?

Ich lachte kurz in mich hinein, als ich ihre Antwort las. Als ob.

Nein. Aber gestern wurde uns erzählt, dass die große Quiz-Meisterschaft dieses Jahr in unserem Pub stattfinden wird. Da wollten wir letztes Jahr schon teilnehmen, aber es war einfach zu weit weg. Jetzt ist unsere Chance.

Ich schob den Zettel rüber und beobachtete Mathilda aus dem Augenwinkel beim Lesen. Dann schnappte sie sich ihren Stift, und nach einigen Sekunden schob sie das Blatt wieder zu mir zurück. Im gleichen Moment erreichte uns die Anwesenheitsliste. Kurz musste ich mich sortieren. Nicht dass ich nun die Papiere verwechselte. Zuerst reichte ich also die Unterschriftenliste an Mathilda weiter und schnappte mir dann unseren Schwätz-Zettel.

Das klingt ja unglaublich toll. Meint ihr echt, ihr habt da 'ne Chance? Und was kann man gewinnen?

Zuallererst mal eine Eintrittskarte zu der bundesweiten Meisterschaft. Das wäre schon megacool. Da gibt es dann tatsächlich Preisgelder. Aber so weit muss man erst mal kommen.

Ich schob den Zettel rüber und bekam von ihr die Anwesenheitsliste, auf der mir direkt der Name Edward Cullen entgegensprang.

»Das warst du, oder?«, fragte ich sie leise und zeigte auf den Namen des Glitzervampirs. Sie nickte und hielt sich schon wieder vor Lachen die Faust vor den Mund. Sie war echt so lustig. Ich liebte das. Aber ich war auch kein Langweiler. Also schrieb ich meinen Namen und ein paar Zeilen weiter unten *Jacob Black.* Dann erst reichte ich die Liste zu einem Kommilitonen links neben mir. Mathilda schnappte sich unseren Schwätz-Zettel und schrieb in rasanter Geschwindigkeit ein paar Worte.

Du bist also Twilight-Fan?

Ich las ihre Frage, und sofort wurden meine Ohren heiß. Ich schüttelte den Kopf und schrieb schnell ein paar krakelige Zeilen. Aber ich sah es Mathildas Gesichtsausdruck an. Sie würde keine Ausrede gelten lassen. Sie riss mir den Zettel unsanft aus der Hand und ergänzte:

Ach, komm schon. Team Edward oder Team Jacob?

Ich gab auf und malte einen Kringel um *Team Edward.*

Mathilda zeigte mir einen Daumen nach oben, lauschte für einige Sekunden der Dozentin und tippte sogar ein paar Worte in ihren Laptop. Hatte sie etwa trotz unserer Zettelschreiberei den Überblick behalten? Na ja, im ersten Semester war ich, glaube ich, auch noch motivierter gewesen. Zum Glück wurde die Vorlesung nicht benotet. Wir mussten lediglich anwesend sein. Wir und die Protagonisten aus *Twilight.* Verwirrt blätterte ich in meinem Arbeitsbuch hin und her, bis ich wieder Anschluss fand. Dann bemühte auch ich mich tatsächlich, ein wenig aufzupassen. Ich wollte ja kein schlechter Einfluss für Mathilda sein.

Nachdem die Dozentin die Vorlesung für beendet erklärt hatte und ich alle meine Habseligkeiten, inklusive unseres Schwätz-Zettels, in der Tasche verstaut hatte, sprach mich Mathilda aber noch mal an.

»Und, was war das andere, was du erzählen wolltest?«

»Heute Nachmittag habe ich ein Date. Das zweite.«

Ihre Augen weiteten sich voll Freude und Neugier. »Das klingt großartig, also lief am Samstag alles gut?«

»Ja, total. Fand ich zumindest. Aber nach unserem Date hat er sich einfach nicht mehr gemeldet und auf keine meiner Nachrichten reagiert. Das hat mich zuerst richtig enttäuscht. Gestern im Pub hat er sich allerdings entschuldigt. Und heute darf ich entscheiden, wohin wir gehen.« Ich grinste stolz.

»Weißt du schon, wohin du ihn ausführst?«

»*Ausführen*. Das klingt ja kitschig.«

»Stimmt«, gab sie zu und kicherte.

»Aber ja, ich weiß schon, wo ich mit ihm hinwill. Ich möchte ihm meinen absoluten Lieblingsplatz zeigen.«

»Und wo ist der?«

»Ich will mit ihm in das große Aquarium gehen, das *Aquantis*. Weißt du, ich liebe Fische und alle Arten von Meerestieren. Egal ob Goldfische, Seepferdchen oder Wale. Und Quallen haben es mir besonders angetan.«

»Quallen?« Ihr Gesichtsausdruck war der gleiche wie bei allen, wenn sie an Quallen dachten. Leicht angewidert.

»Quallen sind extrem schöne und faszinierende Tiere. Wusstest du, dass es Quallen gibt, die bis zu zwei Meter groß und zweihundert Kilo schwer werden können? Und sie bestehen zu achtundneunzig Prozent aus Wasser. Achtundneunzig Prozent! Das ist so was von unglaublich! Weißt du, was sonst noch zu ungefähr achtundneunzig Prozent aus Wasser besteht? Eine Gurke. Aber die hat es noch nicht geschafft, zu leben. Quallen sind wie ein Wunder.«

»Nein, das wusste ich nicht. Aber du scheinst im Gegensatz zu mir sehr viel Wissen über Quallen zu haben.«

»Ja … ich könnte dir damit tatsächlich auf die Nerven gehen. Also bitte sei ehrlich, wenn es mal mit mir durchgeht und du genug hast.«

»Alles klar.«

Wir verließen gemeinsam den Vorlesungssaal und machten uns auf den Weg Richtung Campus.

»Ich habe mir vorgenommen, heute ein bisschen was in der Bibliothek zu arbeiten. Wenn ich schon während der Vorlesung nicht wirklich aufpasse.« Sie zwinkerte mir zu.

»Du hast ja wenigstens etwas mitgeschrieben. Ich habe den Eindruck, nur körperlich anwesend gewesen zu sein.«

»Das, was ich mitgeschrieben habe, ist wirklich nicht der Rede wert und ist auch nur dafür da, mein Gewissen zu beruhigen. Aber ganz ehrlich: Ich habe in keiner meiner Seminare so viel Spaß wie mittwochs in Kulturwissenschaft mit dir. Und das ist es allemal wert.«

»Dann ist's ja gut.«

Wir grinsten uns an.

»Was machst du jetzt noch?«, fragte sie mich.

»Ich esse jetzt erst mal was, hab danach noch ein Seminar und ein Tutorium, und dann werde ich mich die restliche Zeit bis zu meinem Date um fünfzehn Uhr darauf konzentrieren, nicht vor lauter Aufregung zu kotzen.«

»Ein guter Vorsatz!«

Wir verabschiedeten uns und ich machte mich auf in Richtung Mensa. Dort kaufte ich mir ein Croissant mit Schokofüllung und einen Kaffee. Und das, obwohl ich wusste, dass der Kaffee hier echt nicht lecker war und ich ihn gern mit koffeinhaltiger Schwefelsäure verglich. Aber bessere Alternativen gab es nun mal nicht. Ich setzte mich allein an einen Tisch, etwas weiter weg von den anderen, und checkte erst mal Instagram. Ich hatte kaum Follower. Warum auch? Ich war nicht wirklich interessant. Aber ich folgte einigen Leuten und sogar seit ein paar Tagen Mathilda. Als Erstes wurde mir allerdings Zoya angezeigt, die ein Selfie gepostet hatte. Dick eingepackt mit Schal und Mütze, aber trotzdem mit Sonnenschein im Gesicht. Das musste bereits vor einiger Zeit aufgenommen worden sein, da es heute den ganzen Tag trüb draußen war. Danach zeigte mir Instagram eine von Mathilda fotografierte Lasagne an. Das Bild war von gestern Abend. Den Algorithmus von Instagram, also wann die App einem welches Bild anzeigte, hatte ich noch nie verstanden. Ich gab dem Foto ein Herz und nahm mir vor, sie bei Gelegenheit nach dem Rezept zu fragen.

Dann tippte ich eine Nachricht an Max. Ich schickte ihm die Adresse des Aquariums und fragte nach, ob es bei fünfzehn Uhr blieb oder ob ihm etwas dazwischengekommen wäre. Ich wollte nur sichergehen, dass ich nicht wie ein Depp vorm Aquarium stand und vergeblich auf ihn wartete. Ja … ich war mir bei ihm einfach noch unglaublich unsicher. Ich wusste nicht, ob er es ernst mit mir meinte. Einerseits weil ich es noch immer surreal fand, dass dieser attraktive Mann Interesse an mir haben könnte. Andererseits aber auch deshalb, weil er sich eben nach unserem ersten Treffen nicht gerade ein Bein ausgerissen hatte, um mich schnell wiederzusehen. Wenige Sekunden nachdem ich meine Nachricht abgesendet hatte, vibrierte mein Handy laut auf dem Tisch, und mir wäre vor Schreck fast ein Stück Blätterteig aus dem Mund gefallen.

Ich werde pünktlich sein :-)

Es war seine simple Antwort, die mir aber ein monströses Grinsen bescherte. Vielleicht würde ja doch noch alles gut werden und all meine Zweifel und Unsicherheiten waren vollkommen umsonst.

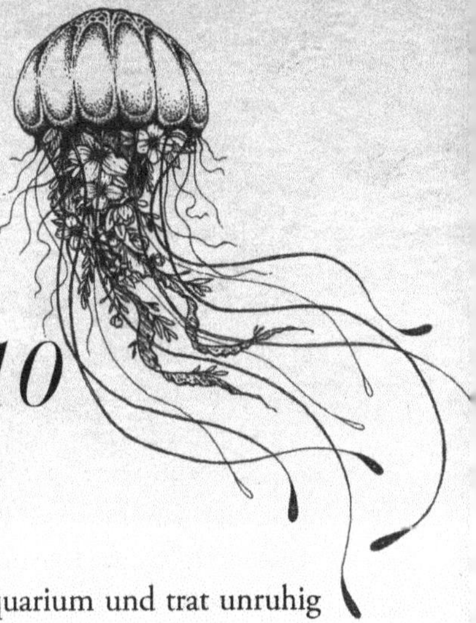

Kapitel 10

Um Punkt fünfzehn Uhr stand ich vorm Aquarium und trat unruhig von einem Bein auf das andere. Den Tag sollte ich mir rot im Kalender ankreuzen. Der Tag, an dem ich pünktlich war. Und das vollkommen ohne fremde Hilfe. Ich war verdammt nervös und sah abwechselnd nach links und nach rechts die Straße entlang, um ihn auch ja rechtzeitig zu sehen und mich auf seine Ankunft vorzubereiten. Ich erschrak schier zu Tode, als er mich plötzlich von hinten antippte.

»Hölle! Wo kommst du denn her?« Ich hielt mir die Brust und spürte, wie mein Puls raste. Ob durch den Schreck oder durch seine Anwesenheit, wer wusste das schon? Vielleicht ja eine Kombination aus beidem.

»Hi, erst mal. Ich parke da hinten im Parkhaus.«

»Ach so.« Wie doof, dass ich an diese Möglichkeit gar nicht gedacht hatte. Ich wusste wirklich viel zu wenig über Max. Ich hörte gerade zum ersten Mal davon, dass er ein Auto besaß.

»Wohin hast du mich denn hier geführt?« Max sah sich um und blieb mit seinem Blick am großen Schild des *Aquantis* hängen.

»Das hier …« Ich zeigte auf den Eingang, auf dem ein riesiger Hai zu sehen war, der uns mit weit geöffnetem Maul und unzählig spitzen Zähnen begrüßte. »Ist mein Lieblingsort.«

»Süß, der Kleine.« Er zeigte auf den gruseligen Hai.

»Ist er. Und da drin sind noch andere ganz wundervolle Tiere, und ich hoffe inständig, dass es dir gefallen wird.«

»Ist das ein Test?«, fragte er und sah mich belustigt an.

»Ein winzig kleiner«, antwortete ich leise und war froh, dass er es mit Humor nahm.

»Okay.« Er fuhr sich durchs Haar. »Dann zeig mir mal deinen Lieblingsort. Ich bin gespannt.«

Wir betraten das Gebäude und ich begrüßte wie jedes Mal Walter an der Kasse. »Hi, Walter. Eine Karte bitte.«

»Mensch, Henry, du hast doch die Jahreskarte, oder hast du die vergessen? Ist nicht schlimm. Geh ruhig rein. Ich weiß ja, dass du eine hast.«

»Nein, ich bin nicht allein hier. Die Karte ist für ihn.«

Walter lehnte sich etwas vor, um an mir vorbeizusehen. Max winkte hinter mir.

»Ich will auch rein und mir Fische ansehen.«

»Geht klar.« Walter riss eine Papierkarte von der Rolle und reichte sie mir. »Macht dann sieben Euro.«

Ich zahlte, bedankte mich und nickte Walter zum Abschied zu. Dann betraten wir den ersten Raum durch einen Vorhang.

»Das ist es also«, sagte Max und sah sich um. »Willst du mir irgendetwas darüber erzählen oder etwas Bestimmtes zeigen?«

»Zuallererst mal muss ich etwas klarstellen. Das sind hier nicht nur Fische.«

»Was meinst du?«

»Du meintest gerade, dass du Fische sehen willst. Aber nicht alle Tiere hier sind Fische. Seesterne, zum Beispiel. Oder Schwämme, Schildkröten gehören zu den Reptilien und Quallen sind Nesseltiere. Nur mal so als Beispiel.«

Max hörte mir zu und grinste mich an. Seine Augenbrauen berührten dabei fast den Haaransatz.

»Was? Zu nerdig? Soll ich einen Gang zurückschalten? Es tut mir leid. Wenn ich hier bin, komme ich echt in Redelaune. Ich habe meine Freunde schon mit so viel unnützem Wissen über Meerestiere zugeplappert, dass sie nur noch genervt davon sind. Deshalb bin ich auch meistens allein hier.«

»Passt schon. Ich bin gespannt, was ich heute alles lernen kann. Vor allem über dich.«

Ich hoffte wirklich, dass sein Eindruck nach diesem Tag ein guter sein würde.

Ich erzählte ihm, dass bei den Seepferdchen die Männer die Kinder zur Welt brachten. Und dass Riesenschildkröten bei der Paarung so krasse Geräusche von sich gaben, dass diese für den Film *Jurassic Park* verwendet wurden. Besonders krass fand er allerdings, dass es Oktopus-Arten gab, die drei Herzen besaßen. Wir blieben lange vor einer Glasscheibe stehen, hinter der wir unzählige bunte Fische beobachten konnten. Auch Clownfische waren dabei. Daraufhin kamen wir auf Disneyfilme zu sprechen und natürlich auf den Film *Findet Nemo*. Ich erzählte ihm von Lissy und dass ich durch sie endlich einen Grund hatte, alle Disneyfilme noch mal zu schauen. Dass ich mit ihr sogar den neuesten *Eiskönigin*-Film im Kino gesehen hatte. Und dass wir nach dem Kino noch in einer Eisdiele gewesen waren und Lissy den Eismann mit ihren großen Augen so bezaubert hatte, dass wir das Eis geschenkt bekommen hatten. Ich redete und redete, während wir an den zahllosen Aquarien vorbeiliefen und immer mal wieder stehen blieben, um ein besonders schönes Exemplar zu betrachten.

»Du bist so ruhig. Ist alles okay? Langweilt es dich?«, fragte ich irgendwann unsicher.

»Ich höre dir einfach gern zu. Das ist wirklich interessant. Interessanter als alles, was ich dir erzählen könnte.«

»Das glaube ich nicht. Ich habe gerade eher Angst, dass ich dich mit meinen ganzen Geschichten vergraule.«

»Da brauchst du keine Angst zu haben.« Er lächelte und griff zaghaft nach meiner Hand. Die Berührung beflügelte mich und sorgte gleichzeitig dafür, dass ich direkt in den nächsten Redeschwall verfiel.

»Das hier drüben, der orange Fisch, heißt *Black Molly*. Was viel besser zu diesem schwarzen Fisch hier passen würde. Das ist allerdings ein *Panzerwels*. Ach, und jetzt kommen wir gleich zum Highlight des ganzen Aquariums.«

Ich durchquerte den Durchgang zum letzten Raum und blieb wie jedes Mal ehrfürchtig vor dem großen Quallenbecken stehen.

»Quallen«, stellte Max richtigerweise fest.

»So ist es. Meine Lieblingstiere.«

Wir standen vor dem Aquarium, das den kompletten Raum und uns in blauem Licht erstrahlen ließ, und beobachteten diese geistgleichen Tiere, wie sie durch das Wasser schwebten. Wie Gespenster in einem verwunschenen Schloss. Ihre Schirme öffneten sich und zogen sich wieder zusammen. Ihre fadendünnen Tentakel glitten wie Seegras durch das Wasser. Das alles geschah in totaler Ruhe und Besonnenheit und war so beruhigend wie eine Lavalampe. Zumindest für mich.

»Wunderschön, findest du nicht?«, flüsterte ich leise. Ganz so, als wollte ich sie nicht stören. Ich wartete Max' Antwort nicht ab. Vielleicht, weil ich Angst davor hatte, dass er sie eben nicht so faszinierend fand wie ich. »Weißt du, diese Tiere haben kein Herz, keine Lunge und nicht mal ein Gehirn. Und trotzdem sind sie hier. Das ist …« Mir fehlten die Worte.

»Kein Hirn.« Max lachte kurz auf, aber nicht aus Belustigung. »Klingt gar nicht so übel.«

»Wie meinst du das?« Ich sah zu Max, der noch immer die Quallen beobachtete.

»Na ja, dann würde man sich nicht ständig Gedanken über alles und jeden machen. Das Leben wäre einfacher.«

Ich nickte. »Wahrscheinlich hast du recht.« Auch ich war ein Mensch, der dazu neigte, alles zu analysieren und zu zerdenken. Meistens machte man dadurch mehr kaputt, als dass es nutzte.

Wieder schwiegen wir. Bis es mir zu unangenehm wurde und ich den Drang verspürte, schnell irgendetwas zu sagen.

»Wenn sich ihre Tentakel mal verknoten, dann können sie sie selbst wieder entwirren. Und es gibt eine Quallenart, die *Turritopsis Nutricula*, die quasi unsterblich ist. Wenn sie alt ist, lässt sie sich auf den Meeresboden sinken und beginnt damit, sich komplett zu regenerieren. Und dann startetet sie wieder durch. Ist das nicht …« Ich schüttelte den Kopf und überlegte, welches Adjektiv wohl am besten passen könnte. »Faszinierend und wunderbar? Und wir müssen uns immer noch mit Botox und Operationen jung halten. Darüber lacht die *Turritopsis Nutricula* nur.« Ich unterbrach meinen Redeschwall kurz, um Luft zu holen, doch diese Sekunde nutzte Max. Er berührte mich an der Hüfte und drehte mich zu ihm herum. Es ging so schnell, dass ich kaum registrierte, wie sich sein Gesicht meinem näherte. Und dann trafen seine Lippen auch schon auf meine. Ich riss erschrocken die Augen auf. Nur um sie dann genießerisch wieder zu schließen. Zaghaft öffnete ich meinen Mund und spürte die Spitze seiner Zunge, wie sie sachte über meine Lippen strich. Dann war der Kuss auch schon vorbei. Viel zu schnell. Ich öffnete meine Lider. Max sah mich forschend an.

»Ich wollte dich nicht unterbrechen.«

»Nein, ist okay. So darfst du mich gern immer unterbrechen.« Ich lachte und griff wieder nach seiner Hand. »Willst du dich noch kurz mit mir hier hinsetzen? Bevor deine Schicht im Pub beginnt.« Ich zeigte auf die Bank, von der aus man einen wunderbaren Ausblick auf die Quallen hatte.

»Gern.«

Wir setzten uns nebeneinander. Max legte unsere ineinander verschlungenen Hände auf seinem Knie ab.

»Du hast recht. Es ist schön, ihnen zuzusehen.«

»Ja«, flüsterte ich.

»Können sie überhaupt schwimmen? Also sich richtig fortbewegen? Sie haben ja keine Flossen?« Max stellte Fragen. Über Quallen. Der Tag wurde immer besser!

»Schon ein wenig. Durch das Zusammenziehen ihrer Schirme verdrängen sie Wasser. Aber meistens schwimmen sie mit dem Strom und lassen sich treiben.« Kurz lachte ich auf. »So wie ich. Ich schwimme auch meist mit dem Strom und versuche, nirgends anzuecken.«

»Wirklich?« Max sah mich skeptisch von der Seite an.

»Ja, schon. Also, ich bin einfach ziemlich schüchtern und komme ungern aus mir heraus.«

»Dafür hast du heute aber sehr viel von dir preisgegeben.«

»Na ja, mehr von den ganzen Wesen um uns herum, als von mir selbst. Aber ja, im Aquarium komme ich in Plauderlaune. Wie gesagt, es ist mein Happy Place.«

»Und als du mir deine Nummer gegeben hast, war das doch auch verdammt mutig.«

»Ja … schon.« Ich bemerkte, wie meine Wangen glühten, und sah schnell wieder zu den Quallen. »Keine Ahnung, was da mit mir los war.«

»Ich bin froh, dass du es getan hast, ich hätte es mich wahrscheinlich nicht getraut.«

Nun sah ich doch wieder zu ihm.

»Ach Quatsch. Das glaube ich nicht.«

»Im Ernst, ich hätte mich nicht getraut, dich einfach anzusprechen und, zum Beispiel, zu einem Date einzuladen, oder so.«

»Ich bin dir ja auch wahrscheinlich kaum richtig aufgefallen. Warum hättest du also auch zu mir Kontakt aufnehmen sollen?«

Max sah mich kurz abschätzend an.

»Denkst du, ich hätte mich bei jedem einfach so gemeldet, der mir seine Nummer gibt? Ernsthaft?«

»Natürlich nicht, das meine ich nicht.« Aber was genau meinte ich eigentlich?

»Du bist mir aufgefallen. Natürlich. Du bist süß. Und klug. Zumindest sehe ich dich beim Quiz immer verdammt viele Fragen beantworten, und du hast ein wirklich unglaublich hübsches Lächeln. Und deine Augen … deine Augen sind einfach so außergewöhnlich. Ich habe noch nie so ein tiefes Blau gesehen. Fast so wie …«, kurz überlegte er, »ja, wie das tiefe Meer.«

Ich lächelte zaghaft und konnte ihm nicht weiter ansehen, so verlegen machten mich seine Worte.

»Die Augenfarbe haben Lissy und ich von unserer Mama.« Keine Ahnung, ob diese Info von Interesse war.

»Wunderschön.«

Ich sah ihn mit aufgeklapptem Mund an. Was sollte ich auch sonst tun? Eine Erwiderung dazu fiel mir nicht ein.

»Schau nicht so schockiert. Ist es denn so abwegig, dass ich dich toll fand, bevor du auf mich zugegangen bist?«

Ich nickte. Es war total abwegig. Absurd. Unmöglich.

Max lachte auf.

»Okay, dann muss ich dir wohl beweisen, dass ich die Wahrheit sage.«

»Wie denn?«

Kurz überlegte er und sah dabei wieder zu den Quallen.

»Indem ich mich bemühe, dass das zwischen uns beiden funktioniert.« Seine Stimme war kaum zu hören. Aber er musste es nicht herausschreien. Es reichte, wenn sie mein Herz berührte. Er drückte meine Hand kurz und strich dann mit dem Daumen über meine Finger. Seine Berührungen waren genauso hypnotisch wie das stete Auf und Ab der Quallen im blauen Wasser vor uns.

Mein Happy Place. Nun noch mehr.

Kapitel 11

Max – 11 Jahre zuvor

»Mamaaaaaa?«, fragte ich und dehnte das *A* absichtlich besonders lang.

»Ja, Mäxchen?« Sie drehte sich zu mir um und kam einen Schritt auf mich zu. »Iss doch dein Müsli, das ist ja nur noch Matsch in deiner Schüssel.«

»Ich esse doch«, maulte ich und rührte gedankenverloren in meiner Schale herum.

»Nein, du träumst. Das ist ein gewaltiger Unterschied. Du sollst dich aber beeilen. Paps fährt euch heute.«

»Ich träume nicht. Ich denke nach.« Ich nahm einen Löffel von meinem Schokomüsli und verzog den Mund. Mama hatte recht. Das war nur noch Pampe mit einer Konsistenz wie Tapetenkleister. Gar nicht gut. Ich ließ den Löffel angeekelt zurück in die Schüssel fallen und schob alles von mir weg. Stattdessen griff ich nach meinem Tee.

»Bekomme ich einen Kaffee?«

»Mäxchen, du bist elf Jahre alt. Trink deinen Tee. Für Kaffee bist du erstens zu jung und zweitens würde er dir eh nicht schmecken. Glaub mir.«

Mama setzte sich zu mir und nahm ihre Tasse zur Hand. Es war jeden Morgen die gleiche. Weißes Porzellan, Blumenranken mit rosafarbenen Blüten. Ein Geschenk zum Muttertag.

»Wann hat dir denn Kaffee geschmeckt?«, fragte ich nach und nippte an meiner Tasse. Pfefferminztee mit viel Honig.

»So mit achtzehn oder neunzehn, schätze ich. Aber ich bin mir nicht sicher. Während des Studiums habe ich auf jeden Fall literweise Kaffee getrunken.«

Ich nickte nachdenklich und starrte an die Wand neben Mama.

»Was beschäftigt dich denn?« Sie sah mich interessiert an.

»Ich war doch gestern bei Kai zu Besuch.«

»Ich weiß. Du bist direkt nach der Schule mit zu ihm. Ist dort was passiert?«

»Neeee. Nicht direkt. Er hat einen Hund geschenkt bekommen. Einen kleinen Welpen. Wir haben mit ihm gespielt und hatten richtig viel Spaß. Außerdem war der total verschmust. Das war toll.«

Mama lächelte und zeigte dabei nicht nur schöne weiße Zähne, sondern auch einige Lachfältchen um die Augen. Die mochte ich am liebsten. Wenn man die sah, wusste man, dass Mama sich ehrlich freute.

»Und nun willst du auch einen Hund, habe ich recht?«

Ich zuckte mit den Schultern. »Ich weiß nicht.«

»Ich kann dich verstehen.« Mama nippte ein weiteres Mal an ihrem Kaffee. »Aber ein Hund würde sich bei uns momentan nicht wohlfühlen. Paps und ich sind fast den ganzen Tag arbeiten und ihr seid in der Schule. Der Hund wäre den ganzen Tag allein, und gerade ein Hund braucht jemanden, der sich um ihn kümmert und sich mit ihm beschäftigt. Vielleicht reden wir lieber noch mal darüber, wenn wir in Rente sind.«

»Und wie lange dauert das noch?«

»Da wir noch unglaublich jung sind, dauert das noch sehr lange.« Sie lachte auf. Als sie aber meinen enttäuschten Gesichtsausdruck bemerkte, verging ihr das Lachen und sie räusperte sich. »Lass uns einfach darüber nachdenken und keine voreiligen Schlüsse ziehen. Vielleicht wäre ja ein Aquarium was für uns?«

»Och neeeee.« Ich rollte mit den Augen. »Fische sind langweilig, und man kann sie nicht streicheln. Ich will lieber was mit Fell!«

»Okay, also kein Aquarium, sondern was Kuscheliges.« Mama trank ihren Kaffee aus und nickte mir zu. »Wir denken mal weiter darüber nach. An einem unserer nächsten Familienausflüge könnten wir ja mal ein Tierheim besuchen, oder so was in der Art. Was hältst du davon?«

»Die Idee mag ich. Und es klingt tausendmal spannender als das langweilige Museum, in dem wir letzten Sonntag waren. Lauter seltsame Skulpturen, die angeblich Kunst sein sollten, aber eigentlich nur zusammengeklebter Müll waren. Das war wirklich übel.«

»Der Einzige, der sich gelangweilt hat, warst du. Aber dann mach doch mal Vorschläge für einen der nächsten Sonntage. Wenn ich dich frage, kommt ja nie was. Und dann weißt du ja jetzt, was geschieht: Wenn dir nichts Besseres einfällt, entscheide eben wieder ich.«

»Bitte nicht.«

»Besprich dich am besten mit deiner Schwester, und jetzt los. Schuhe und Jacke an! Hast du alles in den Rucksack gepackt? Auch das Mathebuch, das gestern noch im Wohnzimmer lag?«

»Jajajaaaaa!«

»Max? Bist du fertig?«, rief nun auch Paps aus dem Hausflur und nervte mich damit noch zusätzlich.

»Ja, Mann!« Eltern waren wirklich nervig! Und wehe, sie schenkten mir zu Weihnachten einen Goldfisch oder eine olle Schildkröte!

Kapitel 12

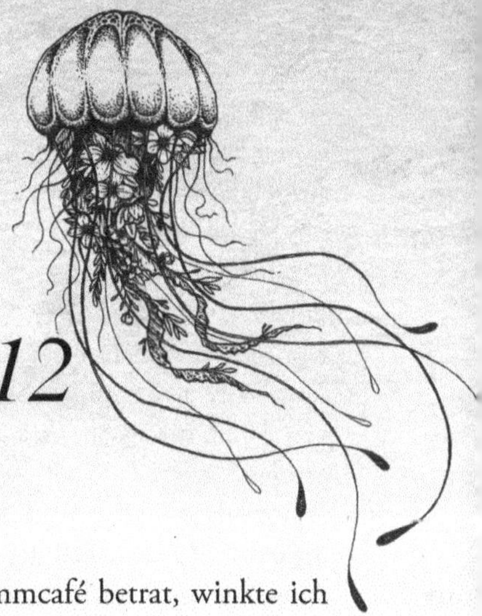

Als ich mal wieder viel zu spät unser Stammcafé betrat, winkte ich Mathilda nur kurz zu und lief dann direkt zum Counter, um für mich Kaffee und für uns beide gleich noch Muffins zu besorgen. Mathilda hatte bereits eine Tasse vor sich stehen.

»Für dich.« Wenig später stellte ich den Teller mit dem Schokomuffin vor sie. »Du wartest bestimmt schon lange.«

»Nö«, antwortete sie gelassen. »Ich bin erst seit fünf Minuten hier. Ich weiß ja jetzt, dass es sich bei dir eher um ein Zeitfenster als um einen festen Termin handelt und es somit keinen Grund zur Eile gibt.«

»Du bist so klug.« Ich setzte mich gegenüber von ihr an den Tisch, zog die Jacke aus und hängte sie hinter mich über meine Stuhllehne. Die Beaniemütze ließ ich wie immer einfach auf dem Kopf.

»Aber nun lass mich nicht länger warten und erzähl mir schnell, wie dein Date mit Mr-hot-Barkeeper lief, damit ich dir endlich erzählen kann, dass ich auch jemanden kennengelernt habe!« Mathilda war so aufgeregt, dass ihre Augen noch mehr leuchteten als sonst.

»Wie bitte? Jetzt will ich es aber sofort wissen. Der Barkeeper kann warten. Deine Story ist garantiert spannender!«

»Nicht wirklich spannend, aber trotzdem unglaublich schön. Am Mittwoch bin ich doch nach Kulturwissenschaften noch in die Bibliothek. Da saß ich dann umgeben von einigen Büchern, und am selben Tisch gegenüber von mir saß so ein Schnuckelchen. Irgendwann hatten wir Augenkontakt. Aber nur kurz. Dann hat er mich nach einiger Zeit angesprochen. Natürlich alles im Flüsterton. Immerhin waren wir ja in der Bib. Ach, und ich glaube, ihm ist anfangs gar nicht aufgefallen, dass ich im Rollstuhl sitze. Aber als ich dann fertig war, bin ich an ihm vorbeigefahren und habe mich von ihm verabschiedet. Da habe ich dann gesehen, wie sein Blick etwas überrascht nach unten gewandert ist. Ist vielleicht auch verständlich. Damit hatte er wohl nicht gerechnet.«

»Okay. Kommt da noch ein Plottwist?«, fragte ich. Denn bis dahin klang das für mich jetzt nicht nach Herzklopfen, Happy End und großer Liebe.

»Ja, warte. Ich bin dann also raus aus der Bibliothek, was wieder total der Akt war, weil der eine Fahrstuhl seit einer gefühlten Ewigkeit defekt ist und ich den kompletten Flur entlangmusste bis zu dem anderen Fahrstuhl, der zum Glück funktioniert hat. Aber Schwamm drüber. Dann bin ich Richtung Bahnhaltestelle und habe dort gewartet. Und plötzlich stand er auch da. Auch dieses Mal wirkte er sehr perplex, und na ja … er hat dann mit mir auf die Straßenbahn gewartet und ist auch in dieselbe Bahn gestiegen. Wir haben uns weiter unterhalten und viel gelacht. Das war echt nett. Und dann, kurz bevor ich aussteigen musste, hat er mich nach meiner Nummer gefragt. Krass, oder?«

»Krass ist nicht das richtige Wort. Es ist echt toll und wirkt so ein bisschen wie eine schicksalshafte Begegnung. Wie im Film. Es wäre nur noch ein besserer, quasi ein Sparks-Moment gewesen, wenn das Ganze im strömenden Sommerregen geschehen wäre.«

»Jaaaa!« Mathilda war ganz außer sich. »Der Typ sieht gut aus und hat Humor. Er scheint echt ein korrekter Kerl zu sein, dem ich auf jeden Fall eine Chance geben sollte.«

»Wie sieht er denn aus?«, fragte ich, und Mathilda sah grübelnd an die Decke.

»Schwer zu sagen. Vielleicht wie ein jüngerer Ryan Gosling? Nur hatte er zusätzlich ein paar süße Sommersprossen.«

»Wirst du etwa rooot?« Ich zog sie absichtlich auf. So verlegen sah man Mathilda selten. Zumindest hatte ich sie noch nie so erlebt.

»Ach, hör auf!« Sie vergrub ihr Gesicht in den Händen. Da war jemand offenbar ein wenig verknallt.

»Und habt ihr schon geschrieben?«

»Ja, die ganze Zeit. Er schreibt mir mehrmals am Tag und schickt mir auch Fotos. Sieh hier. Ich habe ihm vorhin, als ich noch auf dich gewartet habe, ein Bild von meiner heißen Schokolade mit der riesigen Sahnehaube geschickt und er als Antwort ein Käsebrot. Ja … es ist nicht wirklich tiefgründig, aber ich mag es gerade sehr. Es ist so unkompliziert und trotzdem irgendwie besonders. Verstehst du das?«

»Total, und ganz ehrlich, ich bin sogar etwas neidisch. Max ist … na ja, er ist schweigsam. Dabei wirkt er, wenn man ihn so in seiner Barkeeper-Rolle sieht, gar nicht so. Aber immer wenn wir uns treffen, gibt er nicht viel von sich preis, und Nachrichten schreibt er auch sehr einsilbig und eher selten. Sieh mal.«

Ich tippte auf meinem Handy herum und zeigte ihr die letzten zwei Nachrichten.

Hi, was treibst du denn so?

Das hatte ich ihm vorhin geschrieben. In der Hoffnung, mal ein wenig von seinem Alltag zu erfahren. Seine Antwort war kurz angebunden:

Dies und das. Mach mir gleich Mittagessen.

»Das war's. Und natürlich könnte ich noch mal nachhaken und fragen, ob er denn tatsächlich kochen kann, oder ob er sich eine Dose Fertigfraß aufmacht? Was er sonst noch vorhat und ob er genauso oft an mich denkt wie ich an ihn? Aber ich habe Angst, dass ich ihm auf die Nerven gehe. Also belasse ich es dabei, und die Fragen stehen einfach weiter zwischen uns.«

»Vielleicht musst du es einfach riskieren.« Mathilda klang, als wäre das für sie eine ganz klare Sache.

»Was muss ich riskieren?«

»Ihm auf die Nerven zu gehen. Dann ist das eben so. Aber wenn er dich will, also mit allem Drum und Dran, dann doch bitte auch mit all deinen Nachrichten und sonstigen Eigenarten.«

»Welche sonstigen Eigenarten denn bitte schön?« Ich sah sie gespielt vorwurfsvoll an. Sie ließ sich mit ihrer Antwort Zeit und trank erst mal von ihrer heißen Schokolade, die garantiert höchstens noch lauwarm war.

»Ich meine dein Zuspätkommen, zum Beispiel.«

»Bei meinen Dates mit ihm war ich bislang immer pünktlich, sogar viel zu früh, um genau zu sein.«

»So ein normales Mittel kennst du nicht, oder?« Sie lachte auf.

»Okay, das könnte tatsächlich eine Eigenart sein. Das gebe ich zu. Aber ansonsten bin ich doch wohl absolut in allem Durchschnitt.«

»Quallen sind deine Lieblingstiere. Ich glaube, dass das manche auch seltsam finden könnten.«

Ich sah sie ungläubig an. »Sollte ich mich da etwas zurücknehmen?«

»Nein. Das bist du. Du und deine wunderbaren Eigenheiten. Steh zu ihnen.«

Ich sah sie voll Bewunderung an.

»Du bist schon erstaunlich großartig«, sagte ich zu ihr und erhob meine Tasse. Sie kam mir mit ihrer entgegen, bis sie mit einem lauten Klirren zusammenstießen.

»Ebenso!«

Kapitel 13

»Ist euch schon mal aufgefallen, dass wir immer nur ins Irish Pub gehen? Langweilt euch das nie?«, beschwerte sich Zoya, als wir alle aus meinem Wagen ausstiegen. Heute Abend trat eine Irish-Folk-Band im Pub auf. Eigentlich immer ein Grund, dem *Green Leaf* einen Besuch abzustatten, weil die Stimmung dann meistens mehr als klasse und ausgelassen war. Und heute hatten wir eh nichts Besseres vorgehabt. Also hatten wir, Zoya, Fatih, Mike und ich, uns kurzerhand dazu entschlossen, hierherzufahren, ein Bier zu trinken, der Band zu lauschen und vielleicht eine Pizza zu futtern. Das klang für mich nach einem ziemlich perfekten Abend, um ehrlich zu sein. Dass ich dabei wohl auch noch den Blick auf Max genießen konnte, war natürlich ein absolutes Plus.

»Du warst doch einverstanden«, meinte Mike nur.

Zoya rollte mit den Augen und seufzte. »Ja klar, aus Mangel an Alternativen. Ich bekomme euch bestimmt in keinen Klub rein.«

»Eher nicht«, kommentierte Fatih neben uns. Wir stimmten ihm zu. Denn wir waren einfach typische Pub-Gänger und keine Tänzer. Zoya störte das manchmal. Aber genau deshalb traf sie sich alle paar Wochen mit ihren Cousinen. Mit ihnen machte sie dann die eine oder andere Disco unsicher, und dann hatte sie auch wieder genug von blinkenden Lichtern und schwitzenden Körpern, die sich im Takt zu Hip-Hop-Bässen bewegten.

»Findet ihr nicht auch, dass es erstaunlich dunkel ist im Pub?«, fragte Mike plötzlich, und er hatte recht.

»Ist etwa zu? Kann doch nicht sein. Das Pub ist nie zu.« Ich war richtig schockiert. Der einzige Ort, zu dem man wirklich immer gehen konnte, sollte geschlossen sein?

Wir überquerten die Straßenseite und sahen durch eines der Fenster. Niemand zu sehen und alles war Dunkel. Nur ganz hinten konnte man ein wenig Licht erkennen.

»Was ist denn los? Ist was passiert?« Zoya klang besorgt. »Nicht dass etwas mit dem alten Chef ist. Aber am Dienstag ging es ihm ja noch gut.«

»Geh doch nicht gleich vom Schlimmsten aus.« Mike schirmte sein Gesicht links und rechts mit den Händen ab und sah ein weiteres Mal konzentriert durch die Fensterscheibe ins Innere des *Green Leaf*. »Da hinten bewegt sich was. Da ist jemand.«

»Ja?« Ich ging zur Eingangstür und entdeckte tatsächlich einen Zettel. Mit dickem schwarzem Stift hatte da jemand ein paar simple Worte niedergeschrieben.

Wegen Rohrbruch leider geschlossen

»Seht mal.« Ich zeigte auf den Zettel und zückte dann mein Handy. »Ich ruf mal Max an.«

»Gute Idee«, stimmte Mike mir zu.

Ich wählte seine Nummer und wartete. Es tutete einige Male, und kurz bevor ich auflegen wollte, ging er ran.

»Ja?« Er klang atemlos. Als wäre er gerade eine Treppe hochgerannt.

»Ich stehe vorm Pub und sehe, dass heute geschlossen ist. Ist alles okay?«

»Frag nicht!«, war seine kurze Antwort, dann legte er auf.

Ich sah verwirrt auf das Display. Was war das denn? Max war ja eigentlich immer eher schweigsam. Aber zwei Worte waren jetzt schon etwas übertrieben. Bevor ich mich richtig aufregen konnte, wurde die Tür mit einem Ruck aufgerissen und Max stand vor mir.

»Huch!«

»Du glaubst gar nicht, wie sehr ich mich freue, dich zu sehen.« Er nahm mich in den Arm und atmete tief ein. »Hier ist die Hölle ausgebrochen.«

»Okay?« Ich rieb ihm beruhigend über den Rücken.

»Hi«, kam es von Mike neben uns, und Max sprang gefühlt einen Meter zurück.

»Gott, bin ich erschrocken.« Er hielt sich die Brust genau da, wo sich wahrscheinlich sein klopfendes Herz befand. »Ihr seid ja auch da. Na, kommt schon alle rein. Es ist viel zu kalt, um hier draußen herumzustehen.«

Gemeinsam betraten wir das Pub. Max ging zum Sicherungskasten und stellte das Barlicht an. Es war zwar nicht sonderlich hell, aber so konnten wir auf einen Blick das Chaos erkennen. Max schien in einer hektischen Aktion einige Möbel gestapelt zu haben, und überall lagen Handtücher und Eimer. Trotzdem war der Steinboden auch noch mit Pfützen übersät.

»Sieht übel aus«, stellte Fatih fest, nahm sich eines der Tücher auf dem Boden und begann, es über einem der Eimer auszuwringen. Die Tatsache, dass er ungefragt direkt mit anpackte, imponierte mir und war eben auch typisch Fatih. Er redete nicht viel und tat dafür umso mehr. Ich glaubte, dass Max und er sich da sogar sehr ähnlich waren.

»Bist du allein? Wo sind deine Kollegen?«, fragte ich und sah mich um.

»Anton ist gerade mit Jenny los. Er hatte Hoffnung, dass vielleicht noch ein Baumarkt geöffnet hat. Auch wenn ich keine Ahnung habe, was sie da in der Eile besorgen wollen.«

»Sollen wir dir hier helfen? Wir haben jetzt eh nichts Besseres vor. Immerhin wollten wir ja hierher, und das geht ja jetzt nicht, also zumindest nicht, wie es geplant war.«

»Henry hat recht«, stimmte Mike mir zu. »Wenn wir alle mit anpacken, bekommen wir das bestimmt schnell hin, und wir können ja trotzdem Musik hören und Bier trinken.« Er ließ die Augenbrauen hüpfen.

»Ich kann Cola, Wasser und Apfelsaft spendieren. Einverstanden? Mehr ist nicht drin, sonst killt mich der Chef. Und den Pizzaofen können wir garantiert auch benutzen. Also … wer hat Lust auf eine kleine Putz-Party?« Er sah unsicher in die Runde.

»Klar. Wir sind dabei.« Zoya griff sich einen Mob und machte sich auf in Richtung Männerklo, von wo aus wohl das ganze Chaos begonnen und sich dann unnachgiebig ausgebreitet hatte. Fatih und Mike versuchten weiter mit Tüchern die einzelnen Pfützen wegzuwischen und brachten ab und an einen gefüllten Eimer mit Wasser nach draußen, um ihn in den Gully an der Straße zu leeren. Zum Glück war es tatsächlich nur Wasser. Max und ich kümmerten uns um das Mobiliar. Einiges war wohl nicht mehr zu retten. Das Holz war komplett aufgequollen, das war leider jetzt schon zu sehen. Anderes konnte man vielleicht abschmirgeln und noch mal neu lackieren. Aber da waren wir uns nicht sicher.

»Die Tür kannst du auch vergessen«, meinte Max und rüttelte an der Toilettentür, die schon jetzt verzogen war. »Scheiße, echt. Es muss total viel gemacht werden.«

»Ihr könnt doch morgen im Leben nicht öffnen«, stellte ich fest und sah Max besorgt an.

»Übermorgen auch nicht. Da müssen ja auch Handwerker her und Gutachter, und das muss alles mit der Versicherung abgeklärt werden, und keine Ahnung, was da noch alles geregelt werden muss.« Er rieb sich erschöpft über die Augen. »Das bekommt der alte Harry nie und nimmer hin.«

»Das ist der Pub-Chef, oder?«

»Ja. Er ist eh schon überfordert mit dem Laden. Er hat gesundheitlich in den letzten Jahren ziemlich abgebaut. Vor allem seine Knie machen ihm zu schaffen. Deshalb überlässt er uns sehr viel Verantwortung, und er vertraut mir. Aber das wird hart für ihn, und wahrscheinlich auch für mich.«

Ich ging einen Schritt auf ihn zu und schlang die Arme um seine Körpermitte. Dann stellte ich mich auf Zehenspitzen und gab ihm einen Kuss auf die Lippen. Nur ganz zart und schüchtern.

»Ich helfe dir so gut ich kann. Und meine Freunde auch. Garantiert. Du musst aber auch um Hilfe bitten. Schreib mir, wenn dich etwas bedrückt oder wenn du nicht weiterweißt. Sieh mal, wenn ich heute Abend nicht vorbeigekommen wäre, hättest du mir von dem Rohrbruch doch im Leben nicht erzählt. Oder?«

Max zuckte mit den Schultern. »Ich weiß nicht. Ich wusste nicht, ob es dich interessiert.«

»Alles, was dich betrifft, interessiert mich, okay? Merk dir das. Ich will, dass das zwischen uns etwas Ernstes wird. Aber wenn du mir nichts erzählst, habe ich den Eindruck, dass nur ich das will.«

Max sah beschämt an mir vorbei und kaute auf seiner Unterlippe herum.

»Hey«, ermahnte ich ihn. Ich wollte nicht, dass er schon wieder mit den Gedanken abschweifte. »Meinst du, du schaffst es, mich ein wenig mehr an deinem Leben teilhaben zu lassen?«

Er seufzte. »Ich denke schon. Ich gebe mir Mühe, okay?« Ein kleines Lächeln zeigte sich auf seinem Gesicht, so winzig, dass ich mir nicht mal richtig sicher war, ob ich es mir nicht nur eingebildet hatte. Das war nun aber auch vollkommen egal, da sich Max zu mir beugte und mich küsste. Der Kuss war nur im ersten Moment zurückhaltend und nahm deutlich an Fahrt auf. Ich spürte seine Zunge, die in meinen Mund eindrang, und ich kam ihm gierig entgegen. Gott! Max war ein einziger Widerspruch. Seine Küsse und Blicke waren ein Versprechen. Und trotzdem zweifelte ich viel zu oft an ihm. Das ärgerte mich, und ich fragte mich unweigerlich, ob es an mir lag und ich einfach zu viel von ihm verlangte. Vielleicht hatte ich ein falsches und zu verklärtes Bild von einer festen Beziehung. Beziehung … waren wir überhaupt fest zusammen?

»Hey, entweder ihr nehmt euch ein Zimmer oder ihr helft weiter mit.« Mike stand einige Meter von uns entfernt und grinste dreckig. Wir lösten uns voneinander. Meine Ohren wurden wieder direkt heiß, und ich verfluchte sie dafür. Aber ich hatte dieses Rotwerden einfach nicht unter Kontrolle. Hatte ich noch nie. Und das schien auch Max nicht zu entgehen. Zumindest strich er mit dem Daumen über meine Wange und schenkte mir einen liebevollen Blick.

»Okay, dann lasst uns noch ein bisschen was wegschaffen, und danach schiebe ich ein paar Pizzen in den Ofen.«

Dafür, dass wir uns den Abend komplett anders vorgestellt hatten, verlief er doch erstaunlich unterhaltsam. Zumindest ich war vollauf zufrieden. Vielleicht deshalb, weil ich Zeit mit Max verbringen konnte und uns kein Tresen trennte. Wir redeten viel miteinander und küssten uns immer mal wieder, wenn wir ungestört waren, oder tauschten kurze Streicheleinheiten aus. Jede Berührung von ihm hinterließ ein Glühen auf meiner Haut, und so langsam wurde ich gierig. Ich wollte eindeutig mehr.

Am Ende wirkte Max nicht mehr ganz so verbissen. Er hatte mit seinem Chef Harry telefoniert und ihm die Situation geschildert. Danach hatte er noch in dessen Auftrag eine Mail an die Versicherung geschickt. Den Rest würde er morgen klären müssen, oder vielleicht sogar erst in den kommenden Tagen. Immerhin war ja nun Wochenende. Seit wir es allerdings mit vereinten Kräften geschafft hatten, zumindest alles aufzuwischen, wirkte er etwas beruhigter.

»Morgen bei Tageslicht werden wir sehen, wie viel wir tatsächlich wegwerfen müssen. Das ist der Nachteil an der ganzen rustikalen Holzeinrichtung«, sagte Max, während er unsere Pizzen eine nach der anderen aus dem Ofen holte und auf Bretter verteilte. Mit einem großen Pizzaroller schnitt er sie gekonnt in Stücke.

»Vielleicht ist es ja nicht so schlimm.« Zoya gab sich optimistisch. »Vielleicht hast du beziehungsweise haben wir tatsächlich schnell genug reagiert.«

»Kann sein. Wir werden sehen.« Max seufzte, stellte die Bretter in die Mitte unseres Tischs und setzte sich neben mich auf den hohen Hocker. Ich spürte seine Hand auf meinem Oberschenkel. Nicht aufdringlich. Einfach nur als Zeichen dafür, dass er da war und mich berühren wollte.

»Danke für eure Hilfe. Ich hoffe, ich kann auch in nächster Zeit weiter auf euch zählen.«

Alle nickten, und dann aßen wir hungrig unsere Pizzen. Es war mittlerweile schon spät, und wir waren alle verdammt müde. Vor allem bei Mike hatte ich zwischendurch den Eindruck, dass er beim Kauen einschlafen würde.

Max machte keine Anstalten, mich zum Abschluss des Tages zu sich einzuladen. Was irgendwie schade war. Nach der ganzen Knutscherei in den letzten Stunden hatte ich mir da schon ein wenig Hoffnungen gemacht. Da ich aber sowieso der Fahrer des Abends war, musste ich erst einmal dafür sorgen, dass Zoya, Mike und Fatih gut nach Hause kamen. Aber mal ehrlich: Ich hätte ihnen allen liebend gern ein Taxi bezahlt, wenn Max mir das Angebot gemacht hätte, die Nacht mit ihm zu verbringen. Da er das aber nicht tat, verabschiedeten wir uns um kurz nach Mitternacht.

»Soll ich dich auch nach Hause fahren?«, fragte ich ihn, als wir alle vorm Pub standen.

»Ach Quatsch, ich wohne nur zwei Straßen weiter.«

»Ach so.« Kurz war es mir peinlich, dass ich solche Dinge nicht von ihm wusste. Aber dann kam er einen Schritt auf mich zu und umarmte mich.

»Wenn du willst, kannst du mich ja mal demnächst besuchen kommen. Wir könnten zusammen was kochen und einen Film ansehen. Wenn du das willst.«

Ich nickte und streckte mich dann seinem Kuss entgegen. Ich sollte nicht zu misstrauisch sein. Immerhin hatte ich keinen Grund dazu. Max schien nur einfach ein anderes Tempo zu haben, als ich es mir vorgestellt hatte. Aber wir liefen eindeutig in dieselbe Richtung.

»Hey, Henry! Beeil dich. Mir frieren gerade die Eier ab.« Mike, Zoya und Fatih standen schon an meinem Auto und traten unruhig von einem Bein aufs andere, um sich aufzuwärmen.

Max drückte noch mal meine Hand und lächelte mich süß an. Ich konnte nur ahnen, wie mein Gesichtsausdruck aussah. Höchstwahrscheinlich grinste ich wie ein Honigkuchenpferd. Zumindest fühlten sich meine Wangen so an, als würde ich spätestens morgen Muskelkater bekommen. Dann drehte ich mich um und rannte zu meinem Wagen, wo mich die anderen schon ungeduldig erwarteten.

»Komisch, ich hab von der Kälte kaum was gespürt«, murmelte ich, als ich die Tür aufschloss.

»Das glaube ich dir sofort. Die Funken, die da flogen, können garantiert auch Waldbrände auslösen. Also Vorsicht, wo ihr so flirtet«, ermahnte mich Zoya und brachte uns alle damit zum Lachen.

Als ich wenig später im Bett lag, war ich zwar todmüde, kam aber doch noch nicht so richtig zur Ruhe. Also entschloss ich mich, das zu tun, was mir Mathilda geraten hatte: Ich nahm mich nicht zurück.

Ich griff nach meinem Handy, drehte die Kamera zu mir und knipste ein müdes Selfie inmitten meiner blau karierten Bettwäsche.

Gute Nacht, hübscher Mann. Trotz allem hab ich mich total gefreut, dich zu sehen (und zu küssen!)

Ich schickte die Nachricht inklusive Bild an Max. Da ich ihn ja nun schon ein paar Tage kannte, rechnete ich kaum mit einer Reaktion von ihm. Umso überraschter war ich daher, als ich sah, dass er tippte. Wenige Sekunden später bekam ich eine Antwort.

»Nee, oder?«, sagte ich ungläubig zu mir selbst.

Ein Selfie. Von Max. Oberkörperfrei lag er im Bett. Ich konnte weiße Bettwäsche sehen, mit einigen blauen Blumen am Rand. Kornblumen. Das wusste ich, da im Pub-Quiz einmal eine Frage über Kornblumen gestellt worden war, die wir nicht beantworten konnten und ich danach erst einmal die Wikipedia-Seite der Kornblume studiert hatte.

Aber genug zur Bettwäsche.

Schläfst du nackt?

Vielleicht!

Und daraufhin bekam ich noch ein Selfie. Ich glaubte, er wollte mir zuzwinkern, auch wenn das Bild total missglückt war und man nicht wirklich sagen konnte, was er genau mit seinem Gesicht vorgehabt hatte. Ich lachte auf und hoffte, dass ich nicht meine Schwester weckte.

Du bist süß.

Das musste ich ihm einfach antworten. Denn genau das war es, was ich gerade empfand, und ich wollte mich ja nicht mehr zurücknehmen. Dann sah ich noch mal die beiden Fotos an, die er mir zugeschickt hatte, und seufzte. Er war wirklich hübsch. Seine Haut war leicht gebräunt, bestimmt noch die Reste des Sommers, und ich glaubte, auf einem der Fotos ein paar Brusthaare zu erkennen.

Das sagst gerade du. Dein Gesicht steht neben süß im Wörterbuch.

Ich liebte es, mit ihm zu schreiben. Warum machten wir das nicht öfter? Ach, stimmt ja: weil er nur selten antwortete.

Okay, du hast gewonnen ;-)
Schlaf gut, und wenn du nichts dagegen hast, komme ich morgen wieder ins Pub und helfe.

Sehr gern. Ich kann Hilfe gebrauchen.
Schlaf gut, Süßer

Schlaf gut, Hübscher.

Kapitel 14

»Toll, dass du Zeit hast.« Max öffnete mir die Tür und ließ mich ins *Green Leaf* hinein. Es war zwölf Uhr mittags, und ich hatte es kaum erwarten können, wieder zu ihm zu gehen.

»Und ich hab uns auch was mitgebracht.« Stolz hielt ich eine Plastiktüte in die Höhe. »Ich war extra noch beim Asiaten und hab uns Futter besorgt. Hoffentlich schmeckt es dir. Ich wusste ja nicht so recht, was du außer Sushi sonst noch gern magst.«

»Mach dir da mal keine Gedanken.«

Wir liefen weiter ins Pub hinein und er nahm mir die Tüte aus der Hand, um sie mit hinter die Bar zu nehmen. »Ich bin, wenn es um Essen geht, wenig kompliziert. Keine Allergien, und mir schmeckt eigentlich fast alles.«

»Das ist gut, das macht es für mich natürlich einfacher. Ich hab da schon ein paar mehr Eigenarten.« Ich setzte mich an den Tresen und beobachtete Max. Er packte die Styroporbehälter aus und kramte Teller aus einem Fach irgendwo unterhalb der Spüle heraus. Dann verteilte er das Essen auf ihnen.

»Und was, zum Beispiel? Fisch ist schon mal nichts für dich. Das weiß ich ja zum Glück mittlerweile. Was sollte ich sonst noch beachten?« Max trat um den Tresen herum und setzte sich neben mich. Die Teller stellte er vor uns hin. Darauf lagen Frühlingsrollen und je eine Portion gebratene Nudeln.

»Ich bin auf jeden Fall komplizierter. Mit Fisch, Rosenkohl und Brokkoli kannst du mich jagen.«

»Merk ich mir.« Max hatte bereits den Mund voll mit Frühlingsrollen und war kaum zu verstehen. Ich musste grinsen. Es war schön, wenn wir so zusammensaßen. Dann war alles zwischen uns normal, und die vielen Gedanken, die ich mir über unsere Beziehung gemacht hatte, waren verflogen. Eine kurze Zeit aßen wir schweigend weiter, bis Max die Stille durchbrach.

»Was mich mal interessieren würde: warum Meerestiere? Alle Leute, die ich so kenne, würden bei der Frage nach dem Lieblingstier eher Hund, Katze, Kaninchen oder Pferd nennen. Du bist der Erste, der Meerestiere mag. Und dann auch noch Quallen. Warum?«

Ich hatte gerade den Mund voll mit gebratenen Nudeln und kaute hektisch zu Ende. Max trat derweil um den Tresen und schenkte uns beiden je ein Glas Limo ein, die ich gierig trank. Dann konnte ich es ihm endlich erklären.

»Ist das Meer nicht ein unglaublich faszinierender Ort? Wusstest du, dass knapp siebzig Prozent der Erdoberfläche von Wasser bedeckt ist, und trotzdem sind große Teile davon noch gänzlich unerforscht? Überleg doch mal. Wir waren auf dem Mond, und auf der der ISS leben Menschen. Gerade jetzt sind da oben sieben Menschen aus drei Nationen. Dabei haben wir es noch nicht mal geschafft, die tiefsten Ecken des Meeres zu erforschen. Wir sind ständig auf der Suche nach Leben irgendwo da draußen und fragen uns, ob es wohl Aliens gibt, die in irgendwelchen entfernten Galaxien hausen und uns beobachten. Aber wir haben keine Ahnung, welche Kreaturen in den Tiefen der Meere leben. Also frage ich dich: Wie kann man sich *nicht* dafür interessieren?«

Max nickte verstehend, sah aber auch nachdenklich aus. »So habe ich das noch gar nicht betrachtet.«

»So sieht es kaum jemand. Aber seit ich als Kind ein Bilderbuch über die Lebewesen der Weltmeere durchgeblättert habe, ist das einfach meine Leidenschaft. Und ich lerne ständig dazu. Gerade erst gestern habe ich über einen sogenannten Glaskopffisch gelesen. Dessen Schädeldecke ist komplett durchsichtig, und seine Augen sind im Inneren, wahrscheinlich, weil sie dort geschützt sind. Das bedeutet aber, dass er durch seinen eigenen Kopf hindurchsieht. Sein

Schädel ist wie eine Art Fenster.« Ich machte eine Geste, als würde mir der Kopf explodieren. »Wie krass ist das bitte schön?«

Max grinste mich an und zeigte dabei eine Reihe weißer Zähne.

»Sorry, ich weiß, ich erzähle zu viel darüber. Ich will dich nicht langweilen oder nerven. Manchmal geht es einfach mit mir durch, und dann kann ich meine Begeisterung nur schwer zügeln.«

»Quatsch. Ich bin total beeindruckt und versuche, ehrlich gesagt, noch zu verarbeiten, dass du weißt, wie viele Menschen zurzeit auf der ISS sind.« Max lachte auf und legte dann seine Hand auf meine.

»Ich weiß nicht, warum ich das weiß. Wahrscheinlich wurde das irgendwann die Tage in den Nachrichten erwähnt. Ich habe ein seltsames Gedächtnis. Manche Dinge sind sofort und für immer gespeichert. Dafür konnte ich mir in der Schule keine einzige Lateinvokabel merken.« Ich zuckte mit den Schultern. Max beugte sich für einen Kuss zu mir. Doch bevor unsere Münder aufeinandertrafen, stoppte er in der Bewegung. »Irgendwie liebe ich das an dir«, flüsterte er und legte dann seine Lippen auf meine. Als er das L-Wort aussprach, spürte ich, wie mein Herz einen Satz machte.

»Okay. Also ich kann dir noch mehr unnützes Wissen vortragen, wenn du das so toll findest. Und im Notfall weißt du ja, wie du mich zum Schweigen bringst.«

»Ach so? Wie denn?«, fragte er nach und ich rollte mit den Augen.

»So wie eben. Mit einem Kuss.«

Max lachte wieder und steckte sich dann das letzte bisschen Frühlingsrolle in den Mund.

»Ich habe eine bessere Idee.« Er stand auf und stapelte unsere leeren Teller aufeinander. »Du hilfst mir, hier noch klar Schiff zu machen, und als Belohnung für uns beide knutschen wir später noch ordentlich rum.« Er ließ seine Augenbrauen anzüglich hüpfen und brachte mich damit zum Lachen.

»Ich war selten so motiviert, wenn es ums Aufräumen ging!«

Wir wischten und schrubbten das ganze Pub. Außerdem kümmerten wir uns um einige Möbel, die wir teilweise direkt zerschlugen und die Einzelteile auf einem großen Haufen neben dem Eingang sammelten.

Max würde sich die Tage darum kümmern, dass das Zeug auf den Sperrmüll kam. Er hielt seinen Chef über alles auf dem Laufenden und holte sich für einiges die Erlaubnis. Ich hatte allerdings den Eindruck, dass Harry ihm freie Hand ließ und froh war, dass Max ihm die Arbeit abnahm. Während ich den Lack eines kleinen Schränkchens abschmirgelte, da dieser teilweise im Wasser gestanden hatte und nun die Farbe an einigen Stellen abgeplatzt war, telefonierte Max mit Handwerkern. Ich hörte ihn regelmäßig fluchen. Es schien nicht so leicht zu sein, zeitnah einen Termin zu ergattern.

»Handwerker, echt …« Max kam zu mir und setzte sich neben mich auf den Boden. »Der eine hat in drei Monaten Zeit, der andere eventuell in drei Wochen. Aber garantieren konnte er nichts.« Er fuhr sich mit den Händen durchs Haar. »Wie stellen die sich das vor?«

»Die Quiz-Meisterschaft ist doch aber schon bald. Das Pub kann nicht so lange zubleiben.«

»Nicht nur wegen der Meisterschaft. Genauso lange würden wir hier ja auch kein Geld einnehmen. Das geht nicht.«

Kurz überlegte ich. Hatte nicht Papa einen guten Freund, der in so einer Gas-Wasser-irgendwas-Firma arbeitete? Oder verwechselte ich da was?

»Lass mich mal kurz telefonieren. Ich habe eventuell eine Idee.«

»Ich bin für alles dankbar. Mir gehen nämlich so langsam die Ideen aus.« Max seufzte.

Einige Minuten und zwei Telefonate später waren wir zumindest einen kleinen Schritt weiter. Ich ging zu Max zurück, der noch immer auf dem Boden saß und etwas hilflos wirkte.

»Mein Papa hat einen Freund angerufen, der nun zusieht, ob er das Pub noch zwischen zwei Termine schieben kann. Zumindest um den Schaden zu sichten. Ich habe ihm deine Handynummer gegeben. Ich hoffe, das war okay.«

Max sprang auf die Füße, umarmte mich und schleuderte mich einmal um sich herum. Ich gab einen erschrockenen Laut von mir, für den ich mich danach direkt schämte.

»Das ist mehr als okay. Danke! Du bist einmalig!« Er küsste mich und presste seinen Körper dabei fest an meinen. Dieser Kuss war alles andere als schüchtern oder scheu. Er war drängend und voll Gier. Es überraschte mich, und gleichzeitig wollte ich, seit ich ihn das erste Mal gesehen hatte, genau das. Ich schlang meine Arme um seinen Nacken und erwiderte den Kuss voller Hingabe.

Plötzlich hob er mich auf einen Tisch hinter mir. Wieder entwich mir der gleiche erschrockene Laut, der uns beide zum Lachen brachte. Aber nur für den Bruchteil einer Sekunde, denn sofort stürzten wir uns wieder aufeinander. Ich spürte seine rauen Bartstoppeln und seinen heißen Atem, beides stachelte mich noch mehr an und ich glitt mit meinen Fingern unter seinen Pullover. Ich ertastete warme, weiche Haut und seine Wirbelsäule, an der ich mit zarten Berührungen entlangfuhr. Erst als ich bemerkte, dass Max mit seinem Schritt immer öfter meinen streifte, beendete ich den Kuss und versuchte ihn etwas von mir zu schieben.

»Was ist los?«, fragte er atemlos und lehnte seine Stirn gegen meine. »Zu schnell?«

»Auch.« Ich seufzte, als ich seine Lippen wieder an meinen spürte. Zuckersüß und sanft. »Aber erstens haben wir hier bestimmt noch ein bisschen was zu tun, und zweitens«, ich atmete lange und gedehnt aus, »sollten wir so was nicht hier auf einem Tisch machen. Zumindest nicht beim ersten Mal.« Die letzten Worte waren nicht mehr als ein Flüstern. Max nickte.

»Ich wollte dich eh mal zu mir einladen. Also nicht nur, damit wir rummachen. Nicht dass du auf komische Gedanken kommst.« Er fuhr sich durchs Haar. »Wir könnten einfach einen Film ansehen und ein bisschen zusammen abhängen. Also wenn du willst.«

»Klar. Total gern.« Ich lächelte ihn an, und dann küssten wir uns ein weiteres Mal.

Die nächsten Stunden verbrachten wir mit einigen Aufräumarbeiten, immer wieder unterbrochen durch wilde Knutschereien. Es war so, als hätte man einen Schalter umgelegt. Wir waren plötzlich kaum mehr dazu in der Lage, uns nicht zu berühren, und wir mussten uns ständig ermahnen, damit wir uns wieder auf die Arbeit konzentrierten. Aber es schien uns von Minute zu Minute schwererzufallen. Selbst wenn wir gerade an verschiedenen Ecken des Pubs arbeiteten, spürte ich oft seinen Blick auf mir. Und auch für mich war es nicht leicht, meine Augen von ihm zu lassen.

»Was machst du eigentlich morgen?«, fragte ich irgendwann nach einem weiteren schnellen, aber sehr heißen Kuss. Max seufzte und strich sich mit beiden Händen durchs Haar. Eine Geste, die ich mittlerweile wie kaum etwas anderes mit ihm verband.

»Ich hab morgen was vor. Wir haben das Gröbste hier geschafft. Und an einem Sonntag kann man wohl eh nicht mehr viel regeln. Montag sollte ich mich dann mal mit Harry zusammensetzen und alles Weitere in die Wege leiten. Handwerker, Gutachter und Versicherung … Das wird wohl der größte Brocken Arbeit.«

Ich hörte Max zu und verstand, dass er in nächster Zeit verdammt viel zu tun hatte. Nur was genau war denn jetzt mit morgen?

»Aber morgen hast du definitiv keine Zeit für mich?«, hakte ich noch mal nach. »Du wolltest mich doch mal in deine Wohnung einladen … Ich dachte, vielleicht wäre ja morgen eine gute Möglichkeit.«

»Morgen ist es schlecht.«

»Okay.«

Was er wohl vorhatte, und wäre es sehr aufdringlich, ihn danach zu fragen? Wahrscheinlich. Andererseits würde ich einfach Interesse zeigen. Ich wollte ihn ja nicht aushorchen, nur wissen, was er an einem Sonntag eben so vorhatte. Allerdings entschied ich mich dafür, still zu bleiben und das Gespräch mit einem Kuss zu beenden.

Vielleicht wäre es klüger gewesen, zu fragen.

Als ich abends im Bett lag, schickte ich Max wieder ein Selfie und wünschte ihm eine gute Nacht. Er antwortete schnell und sendete ein Foto von sich mit Kussmund. Ich hätte am liebsten vor Begeisterung ins Kissen geschrien. Stattdessen legte ich das Foto in meinem Adressbuch an. Immer wenn er mich nun anrief, würde dieses Bild erscheinen. Und das war so ziemlich das Schönste, was ich mir gerade vorstellen konnte.

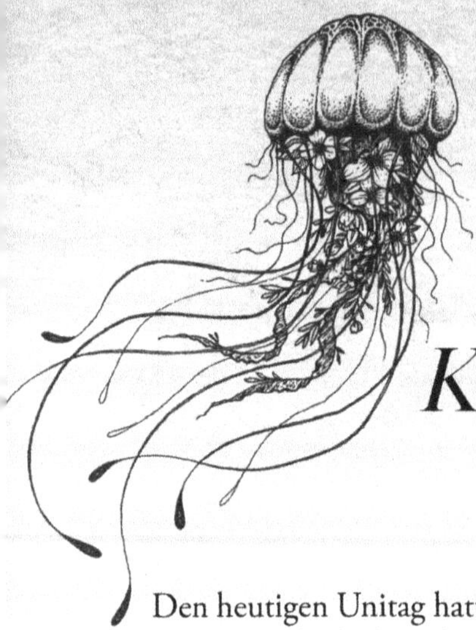

Kapitel 15

Den heutigen Unitag hatte ich gut hinter mich gebracht. Zumindest, wenn man bedachte, dass ich mit meinen Gedanken seit gestern nur bei Max war. Und warum? Weil er sich mal wieder nicht bei mir meldete. Samstags noch wilde Fummelei und Zungenakrobatik, und Sonntag nichts. Was mich am meisten daran fuchste, war, dass ich nicht wusste, was er an diesem Tag so machte und er es mir von sich aus auch nicht sagte. Für mich fühlte es sich an, als würde er etwas tun, über das er nicht sprechen wollte. Vielleicht ja etwas Peinliches oder Unanständiges. Oder es war so langweilig, dass er mir nichts davon erzählen wollte. Musste er ja auch nicht. Es war ja nicht so, als ob er mir über jede Sekunde seines Tages Rechenschaft ablegen musste. Aber mein Bauch war eben ganz anderer Meinung und hielt nicht viel von vernünftigen Argumenten. Da nistete sich nämlich das eklige Gefühl ein, dass irgendetwas nicht stimmte.

Und das säte Zweifel in mir. War das nicht vergangenes Wochenende schon genauso gewesen?

Es ließ mir keine Ruhe, und ich hasste diese Ungewissheit. Also tat ich das einzig Richtige in diesem Moment. Ich griff zum Handy und rief Zoya an. Währen ich die Straße entlanglief, beobachtete ich meinen Atem, den ich wie Zigarettenrauch versuchte zu Ringen zu formen. So kalt war es heute.

»Hi! Uni schon aus, oder schwänzt du?«, begrüßte sie mich.

»Ich bin frei, endlich frei«, zitierte ich eine Stelle aus der Eiskönigin und musste dem Drang widerstehen, direkt loszusingen.

»Schön, Elsa.« Zoya lachte und ich bemerkte an den Geräuschen im Hintergrund, dass sie, genau wie ich, draußen unterwegs war.

»Was treibst du denn im Moment?«

»Meine letzte Vorlesung ist auch gerade zu Ende gegangen, und ich bin auf dem Heimweg. Ich warte auf meinen Bus. Und du?«

»Ich laufe rum und mach mir unnötige Gedanken. Darf ich dich mal was fragen?«

»Kloooar!«

»Hast du den Mund voll?«

»Hob mür ebn nen Donut gekouft.«

Ich hörte quasi die Krümel sprühen. »Guten Appetit. Dann kannst du mir ja zuhören, während du kaust.«

»Mmmhhh«, gab sie schmatzend von sich.

»Also, es geht um Max. Das zwischen uns ist irgendwie komisch. *Er* ist komisch.«

»Was meinst du?«

Ich rückte meine schwarze Mütze zurecht, die heute ausnahmsweise nicht nur stylische Gründe hatte, sondern tatsächlich meine Ohren vorm Abfrieren retten sollte. Ich hatte das Gefühl, dass es sekündlich kälter wurde.

»Ich habe eine seltsame Sache bemerkt. Wenn wir uns treffen, ist alles super. Wir verstehen uns echt gut, und am Samstag sind wir kaum zum Arbeiten gekommen, weil wir die Finger nicht voneinander lassen konnten.«

»Too much information.«

»Ja, sorry.« Ich lachte. »Aber dann kommt immer der Moment, wenn er sich plötzlich nicht mehr meldet. Und ich weiß nicht warum. Wenn er aus Prinzip nicht gern Nachrichten schreiben würde oder so, könnte ich das ja verstehen. Aber so ist es nicht. Es gibt Tage, da bekomme ich total viele Nachrichten und sogar Selfies von ihm. Richtig lustige manchmal. Und dann plötzlich wieder zwei oder drei Tage komplette Auszeit. Muss ich mir Gedanken machen? Was meinst du?«

Ich wartete auf eine Antwort von Zoya. Aber es herrschte ziemlich lange Schweigen in der Leitung.

»Bist du noch dran?«, fragte ich.

»Ja, ich überlege.«

»Aha.«

»Weißt du?« Ich hörte sie noch immer kauen, aber zumindest war sie nun besser zu verstehen. »Ich kann es schlecht einschätzen, aber so, wie du es beschreibst, würde es mir tierisch auf den Sack gehen.«

»Es wirkt halt immer so, als würde er mich in der Zeit zwischen zwei Dates vergessen. Oder als habe er ein dunkles Geheimnis. Irgendwo eine Frau und Kind, zum Beispiel.«

»Du malst dir gleich wieder das Schlimmste aus.« Zoya seufzte.

»Nicht nur das. Ich habe ungefähr fünfzig verschiedene Szenarien im Kopf. Da ist alles dabei.«

»Ich befürchte, du kommst nicht drum herum, mit ihm darüber zu sprechen. Es bringt ja nichts, sich weiter Horrorgeschichten auszumalen.«

»Ich hab einfach Schiss, dass ich zu viel in die Beziehung investiere, und er es in Wirklichkeit gar nicht ernst meint.«

»Das wäre natürlich richtig scheiße. Aber schätzt du ihn so ein? Ihr kennt euch ja jetzt schon länger als nur ein paar Tage.«

»Weißt du, er ist manchmal so schweigsam, und er gibt wenig von sich preis. Deshalb bin ich ständig unsicher.« Es auszusprechen tat einerseits gut, andererseits machte es meine Angst auch greifbar und irgendwie real. Und dann war ich zu allem Übel auch noch während des Telefonats vollkommen automatisch Richtung Pub gelaufen. Das fiel mir jetzt erst auf. Und anstatt kehrtzumachen, lief ich natürlich weiter. Wie ein unsichtbares Seil zog es mich in seine Nähe. Und das schon, seit ich ihn das erste Mal gesehen hatte.

»O verdammt, da ist er«, brach es aus mir heraus, und ich versteckte mich in einem Hauseingang.

»Wer? Wo?«, fragte Zoya auf der anderen Seite der Leitung.

»Max! Er steht vorm Pub und unterhält sich mit jemandem.«

»Mann oder Frau?«, hakte sie neugierig nach.

»Spielt das eine Rolle?«

»Womöglich nicht. Keine Ahnung!«

»Es scheint ein Handwerker zu sein. Zumindest trägt der Typ 'nen Blaumann.«

»Und wo bist du jetzt gerade?«

»Ich verstecke mich«, gab ich zu und war mir durchaus darüber im Klaren, dass das kein glorreicher Moment für mich war. »Ja ich weiß, dass das dumm ist. War mehr ein Reflex, weil wir uns gerade über ihn unterhalten hatten. Ich habe mich ertappt gefühlt.«

»Und jetzt wartest du, bis die Luft rein ist?«, fragte Zoya, und ich konnte das Lachen in ihrer Stimme hören. Sie hatte so recht, ich benahm mich echt lächerlich.

»Ach Quatsch!« Ich trat aus meinem Versteck und lief lässig die Straße entlang, als wäre ich nicht gerade auf peinlichste Weise in Deckung gegangen. »Ich gehe jetzt zu ihm und melde mich später wieder bei dir, ciao«, flüsterte ich noch schnell in den Hörer und legte dann auf.

Ich kam Max und seinem Gesprächspartner näher, wurde allerdings immer langsamer. Als ich bei ihnen angekommen war, blieb ich stehen. Max blickte zu mir und nickte mir zur Begrüßung kurz zu.

Was war denn das bitte?

Ich blieb stumm neben ihnen stehen und bekam einiges von ihrem Gespräch mit. Die Rohre mussten wohl geprüft und dafür erst mal freigelegt werden. Der Handwerker wollte morgen versuchen, mit einem Kollegen vorbeizuschauen. Nachdem ich gut zehn Minuten schweigend neben den beiden gestanden hatte, kam ich mir extrem blöd vor. Wahrscheinlich zu Recht. Max kramte eine Zigarettenschachtel aus seiner Jeanstasche und schnipste gegen den unteren Rand der Packung, sodass eine Zigarette aus der Öffnung schaute. Er bot dem Handwerker eine an, die dieser dankbar entgegennahm. Und so rauchten sie gemeinsam und unterhielten sich weiter über die Reparaturen und Renovierungsarbeiten, die im Pub anstanden.

Ich hatte mich irgendwann entfernt. Schweigend danebenzustehen hatte sich nach ein paar Minuten total dämlich angefühlt. Also saß ich nun auf dem Fensterbrett des großen Pub-Fensters und wartete. Währenddessen checkte ich Instagram und kommentierte ein Bild, das Mathilda gepostet hatte. Ein bunter Blumenstrauß.

Uuuuh! Vom Verehrer?, schrieb ich darunter und komplettierte meinen Kommentar mit vielen Smileys mit Herzchen-Augen.

Dann scrollte ich noch eine Weile weiter durch meine Timeline. Aber bis auf einen neuen Beitrag der *Aquantis*-Seite war nichts wirklich interessant. Der dafür aber besonders. Es handelte sich dabei um ein kurzes Video von einer Fütterung. Man sah die vielen roten Fische, wie sie zu dem Futter schwammen und danach schnappten. Teilweise stritten sie sogar um die kleinen Flocken. Ich nahm mir direkt vor, bei meinem nächsten Besuch nachzusehen, welche Fische das gewesen waren.

Plötzlich fiel ein Schatten auf mich. Ich sah nach oben und entdeckte Max vor mir.

»Ah, seid ihr fertig?« Ich erhob mich und spürte, dass mir wohl der Hintern eingefroren war. Max machte einen mehr als gestressten Eindruck. Als Bestätigung für meine Vermutung griff er ein weiteres Mal nach seinen Zigaretten. »Stress?«, fragte ich unnötigerweise. Er nickte und zog kräftig an der Kippe.

»Das dauert alles länger, als ich gedacht habe. Das war übrigens ein Handwerker, den ich über den Kontakt von dir bekommen habe. Das ist wirklich pures Glück, dass er sich Zeit für uns nehmen konnte. Er versucht auch morgen noch mal vorbeizukommen. Ansonsten müsste ich Wochen warten, bis überhaupt ein Termin frei wäre. Ich werde mich wohl um einiges selbst kümmern müssen.«

»Ich helfe dir so gut ich kann«, sagte ich und meinte es auch so. Zaghaft tastete ich nach seiner Hand, doch er schüttelte sie ab und griff nach der Zigarette zwischen seinen Lippen. Das war seltsam. Oder bildete ich mir das gerade nur ein?

»Ich hätte übrigens eine Idee, also, weil gerade eh renoviert wird«, meinte ich, um mich selbst von dieser Ablehnung abzulenken. »Die eine Stufe hier ins Pub hinein ist doch ziemlich unpraktisch für Rollstuhlfahrer oder auch für Leute mit Kinderwagen.«

Max sah zum Eingang und nickte. »Ist mir auch schon aufgefallen. Wir haben sogar einen Stammkunden im Rolli, der ruft immer, wenn er Probleme hat. Dann springen Anton oder ich raus und helfen.«

»Aber besser wäre doch, wenn man da eine Schräge hinbauen würde. Oder? Da gibt es doch bestimmt Möglichkeiten.«

»Ich recherchier das mal. Ich werde in nächster Zeit eh ständig im Baumarkt rumhängen. Vielleicht lass ich mich da auch einfach beraten.«

»Gute Idee.« Ich grinste ihn an, aber er hatte heute irgendwie keine Augen für mich und fixierte irgendeinen Punkt hinter mir. »Hey, alles okay?«

Max seufzte und fuhr sich durchs Haar. »Ist gerade einfach viel.«

»Glaube ich dir. Ich geh dann auch wieder und halte dich nicht weiter auf.« Das waren meine Worte. Was ich aber eigentlich wollte, war, dass Max mich aufhielt. Dass er Zeit mit mir verbringen wollte. Dass er mir zumindest einmal in die Augen sah und mich anlächelte.

»Ja … ich muss noch mit Harry telefonieren und danach mit der Versicherung. Mir bleibt echt nichts erspart.« Er schenkte mir ein kurzes Lächeln, das seine Augen nicht erreichte. »Ich geh mal rein, bevor ich erfriere.« Er trat die Zigarette aus, bückte sich dann nach ihr und hob sie auf.

»Entsorge ich drin«, meinte er noch und lief dann Richtung Eingangstür. »Ich melde mich später bei dir, okay?«

Ich nickte und winkte ihm zaghaft zu. Er schloss die Tür hinter sich und ließ mich hier draußen in der Kälte stehen.

Drei Dinge wurden mir in dem Moment bewusst:

1. Er hatte mich nicht reingebeten. Und das, obwohl es verdammt kalt war.

2. Er hatte mich nicht geküsst. Weder zur Begrüßung noch zum Abschied.

3. Max war nicht gestresst. Zumindest nicht nur. Max war wegen irgendetwas traurig. Das konnte man ihm ansehen. Ich kannte ihn zwar nicht allzu gut, aber dessen war ich mir sicher.

Als ich abends im Bett lag, griff ich nach meinem Handy. Ich sah, dass Mathilda auf meinen Kommentar auf Instagram geantwortet hatte.

Neidisch? Das war ihre simple Antwort, und ich musste zugeben: ja, war ich. Wenn sie sogar schon Blumen von ihrem Schwarm bekam, waren sie gefühlt um einiges weiter als Max und ich.

Wir machten einen Schritt vor und danach zwei Stolperschritte zurück. Und das immer und immer wieder.

Ich gab mir einen Ruck und schrieb ihm eine Nachricht. Einfach weil ich es in diesem Moment unfair fand, dass mal wieder nur ich schlaflos hier lag und mir Gedanken machte.

Alles okay bei dir? Geht es dir besser?

Es dauerte tatsächlich nicht lange, bis eine Nachricht von Max zurückkam.

Keine Ahnung. Sorry, wenn ich komisch bin.

Im Moment mag ich mich selbst nicht besonders und hab das Gefühl, dir nicht gerecht zu werden.

Was ist denn los?

Einfach zu viel. Ich mag nicht drüber reden.

Na toll. Danke auch. Es mochte vielleicht mies von mir sein, aber ich fühlte mich dadurch direkt angegriffen. Wer war ich denn bitte schön für ihn, dass er mit mir nicht darüber – was immer es auch war – sprechen wollte?

Okay.

Meine Antwort war knapp. Und dessen war ich mir durchaus bewusst. Das konnte ich nämlich auch.

Vielleicht brauchst du mehr, als ich dir geben kann.

Ich weiß nicht …

Seine Nachricht bereitete mir Bauchschmerzen. Ich wünschte mir ja Ehrlichkeit und dass er mit mir über seine Gefühle sprach. Aber doch nicht so. Wir waren kaum richtig zusammen, warum hatte ich den Eindruck, dass er sich schon von mir verabschiedete?

Hey, deine Worte machen mir Angst. Gib bitte nicht einfach auf. Ich allein entscheide, ob du genug bist und ob ich mehr brauche.

Danach musste ich lange auf eine Nachricht von ihm warten. Kurz dachte ich sogar, er sei bereits eingeschlafen. Doch dann vibrierte mein Handy.

Hast du Samstag vielleicht Zeit? Da kann ich, wie es scheint, im Pub eh nichts machen. Dann arbeitet erst mal eine Trockenmaschine und zieht die Feuchtigkeit aus der Wand.

Gern, lass uns etwas Schönes unternehmen. Damit du deine dunklen Gedanken loswirst. Okay?

Er sendete mir einen Smiley. Dieses Lächeln kaufte ich ihm aber nicht ab. Ich hatte heute Mittag gesehen, wie traurig er aussah, und daran hatte sich garantiert nichts geändert.

Was war nur mit ihm los?

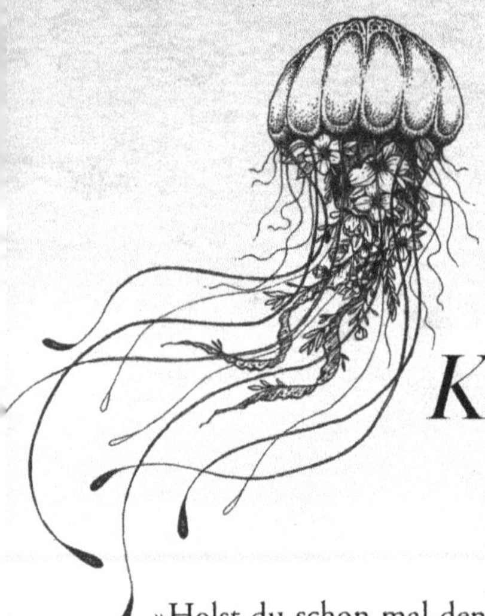

Kapitel 16

»Holst du schon mal den Einkaufswagen?«, fragte Papa und drückte mir einen Euro in die Hand.

»Mach ich.«

Donnerstags arbeitete Papa manchmal nur bis mittags. Deshalb war der Donnerstag nun unser Großeinkaufstag. Wenn ich Zeit und Lust hatte, war ich mit von der Partie. Heute hatte ich zum Beispiel nichts Besseres zu tun, und noch viel wichtiger: Ich brauchte Ablenkung. Und die hatte ich zu Hause in meinem Zimmer einfach nicht.

Max war noch immer seltsam. Wobei seine letzten Nachrichten fast schon gezwungen normal klangen. Sein Verhalten vor ein paar Tagen hatte etwas zu bedeuten gehabt. Und es wurmte mich, dass ich nicht wusste, was das war.

Ich drückte das Eurostück in den Schlitz und fuhr mit dem ergatterten Einkaufswagen zu meinem Papa, der bereits am Eingang des Supermarktes auf mich wartete. Er hatte einen langen Zettel in der Hand, auf dem Mama die letzten Tage all das notiert hatte, was wir benötigten. Papa und ich waren mittlerweile ein eingespieltes Team, wenn es ums Einkaufen ging. Wir wussten genau, welche Gänge wir aussparen konnten und wo wir uns dafür besonders lange aufhalten würden. Bei den Cornflakes zum Beispiel standen wir meist für eine gefühlte Ewigkeit. Das Angebot war so riesig, dass es uns jedes Mal wieder überforderte. Dafür kamen wir aber jede Woche mit anderen Frühstücksflocken nach Hause. Da waren schon schlimme Fehlkäufe dabei gewesen, allerdings auch ein paar wahre Schätze.

Ich stand vor dem Gemüse- und Salatregal und betrachtete alles. Mama hatte unter anderem Zucchini, Auberginen, Paprika, Tomaten und Zwiebeln auf die Liste geschrieben. Das klang für mich stark nach Ratatouille am Wochenende. Mein Papa liebte es, und Lissy und ich fanden es ganz okay. Es war eben viel zu gemüselastig. Ich suchte alles zusammen und lief dann zurück zum Einkaufswagen, um alles hineinzuwerfen. Einige Meter weiter den Gang entlang stand ein großes weihnachtlichen Regal voll Zimtsterne, Lebkuchen, Glühwein und anderem Kram, das mich magisch anzog. Eine Glühweinflasche war riesig und fasste tatsächlich zwei Liter. Ich machte ein Foto von dem Regal und schickte es zuerst Zoya.

GLÜHWEINPARTY!

Danach sendete ich das gleiche Foto an Max. Nur textlich nahm ich eine kleine Änderung vor.

Wie stehst du so zu Weihnachten? Yay oder Nay?

Ich steckte mein Handy wieder in die Hosentasche und schnappte mir eine Flasche Glühwein und ein paar weihnachtliche Naschereien.

»Läutest du offiziell die Adventszeit ein? Noch etwas früh, oder?«, fragte Papa, griff aber dann aber ebenfalls in das Regal und warf eine Tüte Marzipankartoffeln in unseren Wagen.

»Du scheinst ja auch schon innerlich Jingle Bells zu summen?«

»Ich liebe einfach Marzipan«, entgegnete er schulterzuckend. »Da ist mir die Jahreszeit ziemlich egal.«

»Verständlich. Und ich bin vielleicht irgendwann demnächst bei jemandem zu Hause eingeladen und könnte das feine Tröpfchen dann mitbringen.«

»Feines Tröpfchen.« Papa lachte auf und schob den Wagen weiter. »Bei wem denn?«, fragte er dann, sah mich neugierig von der Seite an und stoppte bei Joghurt und Quark. Er griff in die Kühltheke, um seinen Lieblings-Erdbeerjoghurt herauszuholen und ein paar Becher

Schokopudding für Lissy und mich. Ich liebte den allerdings so sehr, dass ich zwei weitere in den Wagen legte.

»Max heißt er.« Ich ließ es absichtlich so klingen, als wäre nichts Besonderes dabei.

»Den hast du aber bisher noch nie erwähnt, oder? Woher kennst du ihn denn? Ist er ein Kommilitone? Studiert er an der gleichen Uni?«

»Ne.« Im Vorbeigehen warf ich zwei Pakete Toast und eine Packung Muffins in den Wagen. »Er ist Barkeeper im Irish Pub und na ja … mal sehen.« Papa und ich waren ähnlich gesprächig, und deshalb waren unsere Einkäufe meist auch recht schweigsam. Wir beschränkten uns auf simple Zurufe nach Butter oder Salatgurken, und das war auch gut so. Doch jetzt sah ich Papa an, dass er mehr wissen wollte, aber eigentlich keine Lust auf ein kompliziertes Vater-Sohn-Gespräch hatte. Also erlöste ich ihn. »Ich habe ihm meine Nummer gegeben, und er hat sich am nächsten Tag bei mir gemeldet. Wir haben uns ein paarmal getroffen, und vielleicht wird ja auch mehr daraus. Wenn es so ist, bring ich ihn mal nach Hause mit und stelle ihn euch vor. Okay?«

Papa sah mich etwas perplex an. Wahrscheinlich hatte er mit so viel Ehrlichkeit nicht gerechnet. Aber warum sollte ich schwindeln? Ich hatte mich bereits vor einer gefühlten Ewigkeit geoutet, und ich war volljährig. Also tat ich ja nichts Verbotenes oder Verwerfliches. Zur gleichen Erkenntnis kam wohl auch er. Denn er nickte nur und schickte mich dann noch mal zurück zum Gemüse, da wir die Kartoffeln vergessen hatten. War mir recht. Auf einen guten Rat oder gar ein Aufklärungsgespräch konnte ich nämlich gut und gern verzichten.

Die nächsten Gänge und Regalreihen brachten wir also wieder gewohnt schweigend hinter uns. Zumindest bis zur Käsetheke. Dort mussten wir nämlich kurz warten, bis wir an der Reihe waren. Die Zeit wollte Papa wohl doch noch nutzen.

»Und du magst diesen …« Er zögerte.

»Max. Er heißt Max.«

»Genau. Du magst ihn?«, hakte er nach und betrachtete dabei besonders genau den Camembert in der Auslage.

»Ja, aber ich kenne ihn noch nicht wirklich gut. Und er ist manchmal seltsam. Na ja …« Ich spürte seinen Blick auf mir. Anscheinend war ich nun wieder interessanter als der Schimmelkäse. »Wir hatten schon ein paar schöne Treffen, und das war immer toll. Manchmal ertappe ich ihn dabei, dass er mich ein wenig verknallt ansieht. Und dann meldet er sich plötzlich drei Tage nicht und reagiert auf keine meiner Nachrichten. Und das verunsichert mich. Das Gefühl mag ich nicht.«

»Verständlich«, stimmte er mir zu.

»Ich frage mich dann jedes Mal, ob ich mir das alles davor nur eingebildet habe und ich in Wirklichkeit verarscht werde.«

»Das wäre natürlich nicht so schön.«

Dann waren wir endlich an der Reihe und Papa, der alte Käsefan, orderte einmal die komplette Käsetheke und durfte sogar ein paar neue Sorten probieren. Das tat er immer, wenn wir hier waren. Heute war es irgendwas Außergewöhnliches mit Walnuss. Ich mochte Käse, aber nicht so exzessiv wie Papa, deshalb lehnte ich bei seinen manchmal sehr mutigen Experimenten dankend ab.

Nachdem einige Minuten später mehrere Käsesorten in den Wagen gewandert waren, liefen wir weiter zu dem Regal mit Süßigkeiten. Ich warf abwechselnd Chips, Schokolade, Kekse und Gummibärchen in den Einkaufswagen und kassierte einen tadelnden Blick von meinem Papa.

»Was? Ich bin noch im Wachstum!«

»Erstens glaube ich, das ist Wunschdenken von dir, und zweitens willst du doch, wenn, nach oben und nicht in die Breite wachsen.«

Ich rollte mit den Augen und legte eine Packung Chips wieder zurück. Aber den Rest behielt ich. Ich brauchte beim Lernen nun mal Nervennahrung. Und bislang konnte das mein Stoffwechsel zum Glück gut verarbeiten.

An der Kasse waren ungefähr hundert Menschen vor uns, und es dachte wohl auch niemand daran, eine weitere Kasse zu öffnen. Wir stellten uns also auf Wartezeit ein. Normalerweise betrachteten wir die Einkäufe der anderen in den Wagen und auf dem Band und versuchten uns Geschichten auszudenken, was sie damit vorhatten und wie deren Abende wohl aussehen würden. Aber Papa war abgelenkt. Und ich wusste auch genau wovon. Von Max. Der war nämlich offenbar nun nicht nur in meinem Kopf, sondern auch in seinem.

»Und warum, denkst du, meldet er sich so lange nicht bei dir? Hat er einfach viel zu tun oder … ist er ein Arsch?«

Ich seufzte. Papa hatte eigentlich genau die richtige Frage gestellt.

»Ich habe keine Ahnung. Dafür aber oft das Gefühl, dass er etwas verheimlicht, oder zumindest, dass er irgendetwas mit sich trägt, was ihn belastet.«

»Vielleicht wird er sich dir öffnen, wenn ihr euch besser kennt. Manches will man vielleicht nicht so schnell von sich preisgeben. Wahrscheinlich hat fast jeder ein Geheimnis, das er lieber für sich behalten würde.«

»Ich nicht.«

Nun wurde doch eine zweite Kasse geöffnet und alle vor uns eilten zu ihr, als gäbe es dort frische Muffins umsonst. Papa und ich blieben da, wo wir waren. Das war immer unsere Strategie. Zu fünfzig Prozent lagen wir damit richtig.

»Sicher? Wenn ich manchmal dein Zimmer so ansehe, habe ich das Gefühl, dass dein Teppich dein größtes Geheimnis ist und du ihn deshalb mit Wäsche und anderem Zeug bedecken musst.« Er zwinkerte mir zu und begann dann, unseren Wageninhalt auf dem Band zu verteilen. Zuerst die schweren Artikel und zuletzt die leichten und zerbrechlichen.

»Haha«, konterte ich wenig schlagfertig und holte als Letztes die Eier aus dem nun leeren Einkaufswagen.

Während der Typ an der Kasse schon alles einscannte und das typische Piepsen erklang, sah Papa mich noch immer eindringlich von der Seite an.

»Henry?«

»Ja?«

»Pass einfach auf dich auf. Okay? Du bist ein kluger Junge. Du machst das schon.«

Ich nickte. »Ich geb mein Bestes.«

Später, als wir zu Hause die zahlreichen Taschen auspackten, spürte ich die Vibration des Handys in meiner Jeans. Max hatte geantwortet.

Weihnachten?
Um ehrlich zu sein, ist Weihnachten nichts für mich.
Ich mag allerdings Glühwein und Süßkram.

Wie konnte man bitte schön Weihnachten nicht mögen? Da ging es hauptsächlich darum, zu essen, Zeit mit der Familie zu verbringen und Geschenke auszupacken.

Wenigstens was!

Ich komplettierte meine Nachricht mit einem zwinkernden Smiley.

Was sollen wir am Samstag unternehmen?
Glühwein trinken und Zimtsterne futtern?

Ich fand die Idee, um ehrlich zu sein, gar nicht so übel. Allerdings würde ich das auch mit Mike, Fatih oder Zoya tun. Mit Max wollte ich ja ein Date. Ein richtiges Date. Da sollte man doch irgendetwas anderes miteinander unternehmen.

Wie wäre es mit Kino?

Immerhin galt Kino doch als offizieller Dating-Ort. So war es zumindest in allen amerikanischen Highschool-Filmen, die ich kannte.

Auch gut. Du suchst den Film aus.
Sag mir einfach, wann und wo.
Ich kann dich auch abholen.

Okay, ich sag dir Bescheid. Freu mich :-)

Ich mich auch.

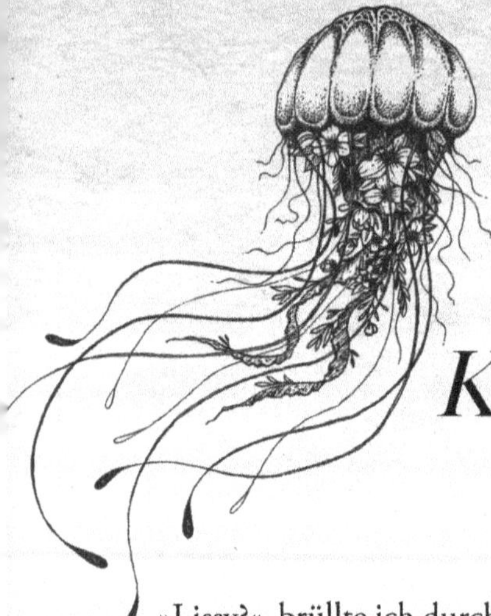

Kapitel 17

»Lissy?«, brüllte ich durch das komplette Haus, in der Hoffnung, dass sie sich bemerkbar machen würde.

»Jahaaa«, kam es irgendwo aus dem Erdgeschoss zurück. Also sprintete ich die Treppenstufen nach unten und fand sie vor der Couch auf dem Boden sitzend. In ihrem Schoß lag ihre Rapunzel-Puppe, der sie das lange Haar bürstete. »Was ist denn?«

»Du weißt, dass ich gleich Besuch bekomme. Bist du also bitte, *bitte* die liebste und süßeste Schwester auf der ganzen Welt?«

»Okay.« Sie zuckte mit den Schultern und dachte gar nicht daran, mir mehr Aufmerksamkeit zu schenken. Ich seufzte. Das würde was geben.

Leider würden Max und ich heute nicht ins Kino gehen können. Meine Eltern hatten vor wenigen Stunden den Anruf erhalten, dass Oma gestürzt sei. Da die in einem Skigebiet einige Kilometer entfernt lebte, hatten sich meine Eltern direkt auf den Weg gemacht und würden auch vor morgen nicht zurück sein. Ich musste also babysitten. Was normalerweise kein Problem war. Aber gerade heute war ich nun mal mit Max verabredet.

Ich hatte Max bereits vorgewarnt, und er hatte zumindest nichts dagegen gehabt, trotzdem herzukommen und Zeit mit mir zu verbringen. Mich machte das Ganze verdammt nervös. Es war etwas anderes, ob man sich irgendwo auf neutralem Terrain traf oder in den eigenen vier Wänden. Mit Kinderfotos auf der Kommode und der kleinen Schwester am metaphorischen Rockzipfel.

Es klingelte an der Tür, und mein Puls schoss automatisch in die Höhe. Der Blick auf die Wanduhr verriet, dass er fünf Minuten zu früh war.

»Lissy, ab jetzt bist du lieb, ja?«

»Ich bin immer lieb«, giftete sie zurück, und ich bereute sofort, sie nicht schon ins Bett gebracht zu haben. Im Flur kontrollierte ich noch einmal mein Aussehen im großen Spiegel neben der Garderobe. Es war seltsam, dass ich ihn ohne Kopfbedeckung begrüßen würde. Aber es wäre um einiges seltsamer, sich in der eigenen Bude mit Beanie aufzuhalten. Also richtete ich noch schnell meine Haare und öffnete dann die Tür.

»Hi«, sagte ich atemlos. Obwohl ich überhaupt keinen Grund hatte, atemlos zu sein. Nur meine eigene Nervosität und Max' verdammt gutes Aussehen raubten mir den Atem.

»Hi.« Max grinste. Er sah so unglaublich attraktiv aus in seinem dunkelblauen Mantel. Wie ein Hollywoodschauspieler. Nach einem kurzen Moment der Stille, in dem wir uns einfach nur ansahen, ging ich schnell einen Schritt zur Seite.

»Komm doch rein. Dir ist bestimmt kalt. Bist du mit dem Auto da?«

Max betrat den Hausflur und sah sich um. »Ja, ich habe um die Ecke geparkt. Hier in der Straße ist es eher schwierig, einen Parkplatz zu bekommen, oder?«

»Um die Uhrzeit ein Ding der Unmöglichkeit. Gib mir deinen Mantel.«

Max zog sich den Mantel aus und reichte ihn mir.

»Wer bist du?«, halte es uns da auch schon aus ungefähr einem Meter Höhe entgegen.

»Das ist Lissy, der Grund, warum wir heute nicht ins Kino können.«

»Ich bin aber nicht schuld. Ich hab nichts gemacht.« Sie zeigte einen Schmollmund und fühlte sich ganz eindeutig gerade nicht gerecht behandelt.

»Natürlich ist es nicht deine Schuld.« Ich wuschelte ihr durch das Haar und sah dann zu Max.

»Lissy, das ist Max. Max, das ist meine kleine Schwester Lissy.«

»Hallo, hübsche Lady.« Max schüttelte Lissy die Hand und schaffte es, dass sie sich vor lauter Scham direkt hinter meinem Bein versteckte. Max lächelte sie an und sah dann wieder zu mir. »Was ist denn passiert? Warum musstest du spontan hier einspringen? Ich hatte die Tickets ja schon reserviert, aber die hab ich einfach an Anton weitergegeben. Der sieht sich jetzt mit seinem Mitbewohner den neuen Marvel an.«

»Sorry. Tut mir echt leid. Meine Oma ist gestürzt. Es scheint nicht so schlimm zu sein, aber sie ist unglaublich stur und würde eher eine Woche schweigend und mit Schmerzen im Bett liegen, als Hilfe anzunehmen oder gar zum Arzt zu gehen. Also sind meine Eltern hingefahren, um nach ihr zu sehen. Sie wohnt in Glückskirchen. Das ist so ein Kaff in den Bergen.«

»Okay. Na, dann ist es schon besser, dass deine Eltern nach ihr sehen. Ist sie sonst allein?«

»Ja.« Ich seufzte. »Opa ist schon lange nicht mehr da, und sie weigert sich, in ein Heim zu gehen. Was ich auch irgendwie verstehen kann. Na ja …« Ich zuckte mit den Schultern. Erst jetzt fiel mir auf, dass wir immer noch im Hausflur standen. Wie unhöflich. »Ich schlage vor, dass wir mal alle ins Wohnzimmer gehen. Ich besorge uns was zu trinken und dann bestellen wir Pizza? Ist das okay?«

Lissy hüpfte begeistert hin und her und jubelte. Aber auch Max lächelte zufrieden und nickte. Ich führte ihn in unser Wohnzimmer und ließ ihn dort mit Lissy allein. Sie würde ihn schon unterhalten. Derweil verschwand ich in die Küche und bemühte mich, erst mal runterkommen. Ich war noch immer so aufgeregt, wenn ich Zeit mit Max verbrachte. Würde das je aufhören? Ihn jetzt hier bei mir zu Hause zu haben war irgendwie eine ganz neue Erfahrung. Eine neue Stufe unserer Beziehung. Das bedeutete doch, dass er das mit mir auch ernst nahm, oder?

Schnell schnappte ich mir eine Flasche Cola und zwei Gläser. Für Lissy kramte ich ein Trinkpäckchen aus dem Küchenschrank. Zur Feier des Tages. Wenn wir beide sturmfreie Bude hatten, gab's immer etwas Besonderes, das wusste Lissy schon. Dann riss ich noch den

Flyer vom Pizzaservice vom Kühlschrank und lief schwer beladen zurück ins Wohnzimmer.

Lissy hatte es sich neben Max bequem gemacht und zeigte ihm gerade ihre Rapunzel-Puppe.

»Die Haare muss man sehr gründlich bürsten, sonst sind sie ganz verknotet. Schau!« Sie zeigte ihm, wie es funktionierte, und Max nickte ihr sehr interessiert zu.

»Du hast auch schöne Haare«, meinte Lissy. »Du könntest sie ja auch mal wachsen lassen.«

Ich lachte auf und setzte mich zu den beiden.

»Meinst du, das würde ihm stehen?«, fragte ich meine Schwester nach ihrer Expertise. Sie betrachtete Max noch mal ganz genau und kniff dabei die Augen zusammen, um es sich womöglich besser vorstellen zu können.

»Ich glaube schon, aber nicht so hellblond wie Rapunzel. Deine Haarfarbe passt besser zu dir. Damit siehst du hübsch aus. Oder, Henry?«

»Finde ich auch. Ein hübscher Mann ist er«, stimmte ich ihr zu und grinste.

»Bin ich das also.« Max sah mich eindringlich an und ließ die Augenbrauen hüpfen. Ich gab ihm daraufhin einen Stoß mit der Schulter.

»Als ob du das nicht wüsstest.«

»Ich höre es aber gern«, sagte er und gab mir einen schnellen Kuss auf die Lippen, der mich überraschte. Nicht weil wir uns so selten küssten. Ganz im Gegenteil. Es überraschte mich, weil es bei mir zu Hause war, vor meiner Schwester. Ein Blick zu ihr verriet allerdings, dass sie es entweder nicht bemerkt hatte oder dass es sie einfach null interessierte. Ich tendierte zu zweiterem. Lissy war es egal, ob ich Mädchen oder Jungs küsste. Für sie wäre ein Einhorn oder Simba aus *Der König der Löwen* eine Sensation. Alles andere war ihr schnuppe.

»So! Wir wollten doch Pizza bestellen. Auf was habt ihr Lust?«, lenkte ich erfolgreich vom Thema ab.

»Salami«, jubelten Max und Lissy gleichzeitig, was uns alle in schallendes Gelächter ausbrechen ließ.

Mit Pizzakarton auf dem Bauch und *Mulan* im Fernseher machten wir es uns zu dritt gemütlich. Den kompletten Film schaffte Lissy allerdings nicht. Ich hatte den Arm um sie gelegt, und sie hatte ihren Kopf gegen mich gelehnt. Irgendwann bemerkte ich ihr regelmäßiges Atmen und wusste, dass es Zeit für sie war, ins Bett zu gehen. Also trug ich sie nach oben in ihr Zimmer. Kaum hatte ich sie zugedeckt und ihr einen Gutenachtkuss gegeben, begann sie bereits zu schnarchen. Leise verließ ich das Zimmer und schloss die Tür hinter mir.

Max hatte vor der Tür gewartet und stand gegen die Wand gelehnt im Flur. Warum sah der Kerl immer so lecker aus?

»Lass uns wieder runtergehen«, flüsterte ich ihm zu, und dann schlichen wir auf Zehenspitzen ins Erdgeschoss. »Ich hatte übrigens gerade eine gute Idee.«

»Was denn?«, fragte Max.

Ich lief rückwärts Richtung Küche, ohne ihn dabei aus den Augen zu lassen. »Ich habe doch Glühwein gekauft und ein paar Lebkuchen. Hättest du Lust? Oder wolltest du etwa schon gehen?«

»Ich bin mit dem Auto da. Da habe ich eine Null-Promille- Regel.«

»Oh.« Wie hatte ich das nur vergessen können?

»Aber wenn du nichts dagegen hast, könnte ich ja über Nacht bleiben …« Max stellte sich vor mich und nahm meine beiden Hände in seine. Dann beugte er sich zu mir hinunter und küsste mich. Langsam und voll Leidenschaft.

»Dann«, murmelte ich leise, »trinken wir ein oder zwei Gläser Glühwein und du bleibst heute Nacht hier?«

Max nickte. »Wenn du das willst.«

Wollte ich? Verdammt, ja!

Also taten wir genau das, was ich vorgeschlagen hatte. Wir saßen noch ewig gemeinsam auf der Couch im düsteren Wohnzimmer, dessen einzige Lichtquelle der Fernseher war. Dabei tranken wir warmen und viel zu süßen Glühwein, naschten weihnachtliches Gebäck und sahen eine Comedy-Sendung an, bekamen aber wenig davon mit, da wir ständig miteinander rumknutschen mussten. Es fiel mir einfach unglaublich schwer, die Finger von ihm zu lassen. Immerhin saß er hier direkt neben mir, und ich hatte ihn ganz für mich allein. Ohne Publikum. Wie lange hatte ich genau davon geträumt? Von seinen Händen, die er unter mein Shirt gleiten ließ, davon, dass er meine Haut streichelte und mich neckte. Von Küssen, die immer fordernder wurden. Von seinem glühenden Blick, der die Macht hatte, mich zu verbrennen. Und ja, dafür, dass wir draußen gut und gern Minusgrade hatten, war mir gerade verdammt heiß. Und das lag nicht nur am Glühwein.

»Sollen wir nach oben gehen?«, fragte ich nach einem weiteren minutenlangen Kuss atemlos. Ich hatte mittlerweile kaum mehr Platz in meiner Hose, und das war ziemlich unangenehm. Max nickte nur, und sein Blick wanderte dabei immer wieder von meinen Lippen zu meinen Augen und wieder zurück. Als wollte er nicht damit aufhören, mich zu küssen. Musste er auch nicht. Außer für wenige Sekunden, wenn wir uns beeilten. Ich griff nach seiner Hand und zog ihn hinter mir her die Treppe nach oben in mein Zimmer. Ich hatte tatsächlich vorhin noch etwas aufgeräumt. Na ja, hauptsächlich hatte ich alles, was auf dem Boden lag, in den Kleiderschrank gestopft. Mein Bett hatte ich sogar frisch bezogen. Natürlich mit dem Hintergedanken, dass sich dort ja eventuell etwas abspielen könnte. Ich hatte mir eindeutig Hoffnungen gemacht. Gleichzeitig hatte mich der Gedanke daran aber auch geängstigt.

Nun standen wir mitten in meinem Zimmer. Ich knetete meine Hände nervös und beobachtete Max. Der sah sich interessiert um. Als er meine Fotocollage über dem Schreibtisch entdeckte, lief er zielstrebig darauf zu.

»Das sind Mike und Zoya, oder? Ist sie das?«

»Ja, das ist Zoya. Kaum zu erkennen. Früher hatte sie noch nicht so langes Haar wie jetzt. Da waren wir gemeinsam zelten, als wir so ungefähr fünfzehn oder sechzehn waren. Es war schrecklich. Aber auf den Bildern könnte man meinen, dass ich Spaß hatte.«

»Was war denn so schrecklich?«

»Ich hatte nachts einfach immer kalte Füße, und es war, glaube ich, mehr Ungeziefer in meinem Zelt als außerhalb. Tagsüber war es aber eigentlich ganz nett. Wir waren schwimmen, haben viel zu viel

Pommes und Eis gefuttert und ich habe festgestellt, dass ich ein Talent für Beachvolleyball habe. Am Badesee dort haben wir immer gegen andere Jugendliche gespielt. Komischerweise waren wir unschlagbar. Eigentlich seltsam, dass ich mich zuerst an das doofe Zeug erinnert habe.« Ich schüttelte nachdenklich den Kopf.

»Ja, so ist das manchmal mit dem eigenen Gehirn. Es verdrängt Positives und zeigt dir nur das Negative.« Max sah sich weiter die Collage an. Ich ging einen Schritt auf ihn zu und stellte mich neben ihn. Zaghaft griff ich nach seiner Hand. Da richtete er den Blick auf mich und lächelte.

»Sollen wir ein paar schöne Erinnerungen schaffen?« Sein Gesicht ließ keine Zweifel, auf was er anspielte. Er sah mich frech an, aber auch verführerisch. Er sprach definitiv nicht davon, eine Runde *Mario Kart* zu zocken. Einen Wimpernschlag später hatte ich das Licht gelöscht und wir hatten es uns im Bett gemütlich gemacht. Max lag auf mir und küsste mir den Verstand aus dem Leib. Doch das genügte mir schon lange nicht mehr. Fordernd riss ich an seinem Pullover, bis er ihn sich über den Kopf zog und in eine Ecke des Zimmers warf. Dann zog er am Stoff meines Shirts. Ich zögerte nur einen kurzen Moment. Eigentlich hatte ich keine Probleme mit meinem Körper. Ich war kompletter Durchschnitt. Nicht zu dünn und nicht zu dick. Aber neben Max wirkte ich – sagen wir es mal so – ziemlich unfit. Er hatte starke Oberarme und tatsächlich den Ansatz eines Sixpacks. Er sah unverschämt gut aus. Aber egal. Ich bezweifelte, dass wir momentan die Geduld hatten, uns genau zu mustern und unseren Bizeps zu vergleichen. Dafür waren unsere Münder einfach viel zu beschäftigt. Und unsere Hände. Ich ließ ihm keine Zeit, einen Rückzieher zu machen, und öffnete bereits seinen Gürtel. Zumindest versuchte ich es. Aber leider hatte ich das Zittern meiner Finger unterschätzt. Hoffentlich machte mir meine Nervosität keinen Strich durch die Rechnung. Max half mir zum Glück und trat sich dann die Hose und gleich noch die Unterhose von den Beinen. Irgendwo am Fußende des Bettes fiel alles zu Boden. Genau dort, wo normalerweise auch mein Klamottenberg lag. Gemeinsam befreiten wir nun auch mich von der unnötigen Jeans und der Shorts darunter. Nun war es so weit. Der unvergleichbare, einzigartige Moment war da. Wir waren beide nackt und unsere Körper eng umschlungen. Es fühlte sich großartig an. Er war so warm. Fast schon glühend heiß. Sein Becken bewegte sich rhythmisch gegen meines, und ich konnte nicht anders, als mitzumachen und mich im selben Takt zu bewegen. Ich spürte seine Härte an meinem Bauch und seinen Atem in meinem Gesicht. Das Wissen, dass er wohl genauso erregt war wie ich, ließ mich aufstöhnen. Überhaupt war all das, was wir taten, viel zu laut.

»Wir dürfen Lissy nicht wecken«, hauchte ich atemlos und seufzte danach auf, als Max seine Hand zwischen meine Beine schob und meinen Penis umfasste.

»Das sagst gerade du.« Er grinste teuflisch und küsste mich wieder. So gut. Seine Küsse machten süchtig. Aber nicht nur das. Auch das, was seine Hand mit mir vollführte, brachte mich um den Verstand. Als ich ihn dabei ertappte, wie er sie noch weiter nach unten wandern ließ, schaltete sich jedoch mein Hirn wieder ein. Beruhigend. Es schien doch noch zu funktionieren, trotz all der Hormone.

»Max?« Meine Stimme war kaum mehr als ein Flüstern. Ich hielt seine Hand fest und suchte seinen Blick. Max küsste mich auf den Hals, auf mein Kinn und dann auf die Lippen. »Ja?«

Gott! Diese von Lust verhangene Stimme allein konnte mich schon zum Höhepunkt bringen! Da war ich mir ganz sicher. »I-ich wollte n-nur …« Was war das denn jetzt für ein peinlicher Auftritt von mir?

»Was liegt dir auf dem Herzen?« Max stützte seinen Kopf mit beiden Händen ab und sah mich an. Ich atmete einmal durch, um zumindest einen geraden Satz rauszubekommen.

»Lass uns heute nicht miteinander schlafen. Okay? Nicht dass ich es nicht will … ich will! Also, irgendwann. Ich finde nur, dass es noch zu früh ist.« Ich sah ihn wohl etwas hilflos an, denn Max' Blick wurde mitleidig.

»Sei doch nicht so eingeschüchtert.« Er strich mir über die Wange. »Wir machen nichts, mit dem du dich nicht wohlfühlst. Das ist doch wohl klar.«

Ich nickte zaghaft.

»Auf was hättest du denn Lust?«

Fragte er mich das gerade wirklich? Was sollte ich denn dazu sagen? Max' Blick war neckisch, und er beobachtete mich ganz genau.

»I-ich«, stotterte ich unreif und komplett überfordert. »Ja?«

»So normales Zeug eben.« Konnte ich bitte einfach im Erdboden versinken?

»So was, zum Beispiel?« Max glitt mit seinem Kopf weiter nach unten, ohne den Augenkontakt mit mir abzubrechen. Er küsste sich einen Weg über meinen Körper. Brust, Bauch, Bauchnabel und den dünnen Pfad Haare entlang, der genau dort hinführte, wo sich ihm meine geballte Erregung entgegenreckte. Mit dem Gesicht genau über meinem intimsten Bereich wartete er und suchte meinen Blick. Wohl, um sich zu vergewissern, dass ich damit einverstanden war. Mein Kopf drohte jetzt schon fast zu explodieren. Mein Puls raste und mein Gesicht musste knallrot sein, so glühte es. Trotzdem nickte ich ihm kurz zustimmend zu. Daraufhin bemerkte ich seine Zunge, wie sie feucht und heiß meinen Penis entlangfuhr. Vom Schaft bis zur Spitze. So unerträglich langsam, dass ich mir die Faust fest auf den Mund pressen musste, um nicht laut aufzustöhnen. Mit einem halb geöffneten Auge blinzelte ich nach unten. Genau in dem Moment, als er ihn komplett in den Mund nahm.

»Fuck«, entwich es mir, und ich schob Max automatisch mein Becken entgegen. Der Anblick war fast zu viel für mich gewesen. Max machte einfach weiter und verpasste mir den ersten Blowjob meines Lebens. Der wohl auch in die Geschichte eingehen würde als der kürzeste Blowjob aller Zeiten. Denn schon nach wenigen Augenblicken spürte ich, dass ich nicht mehr lange brauchte.

»Max, wenn du so … ich komm gleich«, presste ich heraus und war einerseits erleichtert und andererseits unglaublich enttäuscht, als Max mit einem schmatzenden Geräusch von mir abließ und wieder zu mir nach oben rutschte. Er küsste mich voll Leidenschaft, und als ich mit zarten Fingern nach ihm tastete, bemerkte ich, dass er mindestens so hart war wie ich. Da spürte ich auch schon Max' Hand, die nach meinem Penis griff und ihn fest gegen seinen drückte. Mit seiner großen Hand rieb er uns beide immer mehr dem Höhepunkt entgegen. Das Gefühl von seiner heißen Härte gegen meine reichte fast schon aus. Viel zu schnell konnte ich mich nicht mehr auf seine Küsse konzentrieren und lehnte mich einfach mit der Stirn gegen seine. Ich gab mich seinen Berührungen voll und ganz hin und konnte mich nur noch auf die immer schneller werdenden Bewegungen seiner Hand und auf seinen bebenden Atem konzentrierten. Ich war der Erste von uns beiden, der sich plötzlich anspannte und die Luft anhielt, um nicht zu laut zu werden. Max musste spüren, dass ich so weit war, denn er intensivierte den Druck seiner Reibung. Ich unterdrückte mein Stöhnen so gut ich konnte, als ich mich zitternd über seine Hand ergoss. Max folgte mir nur wenige Sekunden später.

»Wow.« Atemlos ließ ich mich auf den Rücken fallen. Max lag neben mir, hatte seinen Unterarm quer über seinem Gesicht liegen und versuchte, seine Atmung wieder unter Kontrolle zu bekommen.

»Wow«, wiederholte er keuchend. »Wir sollten eigentlich dringend duschen.«

Er hatte recht. Ich sah an mir herunter und begutachtete die Sauerei.

»Aber dann wecken wir wahrscheinlich wirklich noch deine Schwester. Es ist eh ein Wunder, dass sie noch schläft und nicht plötzlich im Zimmer stand.«

Mit wackligen Beinen erhob ich mich, ging zu meinem Kleiderschrank und öffnete die Tür. Sofort fielen mir drei Jeans und ein paar zusammengeknüllte Shirts und Pullover entgegen.

»Verdammt«, fluchte ich und stopfte alles wieder mit viel Anstrengung zurück. Dabei kullerten links und rechts von mir ein paar Socken heraus und verteilten sich im Zimmer. Max hinter mir kicherte. Garantiert auch deshalb, weil ich diese ungewollte Comedy-Vorstellung gerade komplett nackt vor ihm vollführte. Ein Bild für die Götter und so ziemlich das Peinlichste, was mir wohl je geschehen war.

»Du scheinst eine ähnliche Aufräumtaktik zu haben wie ich.«

»Mag sein«, murmelte ich und fand zum Glück in einem Fach ein paar Handtücher. Ich warf Max eines zu und wischte mir mit dem anderen erst einmal den Schweiß von der Stirn und vom Nacken.

»Danke«, kam es vom Bett und ich sah, wie Max sich einfach das Handtuch über seinem Gesicht ausbreitete und reglos liegen blieb. Da musste ich lachen.

»Das sieht aus, als hätte ich 'ne Leiche im Bett. Echt makaber. So schlimm war's nun auch wieder nicht.«

»Es war nichts schlimm. Es war gut und verdammt viel und …« Er zog sich das Handtuch vom Gesicht. »Und ich will das sehr bald wiederholen.«

Wir lächelten uns beide verschmitzt an.

Dann stieg ich wieder zu ihm ins Bett und kuschelte mich an seine Seite. Er legte den Arm um mich und küsste mich auf den Scheitel.

Eine kurze Zeit war es still zwischen uns. Ich für meinen Teil genoss dieses schöne Gefühl der Geborgenheit und Nähe. Das hier empfand ich als extrem wertvoll. Vor allem, weil ich mich auch oft von ihm zurückgestoßen fühlte.

Max war der Erste, der das Schweigen brach. Genau in dem Moment, als ich davon ausging, dass er schon eingeschlafen war.

»Hast du auch manchmal das Gefühl, dass alles zu viel ist? Dass unglaublich viel in deinem Leben passiert? Gutes, aber eben auch Schlechtes. Und all das überfordert einen einfach so hart, dass … keine Ahnung.« Er seufzte. Kurz dachte ich über sein Gesagtes nach.

»Ja, ich glaube schon. Gerade gegen Ende des Semesters häuft sich die Arbeit, und es kommt mir vor, als würde mir alles über den Kopf wachsen. Ich weiß die guten Dinge dann aber auch richtig zu schätzen. Einen entspannten Abend mit meinen Freunden, zum Beispiel.«

Max nickte. Das konnte ich zwar nicht sehen, aber ich spürte es.

»Das ist gut. Also, es ist gut, dass du es zu schätzen weißt, und vor allem, dass du sie siehst. Die guten Dinge. Viele sehen nur das Negative. So wie vorhin, als du beim Campen zuerst an deine kalten Füße und an die Mücken gedacht hast. Dabei war da ja noch viel mehr.« Kurz schien er zu überlegen. Dann sprach er weiter. »Ich sehe oft nur das Negative, sonst nichts.«

Ich öffnete meine Augen und sah ihn genau an. Es war zwar dunkel, aber durch das Licht der Straßenlaterne, das durch das Fenster schien, konnte ich ihn erkennen. Er hatte seine Lider geschlossen und wirkte sehr entspannt. Entspannter, als seine Worte ihn aussehen lassen sollten.

»Aber warum ist das so?« Ich stützte mein Gesicht ab und betrachtete Max, diesen unglaublich hübschen Mann. Er zuckte mit den Schultern, und gerade als ich dachte, dass sonst nichts mehr von ihm kommen würde, sprach er weiter.

»Ich habe oft das Gefühl, dass ich das Gute in meinem Leben nicht verdiene.«

Ich wusste nicht, was ich dazu sagen sollte. Warum war er so? Warum erzählte er mir das gerade jetzt? Und was erwartete er nun von mir?

Plötzlich lachte Max auf und schüttelte den Kopf.

»Anscheinend bin ich im Dunkeln und nach einem Orgasmus besonders redselig.«

»Oder vielleicht liegt es ja an mir und daran, dass du dich in meiner Anwesenheit so unglaublich wohlfühlst.«

Max öffnete ein Auge und sah mich an. »Vielleicht auch das.«

Er zog mich enger an sich, und ich griff nach der Decke, um sie über unsere beiden nackten Körper auszubreiten.

Ich spürte, wie Max' Atmung immer ruhiger wurde.

»Vielleicht bist du auch einfach zu gut für mich«, murmelte er leise. Ich öffnete die Augen und sah ihn im fahlen Licht der Straßenlaterne an. Wie konnte so ein toller Mann so traurige Dinge sagen?

Max atmete tief ein und schmiegte sich im Schlaf an mich. Gott … ich war so was von komplett in diesen widersprüchlichen, vielschichtigen Kerl verschossen. In all seine lustigen, traurigen und verschmusten Seiten. Und ich war gespannt, welche Seiten er mir noch zeigen würde.

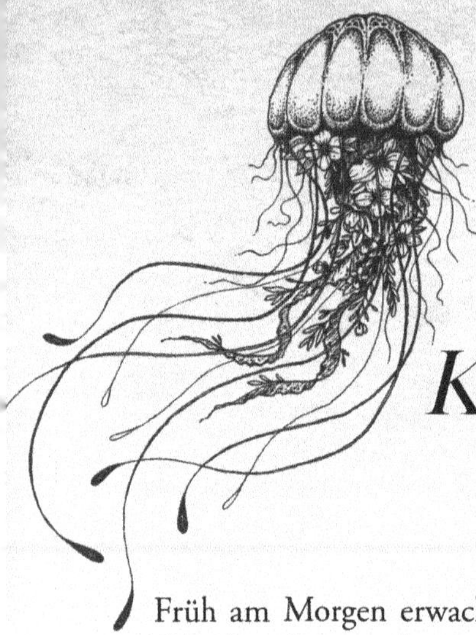

Kapitel 18

Früh am Morgen erwachte ich, weil mir zum einen die Sonne ins Gesicht schien und zum anderen, weil Max sich neben mir bewegte. Ich öffnete meine Augen einen Spalt und sah zur Seite.

»Was ist los?« Ich setzte mich auf und beobachtete Max dabei, wie er sich anzog. Er saß auf dem Rand der Matratze und schlüpfte in seine Boxershorts. Müde rieb ich mir den Schlaf aus den Augen und zog die Decke etwas höher. Es war kalt, so ganz allein hier im Bett. Ohne wärmenden Körper neben mir. Außerdem kam ich mir gerade ziemlich doof vor. Immerhin war ich komplett nackt und Max zog sich mittlerweile den Pullover über den Kopf. Was sollte das denn?

»Sorry, dass das so schnell geht«, sagte er. »Ich habe heute noch einiges vor.«

»Aber es ist Sonntag«, gab ich zurück und klang schon fast verzweifelt. Wer hatte denn bitte schön an einem Sonntag besonders viel vor? Außer vielleicht ein Pfarrer.

»Gerade *weil* es Sonntag ist.« Er schloss seinen Gürtel und stoppte kurz in seiner Bewegung. Ganz so, als wäre ihm klar geworden, dass er schon viel zu viel verraten hatte. Oder bildete ich mir das nur ein? »Ich bin dann mal weg.« Er beugte sich zu mir hinunter und gab mir einen flüchtigen Kuss auf die Stirn.

Auf die Stirn? Vor ein paar Stunden hatte er mein Ding im Mund gehabt, und nun bekam ich zum Abschied einen astreinen Friendzone-Kuss?

»Sag mal«, begann ich und brachte Max so dazu, vor meiner Zimmertür noch mal kurz innezuhalten. »Was machst du denn immer an deinen Sonntagen? Ich erreiche dich da nie. Als würdest du jeden Sonntag in einem monströsen Funkloch verschwinden, untertage arbeiten oder das Land verlassen. Du schürfst sonntags nicht zufällig nach Kohle?« Ich lachte leise auf, um die Situation aufzulockern. Immerhin wollte ich ihn ja nicht kontrollieren. Ich interessierte mich nur für ihn. Und die Ungewissheit machte mich krank.

Max drehte sich zu mir um, und sein Blick war kalt. Fast schon wütend.

»Das geht dich nun wirklich nichts an!« Daraufhin verließ er das Zimmer und schloss die Tür hinter sich.

Und ich saß allein in meinem Bett, war noch immer komplett nackt und verstand nicht, was geschehen war.

Hatte ich etwas Falsches gesagt?

War ich zu weit gegangen?

War das ein wunder Punkt von ihm gewesen?

Wie konnte er mich nach dieser intensiven Nacht einfach so sitzen lassen?

Und das Schlimmste war, dass ich ihn nicht mal zur Rede stellen konnte, weil es Sonntag war und ich ihn garantiert wieder den ganzen verdammten Tag nicht erreichen würde.

Warum auch immer.

Ganz toll.

Einige Stunden später rannte ich von der Straßenbahnhaltestelle Richtung Treffpunkt. Ich war wie immer alles andere als pünktlich. Gegen Mittag hatte Mike in unsere Chatgruppe geschrieben und gefragt, wer Lust hatte, den hiesigen Weihnachtsmarkt unsicher zu machen. Da ich eh nur Trübsal blies und meine Eltern sich nach ihrer Rückkehr über meine schlechte Laune wunderten und Fragen stellten, war Flucht und Ablenkung genau das Richtige. Eigentlich hatte ich auch noch genügend Zeit gehabt, um pünktlich am Treffpunkt zu erscheinen.

Eigentlich.

Aber dann war ich duschen gewesen und hatte mir den ganzen Max-Geruch gründlich abgewaschen. Das heiße Wasser hatte sich so wunderbar auf meinem Körper angefühlt, dass ich dort ewig viel Zeit verplempert hatte. Dabei hatte ich einfach nur reglos dagestanden, versucht, einen klaren Kopf zu bekommen und mir den Wasserstrahl auf die Stirn rieseln zu lassen. Auf meine geküsste Stirn.

Darauf kam ich noch immer nicht klar.

Ich rannte um die Ecke und sah die anderen von Weitem am Eingang des Weihnachtsmarktes stehen. Mike blickte gerade genervt auf seine Uhr. O Mann! Ich beschleunigte meinen Sprint, als Zoya mich entdeckte und die anderen wohl von meiner baldigen Ankunft in Kenntnis setzte. Ich kam schnaufend bei ihnen an, beugte mich nach vorn und stützte die Hände auf den Knien ab. Erst mal musste ich wieder Luft bekommen.

»Alter, warum bist du eigentlich immer zu spät?«, motzte Mike mich vollkommen zu Recht an.

»Scheiß … Ange … wohn … heit«, schnaufte ich.

»Ich weiß, wer zu Weihnachten 'nen Wecker bekommt«, meinte Zoya augenrollend.

»Das wäre dann mein …«, ich überlegte kurz und erhob mich wieder, »… mein vierter. Bringt gar nichts. Aber zum Glück bin ich ja jetzt da und hab richtig Lust auf drei bis sieben Glühwein und … Jule? Was machst du denn hier?« Erst jetzt fiel mir auf, dass Jule, die Bedienung aus dem Pub, hier war. Die Jule, in die Mike schon seit sehr, sehr langer Zeit heimlich verschossen war.

»Mike hat mich eingeladen.« Sie lächelte schüchtern.

»Hat er das?« Ich sah zu Mike, der seltsam verlegen aussah. So kannte ich ihn gar nicht. Diesen Gesichtsausdruck hatte ich noch nie im Leben an ihm gesehen. Fast gruselig, dass er so aussehen konnte.

»Cool, dass du dabei bist. Wo sollen wir als Erstes hingehen?«, fragte ich in die Runde. »Ihr habt bestimmt schon Pläne geschmiedet in meiner Abwesenheit, oder? Genug Zeit hattet ihr ja.«

»Glühwein ist schon Standard, würde ich sagen.« Mike zuckte mit den Schultern.

»Und danach hätte ich gern ein Crêpe mit Zimt und Zucker«, meinte Jule, und Zoya stimmte ihr wild nickend zu.

»Das klingt doch nach einem wunderbaren Plan.«

Wenige Augenblicke später standen wir alle um einen Stehtisch herum und nippten an unseren Heißgetränken. Wobei ich das Nippen den anderen überließ. Ich hatte gerade irgendwie den Drang, mich schnell zu betrinken. Auch wenn Glühwein da nicht das beste Mittel zum Zweck war. Ich nahm einen großen Schluck und knallte die Tasse einen Tick zu fest zurück auf den Tisch.

»Wooow, Junge, du willst es heute wissen, oder? Gibt's Ärger im Paradies?«

»Paradies … am Arsch«, murmelte ich nur vor mich hin, hatte aber nicht wirklich Lust, näher darauf einzugehen. Ich wollte niemandem erzählen, dass Max und ich einen sehr schönen Abend miteinander verbracht hatten, dass wir rumgemacht hatten, wie eben frisch Verliebte miteinander rummachten, und dass er heute Morgen Hals über Kopf abgehauen war. Als hätte er mich für eine schnelle Nummer in einer Bar aufgerissen und müsste nun zurück zu seiner Ehefrau und den drei Kindern. Na, danke schön.

Zoya sah mich besorgt an, und auch Fatih schien zu ahnen, dass etwas vorgefallen war. Aber beide blieben ruhig. Dafür war ich ihnen dankbar. Mike hatte gerade sowieso nur Augen für Jule und beachtete sonst kaum jemanden um ihn herum.

»Jule, gehst du mit mir mal da drüben den Stand mit den Christbaumkugeln anschauen?«, fragte Zoya, und Jule war mehr als einverstanden.

»Du und Jule also.« Ich beugte mich zu Mike. »Wie kam es jetzt dazu? Sonst hast du sie nur angesehen wie ein verliebter Esel.«

»Tja.« Mike grinste mich an. Jetzt, wo Jule nicht mehr neben ihm stand, sondern mit Zoya ein paar Meter weitergegangen war, schien er etwas aufzutauen und sogar seinen normalen Gesichtsausdruck wiederzuerlangen. »Vielleicht habe ich mir einfach ein Beispiel an dir genommen.«

»Aha.«

»Ja, Mann, ich war zutiefst beeindruckt, dass du Max einfach deine Nummer gegeben hast. Und da dachte ich mir: Henry ist jetzt also der Mutige hier in der Clique. Come on!«

Ich lachte auf. »Lass mir meinen Moment. Sonst bin ich doch nur der Seltsame oder der Aquarium-Freak.«

»Quatsch. *Du* bist doch nicht der Seltsame«, widersprach Mike voller Überzeugung. »Das ist eindeutig Fatih.«

»Schuldig.« Fatih, wie immer bis eben komplett still, hob die Hand. Ganz so, als wolle er sich melden.

»Du, Henry, du bist eindeutig der Süße der Truppe.«

»Was?« Ich war entsetzt. »Wer sagt das?«

»Was denn?« Zoya und Jule kamen wieder zum Tisch. Beide hatten sie je einen Crêpe in der Hand. Der Essensstand war wohl spannender als der Christbaumschmuck. Jule kaute vor sich hin und wirkte selig.

»Dass Henry der Süße von uns ist, da sind wir uns einig, oder?«

Zoya sah mich kurz an und nickte dann. »Das ist doch klar. Oder warum, meinst du, verzeiht man dir dein ständiges Zuspätkommen? Das liegt an deinen riesigen dunkelblauen Augen. Dein Gesicht besteht zur Hälfte aus Augen, und die andere Hälfte ist deine Beanie.« Sie griff über den Tisch und zog mir die Beanie herunter. Ich schob mir den Stoff wieder zurecht und sah angesäuert in die Runde. »Aber sei doch einfach froh, nicht der Seltsame zu sein.«

»Das bin ich«, meinte Fatih wieder und trank seinen Kinderpunsch aus.

»Oder der Angeber.«

Es herrschte Schweigen in der Runde, nur kurz unterbrochen durch das schallende Gelächter am Nebentisch. Das zwar nichts mit uns zu tun hatte, aber gerade sehr passend war. »Was?« Mike wirkte schockiert. »Meinst du etwa mich?«

»Klar. Aber wir lieben dich trotzdem.« Zoya kicherte und warf ihm einen Kussmund zu.

»Ich dachte, ich bin der Lässige oder der Attraktive.« Mike versuchte sich an einem coolen Grinsen, was uns alle nur zum Lachen brachte.

»Übrigens«, sprach mich Zoya plötzlich direkt an. »In dem Essenszelt da drüben sitzt, glaube ich, Max.«

»Wo?« Ich streckte mich, um über die Menschenmassen hinwegsehen zu können.

»Dahinten, in einem von den beheizten edlen Zelten mit den spitzen Zipfeldächern.«

»Ach, du meinst in dem Pagodenzelt.«

»Pagodenzelt?« Zoya tippte sich nachdenklich mit dem Zeigefinger gegen die Unterlippe. »Das war mal eine Quizfrage, hab ich recht? Quadratisches Zelt mit Spitzdach?«

»Hundert Punkte. Aber jetzt mal ohne Spaß. Max ist da?«

»Oder sein Double«, meinte Jule kauend. »Aber der sah von hinten wirklich genau wie Max aus.«

»War er allein?« Ich klang normal. Glaubte ich zumindest. Meine Freunde kannten mich womöglich gut genug, um zu wissen, dass ich diese Frage nicht ohne Grund stellte.

»Da saß eine Blondine bei ihm.« Jule zuckte mit den Schultern. »Aber ich weiß nicht, ob die zusammengehören oder nur zufällig nebeneinandersaßen. Sollen wir hingehen?«

Schnell schüttelte ich den Kopf. »Lass mal.« Ich spürte die Blicke aller auf mir. Wahrscheinlich wunderten sie sich, dass ich nicht zu ihm wollte. Dabei hatte ich einfach Angst. Angst, dass sich das bewahrheiten könnte, was ich schon die ganze Zeit befürchtete und mit aller Macht zu verdrängen versuchte. Die Tatsache, dass Max nicht ehrlich zu mir war. Dass er mir etwas verheimlichte. Dass ich ihm nicht so wichtig war wie er mir.

»Wie wär's mit Getränkenachschub?«, lenkte ich das Gespräch auf erfreulicheres Terrain.

»Die nächste Runde geht auf mich«, verkündete Mike und sammelte unsere leeren Tassen ein. »Vielleicht steige ich ja dann auf zum Spendablen oder Großherzigen.«

»Träum weiter«, rief Fatih ihm hinterher, als Mike zum Glühweinstand lief, um Nachschub zu ordern. Mike zeigte ihm den Mittelfinger und wir prusteten alle los.

»Das mit dem Zelt war beeindruckend, wie hieß das noch gleich?«, fragte Jule nach.

»Pagodenzelt. Aber das muss dich nicht beeindrucken. Das war mal die Antwort auf eine Frage im Pub-Quiz. Keiner von uns wusste die Lösung. Da mich das nicht losgelassen hat, habe ich danach zu Hause recherchiert, ein paar Artikelbeschreibungen gelesen, und jetzt werde ich es wohl nie mehr vergessen.«

»Das ist bei Henry immer so. Mit Dingen und Themen, die ihn interessieren, kann er sich stundenlang beschäftigen. Deshalb weiß er auch alles über Quallen, und auch ansonsten über alle möglichen Fischarten oder über die Weltmeere«, erzählte Zoya.

»Aber ich konnte mir keine einzige Lateinvokabel in der Schule merken, weil es mich total gelangweilt hat«, ergänzte ich und griff dann ganz automatisch nach meinem Handy, um zu checken, ob ich vielleicht eine Nachricht bekommen hatte. Es hätte ja theoretisch sein können, dass Max mir schrieb, dass er auf dem Weihnachtsmarkt war, mir alles erklärte und mich dann fragte, ob wir uns heute noch sehen könnten. Weil er an mich dachte und mich genauso vermisste wie ich ihn.

Theoretisch.

In der Realität war auf meinem Handydisplay allerdings nichts zu sehen, außer zwei eingegangene Spam-E-Mails. Das machte mich verdammt traurig. Die Ablehnung von heute Morgen, ohne auch nur ein entschuldigendes Wort bis jetzt, das war einfach nicht fair.

»Nachschub!« Mike kam vollbeladen mit dampfenden Tassen zu uns an den Tisch und wir jubelten ihm zu, als wäre er Jahre verschollen gewesen. Ich war dankbar für ihn, für all meine Freunde hier und für den duftenden Glühwein vor mir. Zu Hause wäre ich nun mit meinen trüben Gedanken allein, und das würde mich heute womöglich zerstören.

Ob Max auch nur erahnen konnte, wie es mir ging?

Als ich ungefähr eine Stunde später vier Glühwein intus hatte, musste ich mir eingestehen, dass das meine Grenze war. Ich war ziemlich angetrunken, aber jeder weitere Tropfen Alkohol würde das Fass zum Überlaufen bringen. Und zwar im wahrsten Sinne des Wortes. Wir hatten alle Stände besucht, gebrannte Mandeln und Bratwürste gegessen, und ich hatte sogar noch ein Weihnachtsgeschenk für meine Mama gefunden. Eine wirklich süße Krippe. Vor zwei Jahren hatte ich unsere beim Auspacken zerstört. Irgendwie hatte ich es geschafft, dass dem Jesuskind ein Arm und einem Esel zwei Beine abgebrochen waren. Der Versuch, alles wieder zu kleben, hatte mehr schlecht als recht funktioniert. Deshalb war diese kleine, moderne Weihnachtskrippe, glaube ich, ein guter Ersatz. Die Gliedmaße aller Beteiligten wirkten auch ziemlich robust.

»Bekommst du das heil nach Hause?«, fragte Zoya und tat gerade so, als wäre sie nüchterner als ich. War sie nicht.

»Ich nehm mir gleich ein Taxi. Da kann eigentlich nicht viel schiefgehen. Hoffentlich.«

Wir liefen alle gemeinsam Richtung Taxistand. Allerdings hatte ich noch ein kleines Etappenziel. Ich wollte auf dem Weg in das Pagodenzelt schauen, ob Max wirklich dort war. Und vor allem, mit wem er dort war. Als wir daran vorbeiliefen, lugte ich unauffällig hinein. Viel war nicht mehr los. Ich sah lediglich ein paar ältere Kerle, die an einem Tisch saßen. Sonst war das Zelt leer.

»Er scheint nicht mehr da zu sein«, meinte Jule neben mir, die auch gerade den Hals gereckt hatte, um in das Innere des Zelts zu sehen. Na ja … entweder ich hatte ihn verpasst oder es war ein Missverständnis gewesen. Eine Verwechslung. Ich atmete einmal durch und holte mein Handy aus der Jackentasche. Ich hatte ein paar Likes und zwei Kommentare auf Instagram bekommen. Bestimmt zu meiner betrunkenen Grimasse, die ich vorhin gepostet hatte und für die ich mich morgen schämen würde. Aber was soll's. Ich versuchte meine letzten funktionierenden Gehirnzellen zu versammeln, damit sie mir halfen, eine fehlerfreie Nachricht an Max zu tippen.

Hey, Max. Wie war deim Sonntag?
Ich denke an dick

Okay. Fehlerfrei war wohl zu viel verlangt. Das bemerkte ich aber natürlich erst nach dem Senden, und dann war es mir auch egal. Die Ecke meines Hirns, die normalerweise für das Schamgefühl zuständig war, würde erst morgen früh ausgenüchtert sein.

Und ganz ehrlich: Heute rechnete ich sowieso nicht mit einer Antwort von Max.

Immerhin war Sonntag.

Kapitel 19

Max – 7 Jahre zuvor

»Ich mag unsere gemeinsamen Sonntage.« Paps lag auf dem Rücken und genoss die Sonne in seinem Gesicht. Unter uns lag eine rot-grün karierte Picknickdecke, und um uns herum einige Plastikdosen mit Snacks. Ich griff nach einer Flasche Wasser und trank sie zur Hälfte aus. Es war schätzungsweise der heißeste Tag ever, und ich würde alles dafür geben, mich nun in einem Raum mit Klimaanlage einzusperren. Alles!

»Du nicht?«, hakte er nach und sah mich aus einem halb geöffneten Auge an. Mehr ließ die unerbittliche Sonne nicht zu. Ich trug zum Glück eine Sonnenbrille mit verspiegelten Gläsern, so konnte Paps nicht sehen, dass ich mit den Augen rollte. Und das tat ich sehr oft.

»Hör schon auf, mit den Augen zu rollen!«

»Hä?«

»Ich kann es zwar nicht sehen, aber ich kenne dich dafür verdammt gut! So circa fünfzehn Jahre.«

»Circa.«

Plötzlich setzte sich Paps auf und sah mich genau an.

»Warum kannst du das hier nicht genießen? Das Wetter ist ein Traum, und Mama besorgt uns gerade Eis am Stiel. Was würdest du jetzt bitte schön lieber tun?«

Ich zuckte mit den Schultern.

»Kein Plan. Mit Kumpels zocken? Am See chillen?«

»Aber das kannst du doch auch morgen tun. Oder die komplette restliche Woche. Es ist nur der Sonntag, an dem wir ein bisschen Familienzeit möchten. Mehr verlangen wir nicht. Okay?«

Natürlich wusste ich, dass es nicht zu viel verlangt war. Zumal Mama und Paps die ganze Woche arbeiteten und wir uns wirklich nicht allzu oft und lange unter der Woche sahen. Die gemeinsamen Abendessen ließ ich ja auch ständig ausfallen. Weil es mir momentan einfach wichtiger war, mit meinen Freunden abzuhängen und – ganz ehrlich – mit Lilli rumzuknutschen. Lilli, das Mädchen, das neu bei uns in der Klasse war, und von der ich zum ersten Mal geküsst worden war. Und danach noch ein paar Male in der Raucherecke ganz hinten auf dem Schulhof. Eigentlich hatte ich gedacht, dass man nach einem Kuss mit der Person zusammen war. Bei Lilli war ich mir da nicht so sicher. Fragen wollte ich aber auch nicht. Da würde ich mir doof vorkommen.

»Also, ich verbringe ja gern Zeit mit dir, weißt du? So bleibe ich wenigstens ein bisschen auf dem Laufenden. Die Zeit vergeht so schnell, und irgendwann bist du zu alt, um dich mit deinem alten Vater zu treffen. Oder noch schlimmer: Ich bin zu alt.«

»Du bist ja gar nicht alt«, sagte ich und meinte es auch so. Von all meinen Klassenkameraden hatte ich mit die jüngsten Eltern. Oft war ich stolz darauf. Meine Eltern waren nämlich auch gleichzeitig die coolsten. Meine Mama kannte alle Bands, die momentan angesagt und in den Charts waren. Und Paps war an der Playstation ein absolut ebenbürtiger Gegner. Und bei *Mario Kart* war er mir bei der einen oder anderen Strecke sogar überlegen.

»Ich weiß, dass wir nicht soooo alt sind. Was du aber noch nicht verstehen kannst, ist, dass Kinder für ihre Eltern das Wichtigste sind. Mit Abstand.«

Ich rollte wieder mit den Augen. Ich hasste solche Gespräche.

»Ja ich weiß, dass dich das nervt. Aber ich sage es dir trotzdem immer wieder. Meine Zeit mit dir ist mir wichtig und kostbar. Und da wir uns unter der Woche kaum sehen, gibt es unseren Familiensonntag. Um das, was wir versäumt haben, aufzuholen. Also erzähl mal. Gibt's was Neues?«

Ich zuckte mit den Schultern.

»Neues von Kais Hund? Kann er mittlerweile apportieren? Oder gibt es vielleicht Neuigkeiten bezüglich deiner Freundin?« Paps ließ die Augenbrauen hüpfen, was mich zum Lachen brachte.

»Keine Ahnung, ob sie wirklich meine Freundin ist«, gab ich kleinlaut zu. »Sie ignoriert meine Nachrichten und hängt ständig mit diesem Alex ab, der 'ne Klasse über uns ist. Also bin ich wohl abgeschrieben.«

Paps schüttelte den Kopf. »Das ist echt nicht die feine englische Art. Bist du jetzt traurig?«

Kurz überlegte ich. War ich traurig? Eher enttäuscht und ein wenig in meiner Ehre verletzt.

»Niemand mag es, denke ich, mal eben ausgetauscht zu werden.« Ich griff nach einem Stück Melone aus einer grünen Box. »Aber wenn ich näher darüber nachdenke, war sie jetzt auch nicht gerade meine große Liebe oder so. Wahrscheinlich denkt sie ähnlich über mich.«

»Weißt du eigentlich, wie Mama und ich uns kennengelernt haben?«

»Jahaaa. Du hast sie in der Schule gesehen, sie hatte ein Shirt deiner Lieblingsband an und dann war es um dich geschehen«, zitierte ich mit genervtem Unterton.

»So ist es. Liebe auf den ersten Blick. Aber ich musste mich anstrengen. Deine Mama war beliebt und hatte viele Verehrer, ich musste sie erst davon überzeugen, dass ich der beste war.«

»Und wie hast du das gemacht?«

»Ich war immer aufmerksam. Ein guter Zuhörer. Ich hab alles, was sie mir erzählte, in mich aufgesogen und konnte damit später punkten. Sie hatte zum Beispiel mal beiläufig erwähnt, dass sie die roten Gummibärchen am liebsten mag. Also habe ich ihr eine Packung nur mit roten Gummibärchen geschenkt. Das war 'ne Arbeit. Habe aus drei Packungen alle anderen Farben weggegessen, bis mir schlecht war. Aber spätestens ab diesem Moment war sie mir verfallen.« Paps sah mich stolz an. »Oh, dahinten kommen sie mit dem Eis! Kein Wort mehr. Mama mag es nicht, wenn ich hinter ihrem Rücken über sie rede.«

»Aber es waren doch nur nette Sachen.«

»Das denkst du. Das würde sie garantiert anders interpretieren.«

»Was gibt's da zu tuscheln?«, rief Mama schon von Weitem.

»Nihiichts«, sang Paps neben mir. Ich brach in Gelächter aus und rückte dann ein wenig zur Seite, damit wir alle Platz hatten. Meine

Eltern waren manchmal ziemlich schräge Vögel, aber auch lustig. Vielleicht waren die Sonntage hin und wieder ganz unterhaltsam. Vielleicht sogar unterhaltsamer als Zocken mit meinen Freunden. Oder Knutschen mit Lilli.

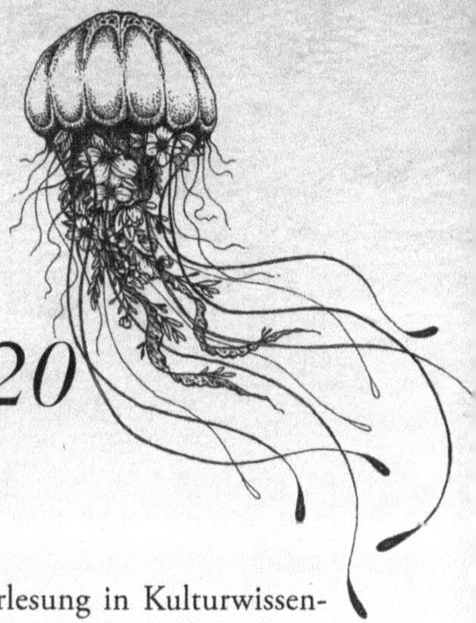

Kapitel 20

Mathilda und ich hatten die heutige Vorlesung in Kulturwissenschaft hinter uns gebracht. Wir hatten sogar mehr aufgepasst als sonst. Was vor allem daran lag, dass wir uns für danach noch verabredet hatten. Wir konnten unser Gespräch also einfach auf später verschieben.

»Dir fällt echt jedes Mal ein neuer Brüller ein.« Ich lachte auf. Mathilda und ich gingen gerade über den Campus Richtung Mensa. Wir mussten dafür einen kleinen Umweg machen. Normalerweise wäre ich querfeldein gelaufen. Quasi über Stock und Stein und dann noch über die Campuswiese, auf der es sich im Sommer viele Studierende mit einem kühlen Bier gemütlich machten. Mit Mathildas Rollstuhl blieben wir dann doch lieber auf dem befestigten Gehweg.

»Ich plane das nicht. Wirklich nicht. Aber seltsamerweise fällt mir immer genau dann, wenn die Anwesenheitsliste bei mir ankommt, etwas ein, und dann kann ich mich einfach nicht zurückhalten.«

»Aber dass du tatsächlich Frodo Beutlin auf die Liste geschrieben hast, ist mein persönliches Highlight. Ich glaube nicht, dass du das noch toppen kannst.«

»Challenge accepted«, meinte sie nur und zwinkerte mir zu.

»Ist dir auch so kalt?« Ich wickelte mir meinen dicken Schal ein weiteres Mal um den Hals und schlang die Arme um mich. »Wenn das so weitergeht, haben wir bald schon den ersten Schnee.«

»Und an Weihnachten dann wieder 15 Grad. Wart's ab. Wie immer.«

Wie recht sie hatte. Weiße Weihnachten gab es bei uns wirklich so gut wie nie. Ich konnte mich daran nur an einmal irgendwann in meiner Kindheit erinnern.

»Da fällt mir ein: Hast du schon alle Geschenke? Mir fehlt es mal wieder an Ideen. Für meine Mama hab ich eine schöne Krippe gefunden. Aber für meinen Papa fällt es mir immer schwer.«

»Viel wichtiger: Hast du schon was für Mr Barkeeper?« Sie sah mich mit verschmitztem Gesichtsausdruck an.

»Nee, auch nicht.« Ich seufzte. »Da hatte ich noch nicht mal die Zeit, mir darüber Gedanken zu machen, weil ja ständig was anderes mit ihm ist.«

»War wieder was?«

»Ich möchte nicht drüber reden. Ich hab mir schon die letzten Nächte wieder um die Ohren geschlagen, weil ich nicht aus ihm schlau werde. Also: anderes Thema!«

»Okay. Thema Essen. Was es heute wohl gibt?«

Ich hielt Mathilda die schwere Mensatür auf. Sobald sie an mir vorbei war, sah sie sich um. »Weißt du, was für mich total doof hier ist?«

»Was denn?«

»Ich zeig's dir.«

Ich folgte ihr weiter in die Mensa hinein, zu der Essenausgabe. Rechts gab es vegetarische Speisen, links zwei verschiedene Gerichte mit Fleisch. In der Mitte befand sich ein Salatbüfett, bei dem man sich selbst bedienen durfte. Schnell wurde mir klar, was das Problem war. Mathilda stand mit ihrem Rollstuhl an der Essensausgabe und wurde gar nicht bemerkt.

»Die Frau, die das Futter auf die Teller schaufelt, sieht dich nicht, oder?«, fragte ich und kam mir ziemlich hilflos vor, weil ich auch keine Idee hatte, wie man das Problem beheben könnte.

»Nicht nur das. Ich sehe auch nicht, was die gute Frau auf die Teller schaufelt. Ich kann nicht über die Anrichte sehen und bin immer darauf angewiesen, dass mir jemand erzählt, was es zu essen gibt und wie es so aussieht.«

»Das ist ja nervig. Aber warte, da hab ich eine Idee.« Schnell griff ich nach meinem Handy und fotografierte die Nudeln, das Gemüse, die Lasagne und was es da noch alles heute zur Auswahl gab. Danach zeigte ich Mathilda die Fotos. Wir entschieden uns beide für die Pasta mit einer Champignonsoße.

»Danke.« Mathilda lächelte mir zu, als sie ihren Teller von mir bekam.

»Kein Ding.« Ich besorgte uns beiden noch je eine Flasche Apfelsaftschorle und dann bezahlten wir. Da es noch früh war, hatten wir freie Platzwahl. Wir suchten uns einen Tisch direkt am Fenster mit Blick auf den Campus aus.

»Und nun erzähl mal.« Ich spießte ein paar Fusilli mit der Gabel auf und aß sie hungrig.

»Was genau willst du wissen?« Mathilda grinste mich schelmisch an.

»Wie war euer Date? Was habt ihr gemacht? Wohin hat er dich ausgeführt? Erste Base? Zweite Base? Gib mir Infos!« Ich brachte sie mit meinen Fragen zum Lachen. Aber sie schien die Aufmerksamkeit zu genießen. Zumindest quälte sie mich noch etwas länger, indem sie sich erst einmal ein paar Pilze und Nudeln schmecken ließ. Langsam und genüsslich. Nach einem großen Schluck von ihrer Schorle begann sie aber dann endlich zu erzählen.

»Wir sind zuerst ins Kino. Eine französische Liebesschnulze. Eigentlich war der Film ganz okay, zumindest für ein Date. Danach sind wir nur in die Bar, die direkt neben dem Kino ist. Kennst du die?«

»Ja! Die haben die leckeren Cocktails, die nach Stars benannt sind.«

»So ist es. Ich hab mir dann einen *Tom Hanks* genehmigt und er einen alkoholfreien *Marilyn Monroe.* Diese Bar hat gleich mehrere Vorteile. Zum einen wird durch die gute Mischung die Zunge locker, und ganz ehrlich: Die Cocktails knallen echt voll rein! Und zum anderen hat man durch die Cocktailnamen direkt ein Gesprächsthema. Wir haben die erste halbe Stunde, glaub ich, nur über *Forrest Gump* gesprochen.«

»Stimmt, das klingt perfekt. Vor allem bei einem ersten Date, wenn man noch in der Kennenlernphase ist. Oder eben für so Leute wie mich, die bei zu langen Sprechpausen nervös und hektisch über Aquarien und Fischfutter labern.«

»Ja! Ich musste auch sofort an dich und unsere Generalprobe denken. Weil du so Angst hattest, dass dir bei deinem Date kein Thema einfällt. Merk dir die Bar. Und dann trinkst du einen *Tom Hanks*. Der kann viel.«

»Tom Hanks kann wirklich viel. Einer der Besten.«

»Auch als Cocktail.«

»Wie lief es dann weiter? Oder war's das?«

»Natürlich nicht. Wir haben Cocktails getrunken, viel erzählt, verliebte Blicke ausgetauscht.« Sie seufzte.

»Uuuund?«, hakte ich nach und klimperte mit den Wimpern.

»Und am Ende hat er mich zum Abschied geküsst. Aber ganz anständig und lieb.«

»Wie küsst man denn anständig?« Ich musste lachen. »Hat er dabei 'nen Hofknicks vollführt, oder hat eine Anstandsdame aufgepasst?«

»Du Depp. Nein. Eben nicht viel Zunge und so. Einfach genau richtig für den Anfang. Ablecken kann man sich immer noch, wenn man sich besser kennt.«

Da hatte sie allerdings recht. Man musste ja wirklich nichts überstürzen. Vor allem, wenn man es ernst meinte und es eben nicht nur auf das eine abgesehen hatte. Theoretisch hatte man dann alle Zeit der Welt.

Apropos Zeit.

»Verdammt.« Ich sah hektisch auf die Uhr auf meinem Handydisplay. »Verdammt!«

»Was denn?«

»Mir fällt gerade ein, dass ich eigentlich heute drei Bücher in die Bibliothek zurückbringen müsste. Und ich hab das schon einmal aufgeschoben. Ich hab sie gestern Abend extra in eine Tüte gepackt und auf die Kommode neben der Tür gelegt, damit ich sie nicht vergesse. Rate mal, wo sie liegen?«

»Auf der Kommode neben der Tür?«

»Exakt!« Ich seufzte. »Das ist wieder so typisch. Jetzt muss ich noch mal nach Hause und sie holen.« Ich würde mich am liebsten ohrfeigen. Mathilda lachte und schüttelte gleichzeitig den Kopf.

»Henry, jetzt mal ohne Witz. Wann hast du Geburtstag?«

»Du brauchst mir keinen Wecker oder Terminplaner schenken. Das funktioniert alles nicht.«

»Nee, nicht deshalb. Sag schon.«

»Am ersten März.«

»Ha! Ich wusste es.« Sie zeigte mit dem Finger auf mich und wirkte komplett begeistert. Als wäre mein Geburtstag die Neuigkeit des Tages. »Du bist so ein typischer Fisch. Quasi ein Vorzeigefisch. Das ist genial.«

»Bitte, was?«

»Hast du dich noch nie näher mit deinem Sternzeichen beschäftigt?«

»Nein? Ich glaube nicht an so Zeug. An Horoskope oder so.«

»Großer Fehler. Dann hör mir mal genau zu: Fische sind absolute Chaoten. Verträumt, hoffnungslos romantisch und total sensibel. Aber eben vor allem zerstreut und chaotisch hoch zehn. Und – du wirst es nicht glauben – unpünktlich! Du kannst also gar nichts dafür!«

»Ich bin quasi das Opfer.«

»So würde ich es nicht sagen.« Mathilda lachte. »Unordentlich sind Fische übrigens auch. Wie sieht dein Zimmer zu Hause so aus?«

»Boah, frag nicht!«

Sie klatschte ekstatisch in die Hände. »Weißt du, was Fische aber auch sind? Treu und auf der Suche nach dem einen Partner fürs Leben.«

»Klingt nach mir, das muss ich schon zugeben. Aber was mich vor allem erstaunt: Warum weißt du so viel über Sternzeichen?«

»Das interessiert mich schon länger. Ich habe einige Bücher darüber gelesen, und ich liebe es, die Horoskope in Zeitschriften zu lesen.«

Kurz überlegte ich. Denn gerade war mir eine geniale Idee gekommen.

»Sag mal, Mathilda, hättest du Lust, bei unserer Quiz-Truppe mitzumachen?«

»Wie?«

»Na ja, jeder von uns hat eine Sache, also ein Themengebiet oder so, über die er oder sie besser Bescheid weiß als alle anderen. Und uns fehlt noch jemand mit deinem Wissen. Sternzeichen … das ganze astrologische Zeug, ich glaube, damit kennt sich niemand von uns aus. Ich bin mir nicht mal sicher, ob Mike und Fatih ihr eigenes Sternzeichen kennen.« Ich lachte. »Hast du Interesse? Es macht echt Spaß, und es geht eigentlich um nichts. Man kann keinen Benz gewinnen oder so. Aber wir hängen uns trotzdem voll rein.«

Mathilda lauschte allem und schien tatsächlich zu überlegen. »Außerdem wird der Eingang gerade umgebaut. Und wenn diese eine Stufe weg ist, dann kommst du auch mit Rollstuhl superleicht rein.«

Sie nickte. »Das klingt gut. Ich denke drüber nach, okay?«

»Klar. Fühl dich aber nicht gezwungen. Das ist immer dienstagabends. Also überleg's dir einfach. Ich würde mich freuen.«

»Mach ich«, sagte sie und aß dann wieder von ihren Nudeln. Und da ich Schweigen nur ganz schwer ertragen konnte und ich mir nicht sicher war, ob ich Mathilda irgendwie unter Druck setzte, wechselte ich schnell das Thema. »Wann habt ihr denn euer nächstes Date?«

»Morgen Abend schon.«

Ich sah, wie sich ihre Wangen röteten. »Er kommt zu mir, und na ja … Mal sehen.« Richtig verlegen wirkte sie. So sah man sie, glaube ich, selten.

»Das ist echt beneidenswert. Ich hab schon wieder Ewigkeiten nichts von meinem Barkeeper gehört. Das ist …« Ich schnaufte einmal durch. »Einfach extrem mühsam.«

»Weißt du, was Fische auch sind?« Mathilda, die in diesem Astro-Zeug anscheinend total aufging, sah mich an und zeigte mit ihrer Gabel auf mich. Ich schüttelte den Kopf. »Geduldig. Fische sind geduldig. Vielleicht musst du ihm einfach Zeit lassen. Nicht jeder ist so ein offenes Buch wie du.«

War ich das tatsächlich?

»Viele sind eben von Natur aus eher zurückgezogen oder sind es nicht gewohnt, ihr Leben mit jemandem zu teilen. Viele tragen Narben mit sich, die sie nicht gern präsentieren.«

»Manchmal wirkst du so weise, und dann schreibst du Frodo Beutlin auf die Anwesenheitsliste und mir fällt wieder ein, dass du genauso ein Knallkopf bist wie ich.«

Wir lachten beide schallend, sodass sich am Tisch neben uns alle umdrehten.

Als ich einige Zeit später in der Straßenbahn saß, suchte ich nach meinem Handy, um ein wenig *Candy Crush* zu zocken oder ein paar Storys auf Instagram durchzusehen. Da fiel mir auf, dass Nachrichten eingegangen waren. In unserer gemeinsamen Quiz-Chatgruppe hatte Mike vorgeschlagen, dass wir uns demnächst mal zum *Trainieren* treffen sollten. Quiz-Training war nichts anderes, als dass wir uns für ein paar Biere bei ihm trafen und *Trivial Pursuit* spielten. Das hatten wir schon öfter getan, und es endete irgendwie immer damit, dass wir alle betrunken waren. Der Lerneffekt war gering, aber es machte eine Menge Spaß.

Die zweite Nachricht, die ich entdeckte, war von Max. Bevor ich sie öffnete, musste ich allerdings einmal kräftig durchatmen. Nach einer längeren Zeit, in der ich nichts von ihm gehört hatte, machte ich mich irgendwie auf alles gefasst.

Hallo, Süßer, hast du morgen Zeit?
Magst du vielleicht zu mir kommen?

Drei Tage kein Lebenszeichen. Und dann kam das. Ich verstand ihn einfach nicht.

Klar, nach der Uni hab ich Zeit.

Und ich verstand mich nicht. Aber was sollte ich sonst schreiben? Sollte ich ihm Vorwürfe machen? Ihn mit Fragen löchern? Oder sollte ich tatsächlich geduldig sein?

Ich freu mich auf dich. Wirklich.

Geduld.

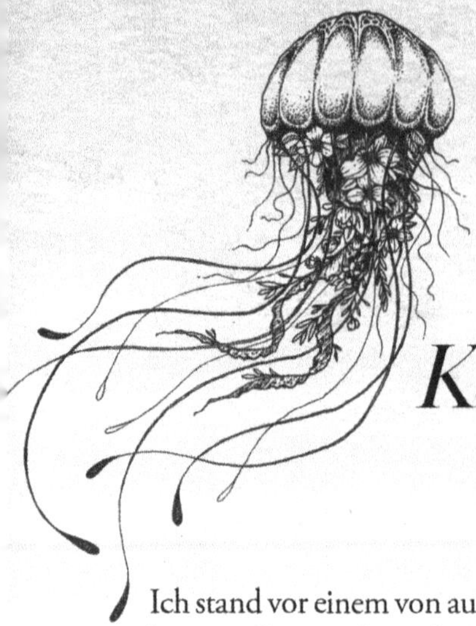

Kapitel 21

Ich stand vor einem von außen recht schäbig aussehenden Mehrfamilienhaus und begutachtete die Kunstwerke, die einige Sprayer hier hinterlassen hatten. Ich verstand zwar nicht wirklich viel davon, aber künstlerisch wertvoll waren die Schmierereien meines Erachtens nicht. Ich entdeckte hauptsächlich Beleidigungen und Liebesbekundungen. Eigentlich ganz witzig. Dazwischen gab es wenig, außer einen ziemlich gut gelungenen Ottifanten und ein paar Schlümpfe in eindeutiger Position.

Ich sah auf die Uhr. Zehn Minuten zu spät. Für meine Verhältnisse also pünktlich. Ich trat an das Klingelschild, klingelte bei Max und trat nervös von einem Bein aufs andere. Der Türöffner ertönte und ich drückte das große bunt bemalte Tor auf. Der Hausflur, in den ich trat, war mächtig. Mit breiten hölzernen Treppenstufen und Stuck an der Decke. Direkt neben den sechs Briefkästen stand ein Bücherregal mit einem Schild. *Nachbarschafts-Tauschregal,* las ich darauf. Wie sehr ich mich jetzt schon in dieses Haus verliebt hatte. Und das nur wegen dieses Regals. Da war die Außenfassade mit den pimpernden Schlümpfen schnell vergessen.

»Hey!« An der linken Erdgeschosstür stand Max und lächelte mir entgegen. »Du hast also schon unsere kleine Bibliothek entdeckt.«

»Das ist eine unglaublich tolle Idee. Wird das auch genutzt?«

»Schon. Es herrscht eine ordentliche Buch-Fluktuation.«

»Kann ich da nächstes Mal auch ein Buch zum Tausch mitbringen?«

»Klar! Und du darfst dich natürlich auch bedienen. Aber jetzt komm doch erst mal rein.«

Ich betrat seine Wohnung und sah mich im Eingangsbereich erst einmal um. Ein kleines weißes Schuhregal, eine ebenfalls weiße Kommode und eine Garderobe, an der mehrere Jacken und Mäntel hingen. Auch ich zog meinen Wintermantel aus, und Max nahm ihn mir aus den Händen, um ihn aufzuhängen.

»Gib mir auch deinen Schal und die Mütze.«

Beides reichte ich ihm.

»Schuhe kannst du anlassen, wenn du magst.«

Ich wollte sie lieber ausziehen und trat sie mir von den Füßen. Um aber nicht wie der Chaot dazustehen, der ich leider war, stellte ich sie dann noch ordentlich neben die anderen Schuhe von Max.

»Komm mit, ich habe ein bisschen was vorbereitet.« Er winkte mich zu ihm und lief einen schmalen Flur entlang. Ich folgte ihm durch die erste Tür links und schon stand ich inmitten einer kleinen Küche mit roten Fronten. Verwundert sah ich mich. Eine rote Küche im American Style hätte ich ihm gar nicht zugetraut.

»Ja, die Küche ist gewöhnungsbedürftig«, meinte Max und rieb sich verlegen den Hinterkopf. »Die ist noch vom Vormieter und 'nem geschenkten Gaul …«

»Verstehe. Aber ganz ehrlich, so schlecht find ich die gar nicht.« Ich sah mich weiter um und entdeckte ein paar Zutaten auf der Anrichte direkt neben dem Herd. »Was wird das?«

»Was hältst du von Burgern?«

Meine Begeisterung wuchs ins Unermessliche.

»Sehr viel!«

Ich begann damit, Tomaten und Zwiebeln in Scheiben zu schneiden, und Max würzte neben mir das Hackfleisch. Als ich gerade meine tränenden Augen mit dem Stoff meines Pullovers abtupfte, spürte ich plötzlich, wie etwas an meinem Bein entlangstreifte. Ich erschrak und zuckte zurück. Mein Blick nach unten zeigte mir ein schwarzes Fellknäuel, das mich skeptisch musterte und laut miaute.

»Wer ist denn das?«, fragte ich Max und kniete mich neben das Kätzchen.

»Das ist Bagheera, mein kleiner Puma.« Max nahm den Kater auf den Arm und streichelte ihm die Wange. »Mein Ein und Alles.« Bagheera drängte sich seinen Fingern entgegen und konnte gar nicht genug von den Streicheleinheiten bekommen. Mir ging das Herz auf bei diesem Anblick.

»Warum hast du mir nie erzählt, dass du einen Kater hast? Das ist wieder eines dieser Dinge, die du einfach nicht von dir aus preisgibst. Dabei wäre das eine Info gewesen, die du schon bei unserem ersten Treffen hättest herausposaunen können. Wenn du mir dann noch Bilder gezeigt hättest von dem Süßen, wäre ich dir sofort verfallen.«

Erst lächelte er, doch dann änderte sich sein Gesichtsausdruck und er zuckte mit den Schultern.

»Ich weiß nicht. Ich erzähle nicht gern über mich.« Er seufzte. »Es tut mir leid. Wirklich. Ich denke, dass man bei mir einfach etwas länger braucht, um mich voll und ganz zu kennen.« Er sah nach unten und betrachtete seine Strümpfe. »Ich weiß, dass ich nicht viel von mir preisgebe. Und ich habe Angst, dass du damit nicht zurechtkommst. Ich brauch einfach etwas Zeit. Denke ich. Es ist … es fällt mir nicht leicht.«

»Aber warum? Du bist doch ein interessanter Mann. Du hast bestimmt viel zu erzählen. Von deiner roten Küche, deinem schwarzen Kater … ich weiß nicht mal, welchen Schulabschluss du hast, ob du Familie hast, Geschwister, Eltern, Großeltern. Ob du dieses Städtchen jemals verlassen hast, oder Deutschland oder Europa. Und ich weiß nicht, was ich dich fragen darf.«

Sein Blick war schon wieder voller Traurigkeit. Ich hatte plötzlich den starken Drang, das Thema zu wechseln, da ich diesen Anblick nicht ertragen konnte. Vor allem nicht, wenn ich der Grund für diese Traurigkeit war. Wir wollten doch einen schönen Abend miteinander verbringen. Deshalb war ich hier. Wir wollten gemeinsam etwas essen, einen Film sehen und ansonsten einfach mal schauen, was sonst noch so passieren könnte. Aber das hier war kein guter Start.

»Hey, Max, das ist schon gut. Ich kann sehr geduldig sein. Auch wenn ich manchmal nicht den Eindruck mache. Weißt du, sonst müssen immer alle auf mich warten. Falls es dir schon aufgefallen ist, ich hab's nicht so mit Pünktlichkeit. Als die nämlich vom lieben Gott verteilt wurde, war ich wohl gerade pinkeln oder stand noch beim Chaos an. Zu unseren Dates war ich nur deshalb pünktlich, weil ich mich teilweise viel zu früh auf den Weg gemacht habe. Was ich damit sagen will …« Ich atmete einmal durch, da mir nach meinem Redeschwall gerade die Luft ausgegangen war. »Sonst müssen immer alle auf mich warten, und nun ist es eben an mir, auf dich zu warten und darauf, dass du, na ja … dass du mir dein Herz öffnest.«

Max stand auf, kam einen Schritt auf mich zu, nahm meine Hände und zog mich in eine Umarmung.

»Ich mag dich wirklich. Ich hoffe, dass du das weißt.«

Ich nickte und verschwieg ihm, dass ich mir dessen nicht immer bewusst war. Dass ich immer häufiger an ihm und seinen Absichten zweifelte, und dass ich viele schlaflose Nächte hinter mir hatte, seit Max und ich so was wie ein Paar waren.

»Weißt du, was?« Ich schob ihn etwas von mir und versuchte, das Thema in eine etwas erfreulichere Richtung umzulenken. »Lass uns Burger machen. Ich hab wirklich riesigen Kohldampf.«

Max atmete mit geschlossenen Augen durch und wirkte ein bisschen so, als würde er sich neu starten. Mit einem Knopfdruck hatte er die Traurigkeit aus seinem Gesicht verbannt und irgendwo ganz tief in seinem Inneren versteckt. Doch wir wussten beide, dass sie noch da war.

Gemeinsam begannen wir, das gewürzte Hackfleisch zu recht ansehnlichen Burgerpatties zu formen. In der Zwischenzeit richtete ich die Burgerbrötchen sowie Tomaten und Zwiebeln auf den Tellern an und schnitt Gewürzgurken in Scheiben. Die ganze Zeit schlich Bagheera um uns herum, bis Max ihm eine Dose Katzenfutter öffnete. Erst dann ließ er uns mal kurz in Ruhe.

»Ich habe eine Idee«, fing Max plötzlich an und wendete das Fleisch in der Pfanne.

»Was denn?«

»Magst du mir noch ein wenig über Quallen erzählen?«

Vor Schreck rutschte ich mit dem Messer ab und die Gewürzgurke flog vom Schneidebrett einmal quer durch die Küche. Max fing an zu lachen.

»Dein Ernst? Warum willst du das? Alle anderen hassen es, wenn ich zu viel von Quallen erzähle.«

»So viel hast du mir ja jetzt auch noch nicht von ihnen erzählt, und ich dachte mir, dass du dich damit am wohlsten fühlst. Quasi als Eisbrecher.« Er zwinkerte mir zu.

»Hab ich das tatsächlich nötig? Wirke ich so angespannt?«

Max zuckte mit den Schultern und hob die Gurke vom Boden auf.

»Ein wenig vielleicht.« Er warf sie in den Mülleimer und sah dann wieder zu mir. »Vielleicht bin aber auch ich derjenige, der etwas nervös ist, und ich bin eventuell auch froh, wenn du mir etwas erzählst und ich einfach zuhören kann.«

»Kein Problem.« Kurz musste ich überlegen. Aber nur wenige Sekunden. »Quallen dürften eigentlich gar nicht leben. Sie besitzen kein Hirn, haben keine Knochen. Auch ansonsten keine nennenswerten Organe, und trotzdem gibt es sie in allen Ozeanen der Welt, und sie gehören zu den ältesten Lebewesen auf diesem Planeten. Sie haben wirklich den einfachsten Körperbau und scheinen trotzdem – oder gerade deswegen – vielen Lebewesen überlegen zu sein. Immerhin sind sie seit schätzungsweise fünfhundert bis sechshundertfünfzig Millionen Jahren hier unterwegs. Das ist das Faszinierende. Obwohl sie aufgrund ihres schwachen und unterlegenen Körpers kaum leben dürften, existieren sie am längsten.«

»Das ist doch vergleichbar mit diesem Hummel-Paradoxon, oder?«, meinte Max, der gerade die nächste Fuhre Fleisch in der Pfanne anbriet. Er ging einen Schritt zurück, da das Fett in alle Richtungen spritzte. »Aua. Verdammt, der Herd ist zu heiß.« Er drehte die Temperatur von neun auf drei und versuchte dann, die Patties zu wenden, ohne von herumspritzendem Fett verbrannt zu werden. Dann kam er zurück zum Thema. »Hummeln dürften ja auch nicht fliegen können, weil sie zu schwer sind. Ist mir nur gerade so eingefallen. Hummeln sind also ein vergleichbares Wunder der Natur.«

Ich wiegte den Kopf hin und her. »Na ja … das kann man nicht ganz vergleichen.« O nein, ich spürte es. Ich würde gleich in den Klugscheißermodus umschalten.

»Nicht?«

»Vor allem deshalb, weil es das Hummel-Paradoxon nicht gibt.«

»Bitte?« Er sah mich perplex an und legte dafür sogar kurz den Pfannenwender zur Seite.

»Das ist nichts weiter als eine Legende. Das wurde irgendwann mal falsch berechnet und dann einfach immer weitergetragen. Das Gerücht hält sich aber wacker.«

Max sah mich lange an, und ich befürchtete schon, dass ich es mal wieder übertrieben hatte.

»Du bist unglaublich intelligent, oder?« Seine Frage überraschte mich.

»Nee, ich hab nur ein ziemlich gutes Gedächtnis.«

»Ziemlich gut ist untertrieben.« Max legte die Burgerpatties auf unsere Teller. »Belege dir deinen Burger nach Herzenslust, und dann setzen wir uns ins Wohnzimmer, okay?«

Ich nickte und begann meinen Burger mit Ketchup zu ertränken. Zwiebeln, Gürkchen, Salat, fertig. Auch Max stapelte einen Haufen Zeug auf seinem Burger und drückte zum Abschluss die andere Brötchenhälfte obendrauf.

Wir schnappten uns unsere Teller und begaben uns ins Wohnzimmer. Ich setzte mich auf das Sofa, und während Max noch mal zurücklief, um Bier aus dem Kühlschrank zu holen, sah ich mich um. So rot und aufdringlich die Küche war, so weiß und steril war sein Wohnzimmer. Da gab es kaum einen Farbtupfer. Keine bunten Kissen, Bilder an der Wand oder Teppiche.

Max kam zurück und reichte mir eine Flasche.

»Prost.«

»Prost.« Ich trank einen gierigen Schluck.

»Warum studierst du eigentlich nicht Biologie? Oder so was in der Art. Meeresbiologie? Oder Biochemie? Irgendwas Naturwissenschaftliches kann ich mir bei dir viel besser vorstellen als Literatur.« Max bombardierte mich ja heute geradezu mit Fragen. Ich kam kaum hinterher.

»Das haben mich schon einige gefragt. Allen voran meine Eltern. Aber es ist eigentlich ganz simpel.« Ich trank noch einen Schluck. Das Bier war kalt und lecker. »Unter Zwang würde es mir keinen Spaß mehr machen. Ich informiere mich gern selbst über Dinge, wenn sie mich interessieren. Das wechselt auch öfter mal. Ich hatte mal eine Phase, in der ich mich für das Mittelalter interessiert habe. Einige Wochen später war es Stricken. Nur die Meerestiere, die begleiten mich schon seit meiner Kindheit.«

Max kaute schnell und spülte mit etwas Bier nach.

»Du kannst stricken?« Er räusperte sich. »Dein Ernst?«

»Nicht besonders gut. Aber ja. Zoya hatte mal damit angefangen, und irgendwie hat sie mich angesteckt.«

»Du könntest mir also Socken stricken?« Max wirkte begeistert.

»Ich könnte dir auf jeden Fall Topflappen stricken, und bestimmt auch einen langen und sehr wahrscheinlich unglaublich unförmigen Schal.«

»Nehm ich.« Er lachte auf und biss dann wieder in seinen Burger. Ich tat es ihm gleich.

»Mmmh, daf war eft me gupe ipee«, nuschelte ich mit vollem Mund und ergänzte etwas deutlicher. »Total lecker.«

»Finde ich auch. Können wir öfter machen.«

Ich nickte selig. Das klang einfach perfekt.

»Sag mal, kann man eigentlich Quallen essen? Bestimmt nicht, oder?« Max sah mich mit hochgezogener Augenbraue an.

»Kann es sein, dass du mich gern erzählen lässt, damit ich dir nicht allzu viele Fragen stellen kann?« Ich war ja nicht doof. Mir war schon die letzten paar Mal aufgefallen, dass Max von sich quasi nichts erzählte und mich oft reden ließ. Er trank einen Schluck von seinem Bier und sah mich verlegen an.

»Nicht nur deshalb. Ich höre dir natürlich auch gern zu.«

»Aha.« Ich sah ihn skeptisch an.

»Ich höre dir wirklich gern zu. Du bist unglaublich klug, und ich habe das Gefühl, dass sich nur durch deine Anwesenheit mein IQ erhöht. Aber ja, natürlich bist du auch so klug, um zu bemerken, dass ich lieber schweige, wenn es um mich geht.«

»Aber warum?« Ich stopfte mir das letzte Stück meines Burgers in den Mund und lehnte mich dann zurück. Max sah irgendeinen Punkt hinter mir an.

»Ich habe meine Gründe, und ich …«, ich konnte ihm ansehen, dass er mit sich kämpfte und nach Worten rang, »… es ist einfach so.« Und dann sah ich, dass sein Blick wieder traurig wurde. Dieser melancholische Gesichtsausdruck, den ich jetzt schon öfter an ihm gesehen hatte. Was war nur mit ihm los? Und warum war ich es jedes Mal, der ihn so traurig machte?

»Man kann Quallen tatsächlich essen.« Ich lenkte wie immer gekonnt vom Thema ab und ging auf die Frage ein, die Max mir gestellt hatte, bevor ich mal wieder die Stimmung killen musste. »Manche trocknen und würzen sie, um sie dann wie Chips zu essen. Man kann sie kochen, in Alkohol einlegen oder frittieren. Das ist natürlich bei uns hier undenkbar. Aber in Südostasien, zum Beispiel, ist das normal.«

»Das klingt krass«, sagte Max, und er schien glücklich über den Themenwechsel zu sein. »Und auch etwas eklig.«

»Finde ich auch.«

Wir lachten und Max aß dann weiter seinen Burger. Ich hatte ja bereits alles gierig inhaliert.

»Ich hoffe, du hast noch ein wenig Platz im Magen.« Max stand auf und schnappte sich unsere leeren Teller. »Ich hab nämlich noch was für dich besorgt.«

»Für mich?«, fragte ich perplex.

»Japp, hilfst du mir kurz in der Küche?«

»Klar.« Ich sprang auf und folgte ihm. Er stellte die Kaffeemaschine an und kramte zwei Tassen aus dem Schrank. Auf einer war Spiderman zu sehen, die andere war weiß mit rosa Blüten. Überhaupt waren bei ihm alle Gläser und Tassen zusammengewürfelt. Aber es wirkte, als wäre es Absicht.

Er ließ Kaffee in beide Tassen fließen und zeigte dann zum Kühlschrank. »Wenn du magst, hol schon mal die Milchtüte heraus. Zucker findest du in der Schublade hier.«

Ich öffnete die Kühlschranktür, holte die Milch aus dem Fach in der Tür und stellte sie auf die Anrichte. Danach sah ich nach dem Zucker.

»Ach, hier ist die berühmte Sammlung.« In der Schublade lag eine normale Box mit Würfelzucker und daneben ein Karton mit verschiedenen Zuckerpäckchen.

»Ja, ich bitte dich darum, davon nichts zu nehmen.« Er lachte.

»In meinen Kaffee mach ich eh selten Zucker.« Ich wühlte in der Box herum und fand die verschiedensten Päckchen in allen Formen und Farben vor. »Wow! Ist das von Disneyland?« Ich holte eine Zuckertüte heraus, auf der ganz eindeutig das Disneyschloss abgebildet war. Max nickte. »Das ist toll. Und das hier, ist das aus Berlin?«

»Nein, das sieht nur so aus. Das gab's in irgendeinem Museumscafé. Da waren verschiedene Sehenswürdigkeiten auf den Zuckertütchen gedruckt. Daher ist das mit dem Brandenburger Tor und …« Er griff nach einem anderen Päckchen. »Das hier mit dem schiefen Turm von Pisa.«

»Ich finde dein Hobby echt interessant. Irgendwie cool, sich von überall was mitnehmen zu können, das im Normalfall auch noch kostenlos ist.«

»Ist nun mal eine Angewohnheit von mir. Manchmal frage ich mich, warum ich das überhaupt immer noch mache. Aber dann hab ich schon wieder ein neue Packung Zucker in der Hand und denke mir: Was soll's.«

»Ja, eben. Tut ja niemandem weh. Und so hattest du nun auch mal etwas, was du mir erzählen konntest.« Ich gab ihm einen Kuss auf die Wange.

»Megainteressant.« Er rollte mit den Augen. »Bringst du die Tassen schon mal ins Wohnzimmer? Ich komme gleich nach.«

Als ich bereits wieder auf dem Sofa saß, beobachtete ich Max dabei, wie er zwei Teller brachte und sie auf den Tisch vor mir abstellte. Erst dann erkannte ich, was darauf war.

»Russischer Zupfkuchen?«

»Ja klar, du hattest bei unserem ersten Date erzählt, dass du den am liebsten magst. Das hab ich mir gemerkt.« Er tippte sich an die Schläfe und zwinkerte mir zu.

»Den hast du aber nicht selbst gebacken?«

»Nee. Aber selbst gekauft.« Damit brachte er mich zum Lachen.

»Das ist echt … ich bin total baff, dass du dir das gemerkt hast. Ich war bei unserem ersten Date so aufgeregt, dass ich, glaube ich, alles vergessen habe, über das wir geredet haben.«

Wir aßen beide ein Stück von dem Kuchen und schwiegen kurz. Max starrte nachdenklich auf seine Gabel. Manchmal wüsste ich einfach gern, was in seinem Kopf vorging.

»Mein Papa hat mir mal gesagt, dass man immer aufmerksam zuhören soll. Vor allem, wenn man ein Date hat. Mama hatte ihm mal gesagt, dass sie am liebsten die roten Gummibärchen mag, und daraufhin hat er aus mehreren Gummibärchentüten die ganzen grünen, gelben, weißen und orangen herausgegessen und ihr eine volle Packung nur mit roten Gummibärchen geschenkt. Er war der festen Überzeugung, dass er sie so rumbekommen hat.« Er lachte auf und sah mir dann wieder in die Augen.

»Also, sagen wir es mal so, ich kann das schon nachvollziehen. Mit dem Kuchen hier hättest du mich auch spätestens rumbekommen. Wenn du das nicht schon längst hinbekommen hättest.«

»Was für ein Glück, dass ich dich nicht mit Süßigkeiten bestechen muss«, raunte er und kam mir mit seinem Gesicht etwas näher.

»Du musst nicht, aber schaden kann es nicht.« Ich schloss die Distanz zwischen uns, indem ich meine Lippen auf seine presste. Er küsste mich gierig zurück und verdammt, war das lecker.

»Hey«, hauchte ich leise. »Willst du dich gerade zwischen mich und den Kuchen stellen?«

»Niemals. Aber wie wär's, wenn wir den Kuchen mit ins Schlafzimmer nehmen und, na ja …« Er machte eine Pause, in der ich ihm lange in die Augen sah.

»Ja?« Ich grinste ihn an.

»Magst du heute Nacht hierbleiben?«

»Um Kuchen in deinem Bett zu futtern?« Ich küsste ihn ein weiteres Mal und rutschte zu ihm rüber, um mich auf seinen Schoß zu setzen. Er umarmte mich und erwiderte den Kuss voller Leidenschaft.

»Wir könnten auch rummachen und uns danach mit dem Kuchen belohnen. Ich hab noch zwei weitere Stücke im Kühlschrank, die auf uns warten. Natürlich nur, wenn du tatsächlich bleiben kannst und willst und der Kuchen als Argument reicht.« Er ließ die Augenbrauen wippen, und Gott, ich war ihm so verfallen. Vielleicht hätte der Kuchen als Argument gereicht, aber mit Max die Nacht zu verbringen war eigentlich fast noch verlockender.

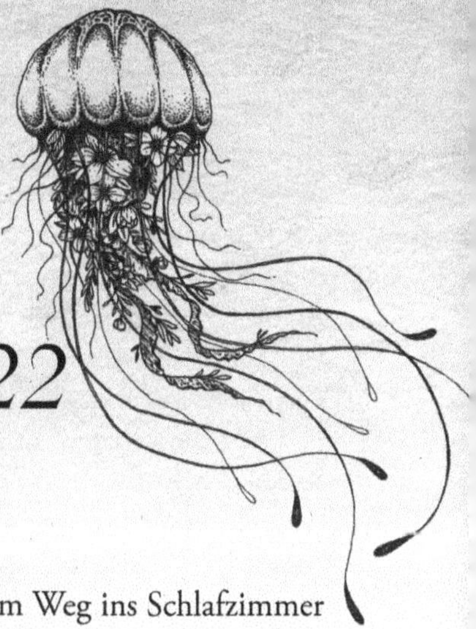

Kapitel 22

Wir lagen wild knutschend im Bett. Auf dem Weg ins Schlafzimmer hatten wir es bereits geschafft, uns bis auf die Unterhosen auszuziehen und alle Klamotten in der kompletten Bude dekorativ zu verteilen. Ich hatte keine Gelegenheit gehabt, mich in seinem Schlafzimmer umzusehen. Es war abgedunkelt, und lediglich eine Lichterkette, die über dem Kopf des Bettes hing, spendete ein wenig Licht. Genug Licht, um ihn zu sehen. Sein hübsches, von Lust verhangenes Gesicht animierte mich dazu, etwas die Initiative zu ergreifen. Ich richtete mich auf, setzte mich rittlings auf ihn und küsste ihn. Gleichzeitig begann ich, meinen Schritt gegen seinen zu reiben. Max hielt mein Gesicht in seinen Händen, als wäre es etwas Kostbares. Das gefiel mir. Seine Hände fühlten sich gut an. Sie waren groß und warm, und nun ließ er sie weiter nach unten gleiten. Er strich über meinen Hals und die Schultern, wo seine Berührungen eine wunderbare Gänsehaut hinterließen. Dann wanderte er mit seinen Händen über meine Brust und die Rippen. Kurz umfasste er meine Taille, nur um dann mit den Fingern zärtlich über den Rücken bis zu meinem Hintern zu fahren, den er fest umgriff. Ich stöhnte, und auch er keuchte laut auf. Seine rechte Hand griff zwischen uns, um mich durch meine Shorts zu reiben.

»O Gott« entfuhr es mir.

»Max genügt«, sagte er, und ich spürte sein Lachen mehr, als dass ich es hörte. Dafür war mein eigener Atem viel zu laut. Ich schlang meine Arme um seinen Hals und küsste ihn, als ob mein Leben davon abhängen würde. Dabei genoss ich das Gefühl seiner Hand, mit der er in meine Shorts griff und damit begann, meinen Penis zu streicheln. Zaghaft, fast schon unerträglich zärtlich und sanft. Zu wenig. Ungeduldig bewegte ich meine Hüfte. Ich sehnte mich nach mehr. Mehr Reibung, mehr Nacktheit, mehr Hitze.

»Schlaf mit mir«, seufzte ich zwischen zwei Küssen und leckte ihm dabei neckend über die Unterlippe. Max sah mich mit großen Augen an.

»Mit dir schlafen? Wirklich?« Er schien nicht damit gerechnet zu haben. Nicht heute. »Wir müssen nichts überstürzen. Okay?«

»Ich möchte es aber gern. Natürlich nur, wenn du es auch willst.« Meine letzten Worte wurden immer leiser. Ich hatte keinen Gedanken daran verschwendet, dass Max vielleicht nicht wollte. Ich war automatisch davon ausgegangen, dass er nur Rücksicht auf mich nahm.

»Klar will ich. Aber ich muss nicht. Verstehst du? Das hier macht mich auch schon sehr glücklich«, sagte er und küsste mich wieder sanft auf meine Lippen.

»Hast du Kondome da?« Er nickte.

»In der obersten Schublade im Nachtschrank. Kondome und Gleitgel.«

Ich beugte mich so weit hinüber, dass ich fast aus dem Bett gepurzelt wäre. Im letzten Moment hielt Max mich am Arm fest und lachte los. Ich legte die Schachtel Kondome und die Tube neben uns auf das Laken und sah dann wieder Max in die Augen.

»Wir könnten es ja versuchen.« Meine Stimme zitterte, obwohl ich in diesem Moment sicher und stark wirken wollte.

»Okay«, sagte er leise, nahm meine rechte Hand in seine und küsste sie. »Du hattest noch nie Sex, oder?«

Ich schüttelte fast schon verlegen den Kopf. Auch wenn ich wusste, dass es keinen Grund gab, sich dafür zu schämen, war es trotzdem nicht gerade schön, den Mangel an Erfahrungen zuzugeben. »So weit bin ich noch nie mit einem Kerl gegangen«, flüsterte ich. »Und du?«

»Ich bislang nur mit Frauen.« Auch Max wirkte unsicher, was mir wiederum etwas mehr Selbstbewusstsein gab.

»Weißt du, was? Das ist gut.« Ich legte ihm eine Hand auf die Wange und dirigierte seine Lippen wieder zu mir. Ich hauchte sanfte

Küsse auf seinen Mundwinkel. »Lass uns einfach gemeinsam herausfinden, wie es sich gut anfühlt. Okay? Macht es das nicht irgendwie besonders?«

Max wirkte nur halb überzeugt. »Nur solange wir nicht irgendwas falsch machen.«

»Hast du Angst?«, fragte ich leise und küsste ihn wieder.

»Ein wenig«, flüsterte er zurück.

»Ich hab keine Angst. Ich bin nur aufgeregt.«

»Das bin ich noch zusätzlich.« Seine Worte waren nur noch ein Hauchen. Dann küsste er mich wieder und ich spürte seine Hände, wie er damit fortfuhr, meinen Körper zu erforschen, und mich überall da streichelte, wo ich es liebte. Wir zogen uns nun auch noch das letzte Stück Stoff aus und ich setzte mich wieder auf seinen Schoß.

»Magst du passiv oder aktiv sein?«, fragte er und wirkte dabei etwas verlegen. Ich lächelte ihn an und fand die Situation eigentlich ziemlich lustig. Wenn Max hinter der Bar stand, war er aufgeschlossen, flirtete mit jedem und strotzte nur so vor Selbstsicherheit. Ich hingegen war immer etwas zu schüchtern und hatte Ewigkeiten gebraucht, ihn überhaupt anzusprechen. Aber hier in diesem Bett schien es gerade so, als hätten wir die Rollen getauscht.

»Ich möchte, dass du aktiv bist. So habe ich es mir mit dir immer vorgestellt. Ist das okay?«

Max nickte und hatte plötzlich wieder diesen Schalk in den Augen. Einen Funken von dem Max aus der Bar.

»Du hast es dir mit mir also vorgestellt?«

»Natürlich! Unzählige Male. Du etwa nicht?«

»Erwischt.« Er küsste mich, und ich hörte, wie er die Tube mit dem Gleitgel öffnete. Als ich spürte, wie sein nasser Finger in mich eindrang, atmete ich tief ein und seufzend wieder aus.

»Okay so?«, fragt er unsicher. Ich hatte die Augen geschlossen und meine Stirn lehnte an seiner, was das Nicken schwierig machte. Also musste ich wohl antworten. Obwohl ich mir nicht sicher war, wie sich meine Stimme gerade anhören würde.

»Ja«, antwortete ich leise. Kaum mehr als ein Flüstern.

»Okay.«

Nach einigen Momenten zog er den Finger wieder vorsichtig heraus, packte mich und warf mich fast schon von sich herunter. Ich lag nun auf dem Rücken und Max kniete vor mir.

»Ich glaube, so ist es besser.« Er lächelte, schnappte sich die Gleitcreme ein weiteres Mal und ließ noch mehr davon auf seine Hand tropfen. Vorsichtig arbeitete er sich vor. Und dann spürte ich zusätzlich noch seine Zunge an meinem mittlerweile leider nicht mehr ganz so harten Penis. Was sich aber trotzdem verdammt wundervoll anfühlte. Er musste spüren, dass die Anspannung langsam von mir abfiel. Zumindest tat es nicht weh, als er auch einen zweiten und dann noch einen dritten Finger in mich schob und sie sachte bewegte.

»Ich denke«, sagte ich keuchend. »Wir können es jetzt versuchen.«

»Sicher?«

»Nein.«

Ich lachte, und auch Max grinste ein wenig. Er rutschte zu mir hoch und küsste mich.

»Es wäre, glaube ich, am besten, wenn du dich hinkniest. Ich weiß, das ist nicht wirklich romantisch. Aber für den Anfang vielleicht am einfachsten.«

Ich nickte und kniete mich, ohne groß darüber nachzudenken, vor ihn hin. Neben mir hörte ich es rascheln und ich sah eine leere Alu-Verpackung auf der Decke liegen. Schade, das mit dem Kondom überrollen hätte ich gern übernommen. Zumindest in meiner Vorstellung hatte ich das immer getan. Auch ab und an mit dem Mund. Beim nächsten Mal vielleicht.

»Entspann dich.«

Wieder nickte ich, auch wenn er es vermutlich gar nicht sehen konnte. Schon spürte ich seine Härte, die sich gegen mich presste und mich langsam öffnete.

»Warte!« Das Wort war ganz automatisch aus mir herausgebrochen. Max hielt in seiner Bewegung inne und im kompletten Raum war es still. Nur sein hektischer Atem war zu hören. Keuchend und abgehackt.

»Soll ich wieder … raus …«

»Nein. Nur kurz warten.« Ich presste die Worte zwischen zusammengebissenen Zähnen heraus. Es fühlte sich einfach so voll an. Es war so viel. Dabei war Max wahrscheinlich noch nicht mal mit der Spitze in mir.

»Okay«, keuchte ich, und zum Glück ging es nun leichter. Max arbeitete sich langsam vor, stoppte immer mal wieder kurz in der Bewegung und schob sich dann weiter in mich hinein.

»Scheiße«, keuchte er und bewegte sich nun nicht mehr. Wir sagten nichts. Er war komplett in mir, und ich für meinen Teil versuchte mich einfach an dieses Gefühl zu gewöhnen, das mich gerade zu überwältigen drohte. Körperlich und emotional.

»Alles okay?« Max beugte sich über mich und hauchte Küsse auf meine Schulter.

»Ja. Bei dir?« Ich musste fast lachen, so seltsam war gerade diese Situation.

»Mehr als okay.« Wieder spürte ich Küsse auf meiner Haut. Prickelnd und heiß. Dann begann Max seine Hüfte zu bewegen und ich kam ihm entgegen.

»Ich werd's nicht lange aushalten«, keuchte Max und fasste in dem Moment um mich herum, um meinen Penis zu packen und fest zu reiben. Mir entfuhr ein lautes Stöhnen, was ihn noch mehr antrieb. Immer schneller stieß Max in mich, und ich belohnte jeden seiner Stöße mit Tönen, die keinen Zweifel daran ließen, dass es mir gefiel. Dass ich mehr wollte. Dass ich einerseits gern ewig so weitermachen würde, andererseits aber auch schnellstens zum Höhepunkt kommen wollte. Dann wurden Max' Bewegungen langsamer und abgehackter. Seine Atmung wurde lauter, und dann spürte ich, wie er sich anspannte und kam.

»Fuck, sorry. Ich bin eigentlich nicht so schnell.«

Ich blickte nach hinten und sah einen amüsierten Max, der sich mit dem Handrücken Schweiß von der Stirn wischte. »Ehrlich!« Er lachte. »Das hat mich jetzt überrascht und überwältigt.«

Vorsichtig zog er sich aus mir heraus. Ich drehte mich auf den Rücken und beobachtete ihn dabei, wie er das Kondom abzog, verknotete und in einen Mülleimer neben dem Nachttisch warf.

Er sah mich an und hatte einen schuldbewussten Gesichtsausdruck.

»Das tut mir echt leid. O Mann, ich war schneller als du.« Er machte einen Schmollmund und beugte sich dann zu mir hinunter. »Aber das kann ich wiedergutmachen.«

»Das ist doch gar nicht schlimm. Ich …« Kam nicht dazu, meinen Satz zu Ende zu sprechen, da er in diesem Moment meinen Penis in den Mund nahm, an ihm saugte und ihn gleichzeitig mit der Hand pumpte.

Gefühlte Sekunden später lag ich schwer atmend mit dem Kopf auf seinem Arm und genoss den Nachklang meines Körpers. Das seltsame Gefühl in meinem Po und die langsam abebbende Erregung.

»Können wir das öfter machen?« Ich vergrub mein Gesicht in seiner Halsbeuge.

»Du wirst mich niemals Nein sagen hören.« Max lachte und umarmte mich fest. »Du hast mich ganz schön um den Finger gewickelt«, meinte er und küsste mich auf die Stirn.

»Sagst du …« Ich schnaubte.

»Ist echt so. Ich hätte nicht gedacht, dass das mit uns so gut laufen würde.«

»Warum hast du gezweifelt?« Ich sah ihn neugierig an.

»Na ja, wegen mir und meiner ganz offensichtlichen Unfähigkeit, Nähe zuzulassen und eine Beziehung zu führen.«

Seine Offenheit überraschte mich sehr. Ich wusste nicht, was ich darauf antworten sollte. »Ich bin nicht wirklich ein Jackpot, und deshalb.« Er seufzte. »Deshalb habe ich viele Angebote auch abgelehnt. Hier und da mal ein One-Night-Stand war okay, aber bei dir … ich weiß nicht.« Er strich mir ein paar meiner Haare aus dem Gesicht und sah mich an. »Ich weiß nicht warum, aber bei dir hatte ich den Drang, es zumindest zu versuchen. Vielleicht, weil ich mich direkt in deine blauen Augen verguckt habe.«

»Ach, hör auf.« Ich senkte verlegen die Lider und verbarg mein Gesicht wieder an seinem Hals.

»Oder vielleicht liegt es auch an diesem kleinen putzigen Hintern hier.« Er packte mich und hievte mich auf sich, nur um mich so wieder in einen leidenschaftlichen Kuss zu verwickeln.

»Und was ist das nun zwischen uns?«, fragte ich leise nach, als er seine Lippen von meinen löste.

»Schauen wir doch mal, wie es sich entwickelt, okay? Ich vertraue mir selbst nicht wirklich und hab irgendwie Schiss, dass ich alles versaue. Aber ich will das mit dir. Kannst du mit der Antwort leben?«

Ich nickte. Auch wenn ich mir eine andere Antwort gewünscht hatte.

Aber was blieb mir anderes übrig?

Ich musste mich wohl mit dem zufriedengeben, was er mir zu geben bereit war.

Und ich musste weiter hoffen, dass es mir genügen würde.

Kapitel 23

Heute war mal wieder so ein typischer Henry-Tag.

Erst hatte ich verschlafen. Was leider wie immer voll und ganz meine alleinige Schuld war, da ich die Snooze-Taste meines Weckers gefühlte fünfzehn Mal drücken musste. Dann hatte aus irgendwelchen unerfindlichen Gründen unsere Kaffeemaschine gestreikt und ständig gefordert, entkalkt zu werden. Also hatte ich aufgegeben, Kaffee zu kochen, und war zum Kiosk um die Ecke geeilt. Dort hatte ich mir dann endlich einen Kaffee besorgen können, der nicht nur viel zu klein und viel zu teuer gewesen war, sondern auch noch abscheulich schmeckte. Da das ganze Vorhaben natürlich Unmengen an Zeit geschluckt hatte, hatte ich zur Bahn rennen müssen und mir dabei das übel schmeckende, aber dafür kochend heiße Gebräu über das Handgelenk geschüttet.

Und die Bahn war auch weg gewesen.

Jackpot.

Eine halbe Stunde zu spät hatte ich mich in den Vorlesungsraum geschlichen und mich mal wieder gefragt, warum immer ich es war, der sich verspätete. Ob ich das wohl irgendwann in meinem Leben in den Griff bekommen würde? Ich zog meine Jacke aus und betrachtete dabei kopfschüttelnd den mit Kaffee durchtränkten Ärmel. Ich war tatsächlich das totale Chaos.

An diesem Tag besuchte ich zwei Vorlesungen und ein Tutorium. Ich schrieb fleißig mit und hatte noch ein kurzes Gespräch mit einer Dozentin bezüglich meiner Hausarbeit, die ich zwischen den Jahren vorhatte zu schreiben. Dann checkte ich mein Handy und sah, dass sich Mathilda gemeldet hatte.

Ich hätte ab jetzt Zeit für dich.
Soll ich schon mal ins Café, oder hast du vor, 'ne Stunde zu spät zu kommen? Dann würde ich noch shoppen gehen, ins Kino gehen oder kurz 'ne Kreuzfahrt machen. Je nachdem …

Ich wusste, dass sie es nicht böse meinte und die Nachricht garantiert mit einem Grinsen geschrieben hatte. Trotzdem war es mir unangenehm. Ich war nicht stolz auf diesen Ruf.

Ich war gerade noch in der Sprechstunde einer Dozentin.
Nun würde ich mich aber auf direktem Weg zu unserem Café bewegen!

Und genau das tat ich auch. Ich gab mein Bestes, mich nicht ablenken zu lassen. Auch wenn ich ein Eichhörnchen auf einem Grünstreifen entdeckte, bei dem ich normalerweise stehen geblieben wäre. So allerdings sah ich schon von Weitem Mathilda, die gerade mit ihrem Rollstuhl vor dem Café stand und versuchte, die Tür zu öffnen. Ich legte einen Sprint hin und hielt sie ihr auf.

»Madame.« Ich verneigte mich und mimte einen Butler.

»Hi! Da bist du ja.«

»Wollte dich nicht schon wieder warten lassen und hab mich echt beeilt. Obwohl ich dahinten ein Eichhörnchen gesehen habe, bin ich nicht stehen geblieben. Das war hart.«

Mathilda lachte, und ich folgte ihr hinein zu unserem Lieblingstisch. Ich schob einen Stuhl zur Seite, damit sie Platz hatte, und setzte mich dann ihr gegenüber.

»Aber Henry, eins musst du wissen. Ich würde nie von dir verlangen, bei einem Eichhörnchen nicht stehen zu bleiben. Mach nächstes Mal zumindest ein Foto und zeig es mir dann, okay?«

Ich nickte. »Magst du eine heiße Schokolade oder einen Früchtetee?« Mittlerweile kannte ich ihre Trinkgewohnheiten, und es war immer eines dieser beiden Getränke. Sie überlegte und schien in sich hineinzuhören.

»Ich denke, ich habe eine heiße Schokolade verdient.«

»Bestimmt!«

»Aber heute übernehme ich mal die Rechnung.« Sie reichte mir einen Zehneuroschein und lächelte. »Du kannst mich nicht immer einladen.«

»Okay. Dann bin ich nächstes Mal wieder dran.« Ich nahm das Geld und besorgte an der Theke eine heiße Schokolade und einen Milchkaffee. Ich brachte die Getränke an unseren Tisch, und kaum hatte ich mich auf meinem Stuhl niedergelassen, da eröffnete Mathilda schon das Gespräch: »Ich bin dabei!«

»Bitte?«, fragte ich verdutzt. Mir fehlte gerade der Kontext.

»Beim Pub-Quiz. Wenn das Angebot weiterhin steht, bin ich dabei.«

»Natürlich steht das Angebot noch!« Ich freute mich gerade unglaublich darüber und hätte am liebsten ekstatisch gejubelt. Da aber aufgrund unserer Lautstärke jetzt schon Leute wieder zu uns sahen, beließ ich es dabei. »Ich bin voll happy! Als ich Mike, Zoya und Fatih von dir erzählt habe, waren sie total begeistert. Sie freuen sich schon, dich kennenzulernen.«

»Ich bin auch gespannt und etwas aufgeregt.«

»Musst du nicht sein. Sie sind alle korrekt. Das wird spaßig. Was hat dich denn jetzt doch überzeugt, mitzumachen?« Um ehrlich zu sein, hatte ich schon damit gerechnet, dass sie absagen würde, und hätte das Thema von mir aus gar nicht mehr angesprochen. Umso schöner war nun ihre Zusage.

»Ich musste das noch daheim absprechen. Ich wohne bei meinen Großeltern, und die sind immer voller Sorge um mich.« Sie rollte mit den Augen. »Na ja, ich bin ein liebes Enkelchen und habe das erst mal abgeklärt. Das Tolle: Mein Opa hat mir angeboten, mich immer hinzufahren und danach abzuholen, was ich ziemlich nett finde.«

»Ist es. Aber ich kann dich bestimmt auch fahren. Also, wenn du magst. Wir müssten nur mal checken, ob der Rollstuhl in den Kofferraum passt.«

»Können wir ja irgendwann mal testen.«

»O Mann, ich freu mich echt. Ich schreib das direkt in die Quiz-Chatgruppe.«

»Aber nicht, dass sie Wunder erwarten. Außer ein wenig Astrologiewissen hab ich nicht wirklich viel drauf.«

»Das glaub ich kaum. Erstens weißt du auch viel über Filme und Serien. Davon habe ich mich schon oft genug überzeugen dürfen. Und zwar nicht nur wegen der Namen auf der Anwesenheitsliste.« Ich musste bei der Erinnerung an Frodo Beutlin und Edward Cullen schon wieder lachen. »Und zweitens geht es uns auch gar nicht darum, immer mit Abstand zu gewinnen, auch wenn das ein positiver Nebeneffekt ist.« Ich lächelte und trank dann einen Schluck meines Milchkaffees. »Wir haben einfach Spaß, und sie werden dich mögen.«

»Das hoffe ich.«

»Mit Sicherheit, und dann siehst du vielleicht auch meinen sexy Barkeeper.« Ich machte große Augen.

»Das klingt super!«

»Dem möchte ich auch gleich noch einen Besuch abstatten.«

»Weißt du, wie du guckst?«, fragte sie und sah mich mit zusammengepressten Augen an, als wäre ich ein äußerst interessantes Experiment.

»Wie denn?« Ich musste jetzt schon kichern.

»Du hast so ein Sex-Grinsen drauf.«

»Du meinst ein sexy Grinsen?« Ich versuchte mich in einem verführerischen Gesichtsausdruck, den Mathilda mit einer abwinkenden Handbewegung quittiere.

»Nein! Das ist eindeutig ein Sex-Grinsen. Wenn nicht das, dann zumindest ein Fummel-Grinsen oder ein Sex-in-Aussicht-Grinsen.«

Ich brach in schallendes Gelächter aus.

»Ich brauche ja keine Details, aber liege ich richtig?«

»Der Gentleman genießt und schweigt.« Ich verschloss meine Lippen mit einem Reißverschluss.

»Wobei du mehr genießt. Das Schweigen kam jetzt neu dazu.«

Wieder lachte ich und Mathilda stimmte mit ein.

»Falls ich es noch nicht erwähnt haben sollte: Meine Leute werden dich lieben. Du bist so erfrischend ehrlich.«

»Ich bin nun mal Schütze.« Sie zuckte mit den Schultern, und dann prusteten wir beide erneut los, sodass unsere Tischnachbarn nun endgültig genug hatten und gingen. Ich bereute nichts.

Nach meinem Kaffeedate mit Mathilda lief ich Richtung Irish Pub. Ich wusste, dass Max heute dort war, und vielleicht konnte ich ihm ja bei den Arbeiten vor Ort wieder unter die Arme greifen. Um ihm etwas zur Stärkung mitzubringen, und weil ich hungrig war, besorgte ich unterwegs noch zwei süße Teilchen beim Bäcker. Heute war es eisig kalt, und jeder normale Mensch würde Handschuhe tragen. Nur ich nicht. Ich versuchte Handschuhe so lange es ging zu vermeiden, da ich dann mein Handy nicht mehr richtig bedienen konnte. Ich war ein absoluter Handy-Junkie, dessen war ich mir bewusst. Lieber froren mir die Finger ab, während ich durch Instagram scrollte, als dass ich das mit warmen Händen nicht tun konnte. Klang ziemlich bescheuert. Aber so war ich nun mal.

Einige Minuten später stand ich vor dem Pub und sah durch das Fenster. Viel war nicht zu erkennen. Also klopfte ich gegen die Scheibe, bis ich weiter hinten eine Bewegung wahrnahm. Daraufhin lief ich zur Eingangstür und wartete. Als sich die Tür öffnete, sah mich Max strahlend an.

»Du hier?«

»Ja, ich war in der Gegend.« Ich hob die schon etwas durchgefettete Papiertüte in die Höhe. »Lust auf was Süßes?«

»Du meinst, auf dich?« Er grinste mich mit weißen Zähnen an und zog mich in eine Umarmung. »Ich freu mich, dass du da bist.«

»Weil du mich schon unglaublich vermisst hast?«

»Ja, und weil du mir beim Streichen helfen kannst.« Er ließ mich ins Pub hinein. Dabei fiel mir eines direkt auf.

»Die Stufe ist weg.«

»Nicht wirklich, aber da ist nun einfach eine Rampe. Das war total leicht, und so was gibt's in zig unterschiedlichen Ausführungen. Hab's vorhin direkt mal mit der Sackkarre voll mit Farbeimern getestet. Funktioniert.«

»Weißt du, ich habe eine Freundin, die im Rollstuhl sitzt. Jetzt kann die auch mal ins Pub kommen.«

Max nickte und lief, ohne mich anzusehen, an mir vorbei zu den Farbkanistern.

»Ist was?«, fragte ich nach, weil ich mich über seine Reaktion wunderte.

»Nee, das ist doch klasse mit deiner Freundin. Ich würde mal sagen, dass wir loslegen. Also nur wenn du Zeit hast und helfen magst.«

Ich zog meine Jacke aus, legte sie auf einen der Barhocker und krempelte die Ärmel hoch. Dann schnappte ich mir den Pinsel, der auf dem Tisch neben mir lag.

»Deshalb bin ich da.«

»Nur deshalb?«, fragte Max, und ich konnte nur erahnen, auf was er anspielte. Sein Gesichtsausdruck war irgendwas zwischen belustigt und verführerisch.

»Mal sehen«, antwortete ich geheimnisvoll und lief dann an ihm vorbei Richtung Herrentoilette. Er folgte mir. Dort, wo die Wand neu verputzt worden war, hatte Max bereits mit Klebeband eine saubere Linie abgeklebt.

»Den oberen Teil streichen wir wieder weiß beziehungsweise *New White.*« Er zeigte auf den Namen auf dem Farbeimer und zuckte mit den Schultern. »Das wurde mir im Baumarkt empfohlen. Sollte ungefähr so aussehen wie vorher. Unten kommt aber nun ein dunkles Grün hin. Das habe ich entschieden, Harry hatte keine Meinung dazu und lässt mich hier alles so tun, wie ich es mag. Was ziemlich cool ist und mich andererseits auch total überfordert.« Er wischte sich ein paar Haare aus der verschwitzten Stirn. Max wirkte gestresst, aber auch glücklich.

»Das macht dir aber nicht so viel aus, oder?«

»Es ist seltsam, aber irgendwie macht es Spaß.«

»Was genau?«

»Das alles hier. Weißt du, ich habe mal studiert. Aber na ja … es gab einige Gründe, warum ich das Studium geschmissen habe, und dann bin ich durch einen Zufall hier gelandet. Mir ging's anfangs nur darum, Geld zu verdienen, um über die Runden zu kommen. Aber ich liebe diesen Laden und die Leute, die hier arbeiten. Ich kann es mir nicht wirklich erklären, aber das alles hier ist ein wenig wie«, er schluckte und suchte nach richtigen Worten, »Familie geworden.«

»Das ist doch super, und vor allem viel mehr wert als ein blöder Bachelorabschluss. Was hast du denn studiert?« Ich tat so, als würde es mich nicht brennend interessieren, endlich mehr von Max zu erfahren. Ich wusste nichts von ihm, außer das, was er bislang bereit gewesen war, mir zu erzählen, und das war, gelinde gesagt, nichts. Er war für mich ein Mann, der nur im Jetzt existierte. Ohne Vergangenheit. Diese Geheimnistuerei beunruhigte mich noch immer, und manchmal machte sie mir Angst. Um ihn nicht neugierig anzustarren, begann ich, Farbe in eine Farbwanne zu gießen, und tunkte den Pinsel hinein. Max sagte tatsächlich lange nichts, und ich hätte zu gern seinen Gesichtsausdruck gesehen. Sah er nachdenklich aus? Ängstlich? Unsicher? Misstrauisch? Bereute er bereits, dass er angefangen hatte, von sich zu erzählen?

»Jura.« Er lachte kurz auf und erschien mit einer Farbrolle voll weißer Farbe neben mir. Er begann, die große Fläche oberhalb des Klebebands zu streichen. Ich nahm mir mit dem Pinsel die Ecken vor. »Aber das war nicht so meins. Anfangs dachte ich, dass es Spaß machen würde, und natürlich dachte ich auch daran, dass man als Anwalt mal richtig fett Kohle machen könnte. Was einem eben als junger Kerl kurz nach dem Abi so als wichtig erscheint.« Wieder lachte er. »Aber scheiß drauf.« Er tunkte seine Farbrolle in die Farbe. Noch traute ich mich nicht, etwas zu sagen. Aus Angst, ich würde seinen Redeschwall unterbrechen. »Geld, ein Sportwagen, Ansehen, Ruhm und das ganze Zeug, was man sich naiverweise irgendwann mal gewünscht hat, ist doch, wenn man mal drüber nachdenkt, so verdammt unwichtig.«

Ich nickte und glaubte genau zu wissen, was er meinte.

»Wir sind so kurz auf dieser Welt. Unser Leben ist doch nur ein Wimpernschlag des Universums. Also was bringt uns am Ende der ganze Scheiß? Man kann ja den Porsche und die Villa mit Pool schlecht mitnehmen. Also ich bleibe dabei: scheiß drauf. Ich arbeite weiter hier im Pub, mit coolen Leuten, und hab einfach 'ne gute Zeit.«

»Finde ich toll.« Das waren die ersten Worte, die ich von mir gab. »Und du bist ja auch verdammt gut in dem, was du hier tust, und so wichtig für den Laden. Also passt das doch.«

Max schob eine Trittleiter näher an die Wand und stellte sich auf die oberste Stufe, um besser an den Bereich unter der Decke heranzukommen.

Den Rest der Wand strichen wir nahezu schweigend. Ich wollte ihn nicht zu mehr Informationen drängen. Noch nicht. Aber ich nahm das, was er mir mitgeteilt hatte, wie ein Geschenk an und war dankbar, dass er sich langsam mir gegenüber etwas öffnete. Vielleicht hatte Mathilda ja wirklich recht gehabt. Ich musste geduldig sein.

Nachdem die Wand gestrichen war, sahen wir uns das Ergebnis an und waren recht zufrieden.

»Kann sein, dass man über das Weiß noch mal drübermuss. Aber warten wir mal ab, wie es aussieht, wenn es getrocknet ist.«

Ich nickte und sah dann zu Max, der nicht mehr die Wand betrachtete, sondern mich.

»Du hast dich mit Farbe bekleckert«, meinte er trocken, und ich wischte mir ein paar Haarsträhnen aus der Stirn.

»Wo?«

»Da.« Damit tupfte er mit dem Pinsel auf meine Nase.

»Nicht dein Ernst!« Ich lachte los.

»O doch. Mein voller Ernst. Ich hab mal 'ne Serie gesehen, da hat sich so eine Farbschlacht zu heißem Rumfummeln entwickelt.«

»Meinst du etwa die Serie *Skam*?« Ich konnte mein Grinsen nicht unterdrücken.

»Ähm, ja?« Er wirkte etwas unsicher.

»Das war ziemlich nice. Um nicht zu sagen, ziemlich hot.«

Wir sahen uns an, und ich bemerkte, wie sich die Atmosphäre veränderte. Wie die Luft zwischen uns zu flimmern begann vor lauter aufgestauter Lust. Max schien es auch zu spüren. Er kam einen Schritt auf mich zu, legte seine Hand in meinen Nacken und zog mich für einen leidenschaftlichen Kuss zu sich heran. Ich hörte, wie er die Farbrolle neben uns auf den Boden fallen ließ, nur um sofort mit beiden Händen in mein Haar zu greifen. Mir entfuhr ein Stöhnen, was Max dazu animierte, mich abrupt am Hintern zu packen und hochzuheben.

»Was zur …?« Ich kam nicht dazu, meinen Satz zu vollenden, da verschloss Max meinen Mund schon wieder mit seinem. Er trug mich hinaus aus der Herrentoilette und setzte mich auf einen der Tische im hinteren Bereich des Pubs. Hier konnte man uns zumindest von draußen nicht sehen.

»Ist die Tür abgeschlossen?«, fragte ich atemlos zwischen zwei Küssen.

»Ja«, antwortete Max kurz und öffnete meine Hose. Ich hob meinen Hintern an, damit er mir Jeans und Unterhose auf einmal ausziehen konnte. Das Holz des Tisches fühlte sich kalt an meiner nackten Haut an. Aber ich hatte kaum Gelegenheit, mir darüber Gedanken zu machen, da Max bereits mit seinem Kopf zwischen meinen Beinen verschwand und anfing, mich mit dem Mund zu verwöhnen. Ich warf den Kopf in den Nacken und stöhnte auf.

»Warum kannst du das so verdammt gut?«

Max saugte an meinem Penis, entließ ihn wieder kurz aus seinem Mund, nur um mit der Zunge einmal die komplette Länge entlangzufahren. »Verdammt!« Als er dann auch noch die Hand hinzunahm, spürte ich, dass ich nicht mehr lange brauchen würde.

»Max, ich komm gleich«, presste ich zwischen zusammengebissenen Zähnen hervor. Für Max war das aber kein Grund, es langsamer angehen zu lassen. Im Gegenteil. Er packte mit seiner Hand noch fester zu, rieb mich immer mehr dem Höhepunkt entgegen und saugte an meiner Spitze, bis ich mich in seinem Mund ergoss. Erschöpft und vollkommen fertig ließ ich mich rücklings auf dem Tisch sinken und versuchte, genügend Sauerstoff in meine Lunge zu bekommen. »Fuck«, keuchte ich und sah Max aus einem halb geöffneten Auge an. Er grinste, beugte sich über mich und schenkte mir einen Kuss.

»Ich würde mich gern revanchieren«, meinte ich und leckte mir über die Lippen. Max seufzte.

»Nichts lieber als das, aber Anton hat sich angekündigt.«

»Was, warum?« Ich machte einen enttäuschten Gesichtsausdruck und zog mir meine Hose wieder über den nackten Hintern. Menno.

»Der will halt auch mal helfen. Hat wohl ein schlechtes Gewissen bekommen, weil das meiste der Arbeit an mir hängen geblieben ist. Von daher kann er ruhig auch was tun.«

»Ja, schon.« Ich packte Max an seinem Pullover und zog ihn eng an mich. »Trotzdem hätte ich auch gern mal … wenn du verstehst.«

»Wir werden bestimmt noch Möglichkeiten haben. Denkst du nicht?«

»Bestimmt.« Ich küsste ihn noch einmal, und allein dieser Kuss reichte schon. Ich wäre bereit für die nächste Runde. Für mich hatten sich Küsse noch nie so gut angefühlt wie mit ihm. Es passte einfach. Ob er genauso darüber dachte?

Ich hörte es klopfen und fuhr erschrocken zusammen.

»Das wird er wohl schon sein. Da hatten wir ja noch mal Glück.« Max zwinkerte mir zu und verschwand dann Richtung Eingang. Ich seufzte und rutschte vom Tisch. Ansonsten gab es zum Glück keine Spuren, die man verwischen musste. Auf einem anderen Tisch entdeckte ich die Papiertüten, die ich mitgebracht hatte.

»Hey, Anton!« Ich winkte Max' Kollegen zu und hob die Tüte in die Höhe. »Lust auf ein Schokocroissant? Ich hab zwar nur zwei gekauft, aber wir können gern teilen.«

»Hi, Henry, voll gern. Danke.«

Daraufhin ging ich hinter die Bar, schnappte mir ein Schneidebrett und ein Messer, teilte beide Croissants in jeweils drei Stücke und stellte das Brett dann einfach auf den Tresen.

»Du scheinst dich hier im Pub ja schon wie zu Hause zu fühlen«, sagte Anton. »Willst du auch anfangen, hier zu arbeiten?« Er nahm sich eines der Schokoteilchen und schob es sich in den Mund.

»Das ist nichts für mich. Bin echt nicht so der kommunikative Typ.« Ich kam wieder hinter der Bar hervor und gesellte mich zu ihm.

»Meinst du, ich? Dafür haben wir ja den Sonnenschein hier.« Er zeigte auf Max, der neben mir erschien und ebenfalls nach einem süßen Teilchen griff.

»Waf ift mit mir?«, nuschelte Max.

»Mit vollem Mund spricht man nicht«, sagte ich und pikste ihn in die Seite.

»Dabei liebe ich es ja, wenn ich den Mund so richtig voll nehmen kann«, raunte er mir zu und biss mir ins Ohrläppchen.

»Too much information«, meinte Anton nur lachend und verschwand im hinteren Bereich des Pubs.

Den kurzen Moment der Zweisamkeit nutzte ich und schlang meine Arme um Max, um ihn wieder zu küssen. Ich konnte nichts dafür. Ich war einfach süchtig nach ihm.

»Anton und du, ihr habt bestimmt noch zu tun. Ich geh dann wohl mal so langsam nach Hause. Schreibst du mir später noch?«

Er nickte und strich mir mit dem Daumen über die Wange.

»Danke, dass du hergekommen bist.«

»Danke, dass du mir etwas von dir erzählt hast«, flüsterte ich und küsste ihn auf die Nasenspitze. Er lächelte, wenn auch nur ein wenig und kaum sichtbar. Aber das Lächeln war da, und es bedeutete mir unglaublich viel.

Kapitel 24

Endlich! Das *Green Leaf* konnte wieder öffnen. Das hatten wir nur dem unermüdlichen Einsatz von Max zu verdanken. Und natürlich dem Bekannten meines Vaters. Ohne etwas Vitamin B würde Max wohl noch heute in Telefonwarteschleifen hängen und auf den Rückruf irgendwelcher Handwerker warten. So waren die Aufräumarbeiten und Renovierungen allerdings relativ flott vonstattengegangen. Glück für Mike, denn der konnte so nun seinen Geburtstag heute im Pub zelebrieren. Ansonsten wäre ihm auch nichts anderes eingefallen. Jule hatte sich sogar extra freigenommen, um mit uns feiern zu können. Und das Beste: Heute war kein normaler Samstag im Irish Pub. Es war Karaoke-Samstag. Da Max die Frühschicht übernommen hatte, dürfte er wohl auch kurz nach zwanzig Uhr Feierabend machen und zu uns stoßen. Ich war gespannt, wie der Abend so werden würde.

Ich saß bereits an unserem Stammtisch mit Zoya und wunderte mich, warum wir die Ersten waren. Für mich ein unbekanntes Gefühl. Ich hatte bereits einen Pitcher Guinness vor mir stehen und Zoya ein Glas süße Piña colada. Plötzlich öffnete sich die Tür mit einem lauten Knall und Mike kam hereinstolziert. Zoya und ich standen auf und applaudierten. Er verbeugte sich, und da wurde mir klar, warum er so spät war. Er wollte seinen großen Auftritt haben, dieser Freak. Na ja, es war ihm gegönnt. Hinter ihm sah ich Jule und Fatih, die beide den Eindruck machten, als würden sie sich für Mike in Grund und Boden schämen.

»Hier bin ich«, rief er und sonnte sich in der Aufmerksamkeit.

»Jeder hat es gesehen und gehört. Und jetzt setz dich endlich hin«, rief Zoya ihm zu. Mike ließ sich extraviel Zeit, und auch Zoyas Augenrollen konnte ihn nicht aus der Ruhe bringen.

»Happy Birthday, Mike. Hi, Jule, heute mal als Gast hier?« Jenny, unsere Stamm-Bedienung, kam zu uns an den Tisch und überreichte Mike eine Flasche Sekt. Ebenso stellte sie ein Tablett mit einigen Sektgläsern ab. »Das kommt von unserem Barkeeper. Ein kleines Geburtstagsgeschenk.« Wir sahen alle zur Bar, wo Max stand und uns zuwinkte.

»Aber lasst mir was übrig«, rief er uns zu, musste dann aber direkt weiter Bier zapfen.

»Ich soll euch ausrichten, dass er bald Feierabend macht und zu euch kommt.«

»Super, danke.« Mike begann damit, Sekt in die Gläser zu gießen und an uns zu verteilen. »Der Abend beginnt schon mal klasse. Direkt Alkohol umsonst. Kann so weitergehen. Meinst du, dein Lover kann uns den ganzen Abend versorgen?«, meinte er an mich gewandt. Ich zuckte mit den Schultern.

»Warum sollte er das tun?«

»Weil er ein guter Kerl ist? Weil ich dein bester Freund bin und du sein fester Freund? Weil er dich abfüllen will?«

»Spoiler: Das muss er nicht.«

Alle am Tisch lachten.

»Auf Mike.« Zoya erhob ihr Glas. »Auf dass du für immer der Spinner bleibst, den wir lieben.«

»Hört, hört«, rief Mike und trank einen großen Schluck von seinem Sekt. Auch ich nippte an dem Glas, aber ganz ehrlich, ich mochte das prickelnde Zeug nicht wirklich. Also blieb ich lieber bei meinem Bier.

Der Sekt war innerhalb kürzester Zeit auch ohne meine Hilfe verschwunden. Wahrscheinlich hatte Zoya das übernommen. Ihre laute Stimme und übertrieben gute Laune sprachen dafür. Immer mehr Leute betraten das Pub und hinter der Bar rotierten die Barkeeper. Eigentlich hätte Max schon längst Feierabend haben sollen, aber anscheinend wurde das wohl nichts. Es war einfach viel zu viel los. Ich seufzte und zog einen Schmollmund.

»Was ist denn los?«, schrie mich Zoya über die gerade einsetzende Melodie der Karaoke-Anlage an. Wobei sie wahrscheinlich auch so geschrien hätte. Mit zunehmendem Promillegrad würde sie auch die startenden Flieger auf dem Rollfeld des Frankfurter Flughafens übertönen.

»Ich bin nur gespannt, wann Max endlich Feierabend machen kann.«

»Bestimmt bald. Jetzt müssten ja alle mal was zu trinken haben.«

Das hatte ich auch gedacht. Aber irgendwie kamen immer weiter neue Trinkwütige ins Pub. Um mich von meinen trüben Gedanken abzulenken, fuchtelte Zoya mit ihrem Glas in meinem Blickfeld herum.

»Anstoßen!«

Das taten wir. Ziemlich oft sogar. Nachschenken, anstoßen, trinken und wieder von vorn. Auf der Bühne waren alle Vorbereitungen und Soundchecks abgeschlossen und es ging endlich los. Zuerst sang quasi traditionell Harry, der alte Chef des Pubs, seinen Lieblingssong *Piano Man* von Billy Joel. Man merkte Harry an, dass auch ihm die letzten Wochen nicht gutgetan hatten. Zwar hatte Max den größten Teil der Arbeit erledigt, aber Harry hatte die Tatsache, dass sein Pub so lange geschlossen bleiben musste, doch sehr zugesetzt. Der alte Mann stand auf seinen Stock gestützt auf der Bühne. In der Hand das Mikrofon, das er wie ein Profi locker vor seinem Mund hielt, und sang mit all der Leidenschaft, die er aufbringen konnte und für die ihn hier alle liebten. Das ganze *The Green Leaf* gab Standing Ovations und jubelte ihm zu. Beim Refrain grölten alle mit, und einige zückten sogar Feuerzeuge, die sie im Takt des Songs schwenkten. Als er die letzten Töne anstimmte, gab es tosenden Applaus. Auch alle Bedienungen und die Barkeeper hinter dem Tresen hatten ihre Arbeit für wenige Minuten niedergelegt, um ihm zu lauschen und nun zuzujubeln. Harry verbeugte sich, wie es nur ein echter Entertainer tat. Danach verließ er die Bühne und fünf Mädels wurden von dem Moderator des Abends aufgerufen. Als alle vor ihren Mikros standen, legten sie direkt los, *Wannabe* von den Spice Girls zu trällern.

»Willst du eigentlich mein Geschenk haben?«, fragte ich Mike einmal quer über den Tisch.

»Ja klar!« Er sah schon jetzt begeistert aus. Es gab wahrscheinlich auf der ganzen Welt niemanden, der lieber Geburtstag hatte als er. Ich kramte einen Briefumschlag aus der Jackentasche und überreichte ihn dem Geburtstagskind.

»Ein Geldgeschenk. Wie von Oma. Das wäre doch nicht nötig gewesen.«

»So weit kommt's noch.« Ich lachte.

Jule und Zoya schrien im Chor neben mir den Song mit. Sie bemerkten kaum, dass wegen ihrer ausschweifenden Gesten und dem Tanzen im Sitzen schon all unsere Getränke übergeschwappt waren. Auch Mike bekam davon nichts mit. Der war vollkommen damit beschäftigt, den Umschlag aufzureißen.

»Wow!« Stolz hielt er zwei Tickets in den Händen. »Ist das etwa …?«

»Zwei Karten für den Europa-Park. Ich dachte mir, dass dir das gefallen würde. Nur sollte man vielleicht über eine Übernachtung dort nachdenken, wenn man wirklich den ganzen Tag dort verbringen möchte. Und du musst dich natürlich entscheiden, wer deine Begleitung sein soll.« Ich zwinkerte ihm zu und Mike grinste über das ganze Gesicht.

»Nix da, wir kaufen noch mehr Tickets und fahren einfach alle gemeinsam hin.«

Er war so ein Idiot. Er dachte nicht mal daran, eine schöne Zeit allein mit Jule zu verbringen.

»Und was macht ihr beide da eigentlich gerade?«, fragte Mike nun an Jule und Zoya gewandt, die das Singen kurz eingestellt hatten, nun kichernd die Köpfe zusammensteckten und den Katalog mit den Karaoke-Songs begutachteten. »Ihr heckt doch was aus?«

»Nöööö. Wir doch nicht«, sagten beide gleichzeitig und lachten noch mehr.

»Ich glaube euch kein Wort«, entgegnete ich, wurde dann aber von einer Frau abgelenkt, die sich vorn an Adele abmühte. Mehr schlecht als recht. Aber das war okay. Wir waren nicht bei *Deutschland sucht den Superstar*. Beim Karaoke ging es einzig und allein darum, Spaß zu haben.

»Da bin ich.« Max stand plötzlich neben uns und legte mir eine Hand auf die Schulter. Alle am Tisch jubelten und Max begrüßte mich mit einem Kuss.

»Sorry, ich dachte echt, ich könnte um acht Feierabend machen. Aber dann sind gefühlt mehrere Reisebusse hier angekommen, und ich konnte die anderen nicht im Stich lassen.«

»Hauptsache, du bist jetzt da«, meinte ich und machte auf der Bank Platz, damit er sich neben mich setzen konnte.

»Genau! Und jetzt feier mit uns!«, rief Mike und goss Guinness aus dem Pitcher in ein Glas, um es dann Max zuzuschieben. »Hier.«

Wir prosteten uns alle zu und tranken. Die Karaoke-Night im Irish Pub war einfach jedes Mal unglaublich lustig, und mit Max würde es jetzt sogar noch besser werden. Immer wieder wurden vorn Lieder angestimmt, die wir laut mitgrölten. Bei irgendeinem Mallorca-Sommerhit schunkelten wir sogar. So weit war es mit unserem Promillestand schon gekommen. Wir waren ziemlich betrunken und feierten jeden, der sich auf die Bühne traute. Nur Fatih und Max waren nüchtern. Fatih trank nie, und Max hatte einfach keine Chance, den Vorsprung, den wir hatten, aufzuholen. Egal wie viel Mühe er sich gab.

»Hey, du«, flüsterte mir Max ins Ohr, was mir eine Gänsehaut verschaffte.

»Ja?« Schon bei diesem einen Wort bemerkte ich, wie schwer es mir fiel, klar und deutlich zu sprechen und nicht zu lallen. Ich schob mein Bier von mir weg und griff nach der Cola, die ebenfalls auf dem Tisch stand.

»Wie lange willst du noch bleiben?«

Ich zuckte mit den Schultern. »Bist du müde?«

»Es geht. Magst du denn danach noch mit zu mir kommen?« Max griff nach meiner Hand auf dem Tisch.

»Hast du etwas Bestimmtes mit mir vor?« Ich versuchte mich an einem verführerischen Gesichtsausdruck. Womöglich war ich aber zu betrunken dafür.

»Alles okay? Du siehst aus, als ob dir übel ist.«

Okay, ich hatte wohl keine Kontrolle mehr über meine Gesichtsmuskulatur.

»Alles okay. Und ich komme gern mit zu dir. Mal sehen, wie lange Mike noch durchhält.« Ein Blick nach rechts zeigte einen gut gelaunten Mike, der gerade Fatih dazu zu bewegen versuchte, mit ihm zu tanzen. Fatih wirkte unbeeindruckt wie immer. Obwohl Mike die ganze Zeit an seinem Arm zerrte.

»Und nun begrüßen wir auf der Bühne Henry, Fatih und das Geburtstagskind Mike.« Die Worte kamen erst spät in meinem Hirn an. Doch als ich sie registrierte, stellte sich sofort Panik ein.

»Was?« Ich sah mich um und entdeckte Jule und Zoya, die vom einen zum anderen Ohr grinsten.

»Woooohoo! Los, kommt schon.« Mike stand bereits auf der Bühne, jubelte laut in das Mikro und winkte uns zu sich. Fatih sah mich mit resignierter Miene an.

»Bro, wir werden wohl nicht drum herumkommen«, waren seine simplen Worte. Ich seufzte und stand auf. Max machte Platz und ließ mich vorbei. Mit vor Aufregung rasendem Herz trottete ich auf die Bühne und Mike nahm mich und Fatih in den Arm.

»Ich hab keine Ahnung, wer uns das eingebrockt hat. Aber ich find's so geil«, meinte Mike strahlend. Ich wusste ganz genau, wer Schuld daran hatte, dass ich mich nun vor diesen ganzen Leuten zum Affen machen würde. Mit meinen Lippen formte ich die Worte »Ich hasse dich« in Zoyas Richtung. Ich erntete einen zugeworfenen Kuss. Na danke.

»Welches Lied wurde denn für uns ausgewählt?«, raunte ich Mike zu.

»Keine Ahnung.«

Und da begannen auch schon die ersten Takte von Beyoncés Song *Single Ladies.*

»O fuck«, rutschte es mir heraus. Natürlich direkt in das Mikrofon vor mir und somit für das ganze Pub gut hörbar. Wir ernteten Gelächter, einige klatschten oder pfiffen. Mike sonnte sich in dieser Aufmerksamkeit und fing direkt mit einem astreinen Tanz an. Wieder sahen Fatih und ich uns an. Gleichzeitig zuckten wir mit den Schultern und gaben uns einen Ruck. Ich weiß nicht, ob es an der guten Stimmung lag, an dem tollen Lied oder am Alkohol in meinem Blut, aber als ich das Mikro in die Hand nahm, legte ich einfach los.

Wir gaben eine Choreografie zum Besten, als hätten wir uns zuvor abgesprochen. Und spätestens beim zweiten Refrain sang das komplette Pub aus voller Kehle mit.

Erst als das Lied zu Ende war, wurde mir klar, wie sehr wir uns gerade zu Deppen gemacht hatten. Alle jubelten, und ich schlug vor Scham die Hände vors Gesicht. Allerdings konnte ich nicht aufhören zu grinsen. Ich war voller Adrenalin und musste mir auch irgendwie eingestehen, dass es Spaß gemacht hatte.

»Ihr wart klasse, Leute. Das war so lustig.« Mike freute sich eindeutig. »Bester Geburtstag aller Zeiten!« Er sprang von der Bühne, lief zu Jule und küsste sie! Ich machte garantiert genauso riesige Augen wie Zoya, die direkt neben Jule saß. Als Jule dann nach einem kurzen Schockmoment die Arme um Mike schlang, jubelten wir.

Was für ein Abend!

Ich lief zu Max und warf mich in seine Arme.

»Du warst überraschend gut.« Er küsste mich. »Hast du überhaupt einmal auf den Text sehen müssen?«

Ich lachte laut auf.

»Das Lied lief bei mir mal eine Zeit lang rauf und runter. Ich kann den Text in- und auswendig.«

»Hat man kaum gemerkt.« Er küsste mich wieder und umarmte mich.

»Ich finde, jetzt können wir nach Hause gehen. Ich hab mich lächerlich gemacht, bin sturzbetrunken und Mike ...« Ich zeigte mit dem Daumen auf das Geburtstagskind hinter mir, das noch immer damit beschäftigt war, wild mit Jule rumzuknutschen. »Dem ist wohl auch egal, ob ich da bin oder nicht.«

»Da hast du wohl recht.« Max lachte. »Lass uns gehen.«

Ich kramte fünfzig Euro aus meinem Geldbeutel und steckte sie Zoya zu, damit sie für mich mitbezahlte. Dann verabschiedeten wir uns, während auf der Bühne gerade die Backstreet Boys gecovert wurden.

»Schade! Ich liebe das Lied«, meinte ich draußen traurig und sang leise und total schräg vor mich hin.

»Ist nicht schlecht. Aber ich stand schon immer mehr auf NSYNC.« Max half mir in meinen Mantel. Ich schlang mir meinen

Schal mehrmals um den Hals und zog mir die Beanie tief in die Stirn. Zum Glück wohnte Max nur ein paar Straßen weiter. Es war eiskalt.

»Seriously? NSYNC? Nicht dein Ernst, oder?«

»Nö.«

»Scherzkeks!«

Wir kicherten, und dann liefen wir los. Wobei Max lief. Ich für meinen Teil torkelte, sang, tanzte und balancierte auf ein paar Steinen, nur um dann gegen ein parkendes Auto zu fallen. Danach war ich doch erleichtert, dass Max da war, um mich zu stützen.

»Sag mal, wie viel hast du denn getrunken?«

Ich zuckte mit den Schultern. »Ich hab, ganz ehrlich, keine Ahnung. *Hick.*« Jetzt hatte ich auch noch einen Schluckauf. »Ständig wurden Pitcher voll Bier nachbestellt, und Mike hat dafür gesorgt, dass kein Glas leer blieb. *Hick!* Er hat einfach immer nachgeschenkt.«

»Das ist ja sehr großzügig. Weiß er, dass du danach eine Gefahr für dich und dein Umfeld bist?« Max schien tatsächlich amüsiert zu sein.

»Ich denke, dass sich Mike darüber bewusst ist. Ich vertrage ja nie viel und bin meistens der Fahrer. Heute habe ich das Auto aber stehen lassen. *Hick!* Ich habe spekuliert, die Nacht bei dir zu verbringen.« Ich grinste Max teuflisch an.

»Was? Das ist ja unerhört! Pass auf.« Max hielt mich fest und bewahrte mich davor, gegen die nächste Straßenlaterne zu knallen.

»Das war knapp.« Ich hakte mich bei ihm ein und würde ihn erst loslassen, wenn ich sicher bei ihm zu Hause war.

»Maaaax!« Ich streifte mir kraftlos die Schuhe von den Füßen und wäre dabei fast umgefallen. Zum Glück konnte ich mich an einer Kommode abstützen. Wir waren gut bei Max angekommen. Nur war ich nun nicht nur betrunken, sondern auch noch todmüde. Als hätte mir die frische und eisig kalte Luft draußen sämtliche Energie entzogen.

»Ich glaube, wir sollten ins Bett.« Max gähnte und stellte seine Schuhe ordentlich in sein Schuhregal.

»Uuuh, du Charmeur!«

»Das meine ich tatsächlich vollkommen ohne Hintergedanken.«

Ich lief zwei Schritte auf ihn zu und fiel quasi in seine Arme.

»Dann bring mich in dein Bett«, nuschelte ich an seinem Hals. Doch schleppte er mich nicht direkt ins Schlafzimmer, sondern zuerst ins Bad. Er setzte mich auf den geschlossenen Toilettendeckel und kramte im Spiegelschrank herum.

»Hier, eine Zahnbürste für dich.« Er reichte mir eine Bambusbürste mit blauen Borsten, auf der sogar bereits Zahnpasta war.

»Du bist so ein guter Kerl. Richtig nett.«

»Wenn du schon bei einer simplen Zahnbürste so reagierst, bin ich gespannt, wie dankbar du morgen für das Frühstück sein wirst.«

»Scher«, spuckte ich mehr, als dass ich es sagte, und wischte mir mit dem Unterarm Zahnpastaschaum vom Kinn.

Schweigend putzten wir uns die Zähne und begaben uns danach in sein Schlafgemach.

Ich riss mir die Klamotten vom Leib und warf sie einfach auf den Boden. Ich war zu müde, um den Schein zu wahren. Henry, der besoffene, unordentliche Chaot war da. Ich ließ mich in Shorts ins Bett fallen. Max löschte das Licht, kuschelte sich an mich und breitete die Decke über uns aus. Ich war zwar betrunken, aber ich wusste, dass ich es selten so gemütlich gehabt hatte.

»Das ist schön«, murmelte ich und seufzte selig.

»Ist es.«

Ich spürte seine Hand, wie er damit hauchzart über meine Seite strich und mir eine mächtige Gänsehaut bescherte.

»Ich bin gern mit dir zusammen«, sagte ich, und als Bestätigung spürte ich einen zärtlichen Kuss in meinem Nacken. Es war dunkel, kuschlig und der Alkohol hatte meine Hemmschwelle komplett weggespült. Mir war gerade nach Reden. »Wenn wir zusammen sind, ist alles toll. Wir sind so ein gutes Team. Findest du nicht auch? Immerhin hast du mich davor bewahrt, auf die Straße zu fallen und gegen ein Schild zu laufen. Das war nett. Und ich biete dir ja eindeutig auch richtig viel. Zum Beispiel bin ich gerade eine super Wärmflasche für dich. Und mein Schluckauf ist verschwunden … ist mir gerade aufgefallen.«

Max kuschelte sich noch enger an mich. Ich rechnete, ehrlich gesagt, kaum mehr mit einer Antwort von ihm. Seine Atmung war so leise und ruhig, dass ich der festen Überzeugung war, dass er bereits schlief.

»Meinst du, du wirst dich morgen noch daran erinnern?«, fragte er plötzlich, und ich musste lachen.

»Ich denke schon. Warum? Willst du mir peinliche Dinge gestehen?«

»So was in der Art. Weißt du, was mein Problem ist?«

»Was denn?«, fragte ich flüsternd.

»Mein Problem ist das Alleinsein. Du hast echt ein Talent dafür, mich abzulenken. Wenn wir zusammen sind, finde ich mich fast okay. Wenn du nicht da bist, fallen alle düsteren Gedanken über mich her. Wie grausame Monster, die nur darauf warten, dass ich allein und schutzlos bin. Dann denke ich oft, dass ich das alles nicht verdient habe, und ein dummer Teil von mir will dann genau das alles kaputt machen. Das wirft mich immer komplett zurück und verunsichert mich. Ich habe Angst, dir Versprechungen zu geben oder zu viel Hoffnung zu machen. Ich habe Angst, dich zu verletzen, und manchmal denke ich, dass ein Ende unausweichlich ist. Dass mir nichts Gutes vergönnt ist. Ich rede nicht gern darüber. Und vor allem will ich dir keine Angst machen.«

»Manchmal ist es beängstigender, wenn du nichts sagst. Dann male ich mir schlimme Dinge aus. Das mit den düsteren Gedanken kenne ich nämlich auch verdammt gut.«

Max küsste mich auf die Schulter und auf den Hals.

»Das tut mir leid.«

Ich griff nach seiner Hand, die auf meinem Bauch lag, und hielt sie fest. »Ich habe dir doch mal erzählt, dass Quallen und ich eines gemeinsam haben. Wir lassen uns treiben, schwimmen selten gegen den Strom.« Ich spürte sein Nicken gegen meinen Hinterkopf. »Aber genau das ist es. *Selten.* Neueste Studien zeigen, dass Quallen sich tatsächlich meist treiben lassen, aber eben manchmal auch gegen den Strom schwimmen. Man weiß nicht genau, wann und warum. Aber sie tun es. Wenn sie es nicht tun würden, wären sie womöglich alle über kurz oder lang nur Glibber am Strand. Was ich damit sagen will … selbst Quallen können aktiv etwas tun, um ihr Leben … keine Ahnung … zu verändern, zu verbessern. Sie sind nicht an ihr Schicksal gebunden.«

»Ich glaube, ich weiß, auf was du hinauswillst.«

»Gut, denn ich verliere, glaube ich, gerade den Faden.« Ich lachte kurz in mich hinein.

»Sammle dich noch mal. Ich möchte es gern hören.«

»Ich will eigentlich nur sagen, dass es sich lohnt, gegen den Strom zu schwimmen. Für sein Glück zu kämpfen. Und ich bin mir sicher, dass es sich lohnt, wenn wir um uns kämpfen.«

Gerade als ich das Gefühl hatte, dass die Atmosphäre zu bedrückend war, und ich krampfhaft nach Worten suchte, um das Gesagte abzumindern oder aufzulockern, spürte ich, wie etwas auf uns sprang und auf meinem Hintern landete. Ich zuckte zusammen und mir entwich ein peinlicher Laut.

»Was zur Hölle?«

Da miaute mir auch schon Bagheera, der Kater, ins Ohr.

»Bagheera!« Max nahm seinen Kater in den Arm. »Sonst kommt er schneller zu mir ins Bett, aber anscheinend hatte er erst Bedenken wegen dir und hat die Lage abgecheckt.«

Ich drehte mich zu den beiden um und kraulte Bagheera am Kinn.

»Und jetzt hat er mich als harmlos eingeschätzt?«

»Ich hab keine Ahnung. Vielleicht will er einfach geschmust werden und testet nun, ob das auch in deiner Anwesenheit geht.«

»Dann sollte ich ihm mal beweisen, dass ich in Sachen Schmusen ein echter Profi bin.« Ich streichelte Bagheera hinter den Ohren und schloss dann wieder die Lider. »Lange werde ich aber nicht aushalten, ich kann die Augen kaum mehr offen halten.« Ich gähnte und kuschelte mich ins Kissen.

»Schlaf gut, Süßer«, flüsterte Max neben mir.

»Ihr zwei auch.«

Und dann schlief ich ein. Immer noch mit dem weichen Fell von Bagheera zwischen den Fingern.

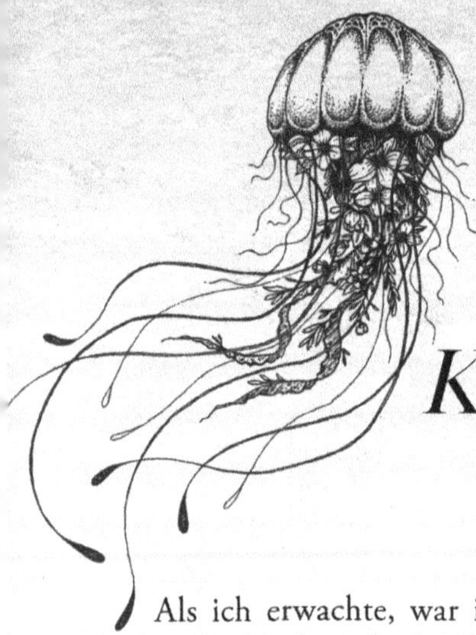

Kapitel 25

Als ich erwachte, war ich allein. Ich hatte in den letzten Tagen immer mal wieder bei Max übernachtet. Das hatte sich einfach so eingespielt. So sahen wir uns an den Abenden, an denen er lange arbeiten musste, wenigstens noch kurz und konnten gemeinsame Zeit im Bett und am nächsten Morgen verbringen. Oftmals verwöhnte Max mich mit einem tollen Frühstück, und ich wurde nicht selten durch den Duft von frischem Kaffee oder gebratenem Speck geweckt. Er gab sich richtig Mühe. Als ich auch jetzt meinen knurrenden Magen spürte, und vor allem hörte, war meine Hoffnung, dass das auch heute so war. Vielleicht war Max ja bereits in der Küche oder beim Bäcker? Zumindest schien er nicht duschen zu sein, dann würde ich das Rauschen des Wassers hören. Ich streckte mich ausgiebig und entschloss mich beim Blick auf die Uhr, einfach liegen zu bleiben und mich noch mal umzudrehen. Ich wollte das gemütliche Bett ein bisschen länger genießen, immerhin hatte ich es nicht oft für mich allein. Meistens nahm Bagheera einen großen Teil ein.

Ich mochte es, bei Max zu schlafen. Seine Wohnung war – im Gegensatz zu meinem Zimmer daheim – immer sauber und aufgeräumt. Das Bett war riesig und ich fühlte mich hier pudelwohl. Nicht zuletzt, weil seine Laken so wunderbar dufteten. Nach Weichspüler und ein wenig auch nach ihm. Eine perfekte Kombination.

Ich hörte leise Schritte, und dann senkte sich auch schon die Matratze auf einer Seite.

»Guten Morgen«, raunte Max mit seiner dunklen Stimme, und daraufhin spürte ich einen Kuss auf der Nase und einen auf dem Mund. »Bist du schon wach?«

Ich nickte und streckte mich noch mal. »Aber noch müde.«

»Du musst erst später in die Uni, oder? Ich bereite das Frühstück vor, der Kaffee läuft schon durch. Du hast doch nichts gegen Rührei?«

»Ich habe definitiv nichts gegen Rührei. Und Uni ist irgendwann später.« Ich winkte ab und schlang dann die Hände um seinen Nacken, um ihn zu mir herunterziehen. Max lachte gegen meinen Mund und hauchte viele kleine Küsse auf ihn.

»Ich sollte echt wieder an den Herd gehen, sonst gibt's nur Briketts zu essen. Oder ich mache den Herd aus und schlüpfe noch mal zu dir unter die Decke. Du entscheidest.«

»Das ist gemein. Jetzt muss ich der Vernünftige sein. Die Rolle steht mir gar nicht gut.«

»Alsooooo?« Max küsste sich meinen Hals entlang, was mich beinahe dazu brachte, all meine Pläne für den Tag zu vergessen.

»Ich glaube, das wäre unvernünftig. Ich muss später echt noch in die Uni.«

»Dann kümmere ich mich weiter um das Frühstück. In zehn Minuten am Esstisch?«

Ich nickte, ließ ihn aber nur zögerlich gehen und sah ihm nach, bis der süße Po, der von einer gut sitzenden Jogginghose bedeckt war, das Schlafzimmer verlassen hatte. Ich grinste in mich hinein und machte es mir doch noch mal gemütlich. Immerhin hatte ich zehn ganze Minuten. Ich hätte es definitiv schlimmer treffen können. Gestern Abend einen Blowjob, heute Morgen Frühstück und immer mal wieder dazwischen viele liebe Worte und Zärtlichkeiten. Hach ja. So könnte es für immer bleiben.

»Scheiße!« Ich hörte ihn schreien und dachte für einen kurzen Moment, dass er sich womöglich einen Finger verbrannt hatte oder das Rührei an der Pfanne festgebacken war. »Nein, nein, nein!«

Das klang nun aber schon recht panisch. Ich setzte mich auf.

»Max, alles okay?«

Schweigen. Dann ein markerschütternder Schrei. Ich sprang auf und wäre auf meinen Socken fast ausgerutscht. Gerade noch so schaffte ich es unfallfrei aus dem Schlafzimmer und fand mich wenige Sekunde später in der Küche wieder.

»Was … was ist mit ihm?«, fragte Max mit zitternder Stimme. Er kniete auf dem Boden vor Bagheera, dessen Körper sah seltsam aus und er hatte alle Pfoten von sich gestreckt. »Das war ganz plötzlich. Er hat sich komisch verhalten und dann ist er einfach umgekippt und hat angefangen zu zucken.«

Ich kniete mich neben Max und beobachtete den Kater, der irgendwie abwesend wirkte.

»O Gott nein, o Gott nein, o Gott nein.« Wie ein Mantra wiederholte Max dieselben Worte immer und immer wieder und raufte sich dabei die Haare.

»Hat er etwa gepinkelt?« Meine Frage schien Max noch mehr in Panik zu versetzen.

»Wenn Bagheera stirbt, überleb ich das nicht. Ich überleb das nicht!«, sagte er mit bebender Stimme. Hektisch zog er Luft in seine Lunge und hatte die Augen weit aufgerissen.

»Hey.« Ich packte ihn bei den Schultern und schüttelte ihn. »Du musst dich jetzt zusammenreißen. Wir müssen zum Tierarzt.« Mein Herz raste vor Aufregung garantiert genauso sehr wie seins, und ich hatte wirklich Angst um Bagheera. Aber auch um Max. Er schien unter Schock zu stehen und ihn trennte, glaube ich, nur noch wenig von einer waschechten Panikattacke. Wahrscheinlich war ich im Gegensatz zu ihm gerade noch in der Lage, einen klaren Gedanken zu fassen.

»Ja!« Max wollte Bagheera hochheben, wenige Zentimeter vor ihm stoppten seine Finger. Er schien Angst davor zu haben, ihn zu berühren. Ich lief daraufhin kurzerhand ins Bad und schnappte mir ein Handtuch. Als ich zurückkam, breitete ich das Tuch neben dem Kater auf dem Boden aus, bettete Bagheera vorsichtig darauf und nahm ihn dann auf den Arm.

»Los! Zieh dir Schuhe an, schnapp dir deinen Autoschlüssel. Wo steht dein Auto?« Ich hatte das Gefühl, dass ich ihm gleich noch beim Schuhebinden helfen musste. »Los!«

Im Flur schlüpfte ich schnell in meine Sneakers und beobachtete Max dabei, wie auch er seine Turnschuhe anzog. Dann schnappte er sich sämtliche Schlüssel, die auf der Kommode lagen, und verließ mit mir die Wohnung. Bagheera in meinen Armen war derweil noch immer ganz ruhig. Aber er atmete, und das beruhigte mich etwas. Allerdings wollte ich mir gerade auch nicht allzu viel Gedanken machen. Ich musste nun einfach funktionieren. Für Max!

»Max? Wo steht dein Auto?«, rief ich laut genug, um ihn aus seiner Trance zu reißen.

»Ähm. Draußen.«

Ach! Dass die Karre nicht im Kleiderschrank geparkt war, hatte ich mir fast gedacht.

»Okay, raus jetzt. Halte mir die Tür auf.«

Er hörte auf mich, und zum Glück schien ihm auch eingefallen zu sein, dass sein Auto in einer Seitenstraße stand.

»Setz dich auf den Beifahrersitz«, sagte ich zu Max, und sobald er angeschnallt war, legte ich ihm den schwarzen Kater vorsichtig auf den Schoß und nahm dafür den Autoschlüssel an mich. Ich hörte ein Wimmern und war mir nicht sicher, ob es der Kater oder Max gewesen war. Aber ich hatte jetzt auch keine Zeit und keinen Nerv, weiter darüber nachzudenken. Ich knallte die Beifahrertür zu und lief einmal um den Wagen herum. Als ich saß und angeschnallt war, kontrollierte ich in Windeseile die Spiegel und schob den Sitz ein paar Zentimeter nach vorn.

»Wie heißt euer Tierarzt?«

»Frau Dr. Bicking«, wisperte Max kaum hörbar neben mir.

Ich googelte die Arztpraxis mit dem Handy und schaltete das Navi an.

Die gesamte Fahrt über war Max furchtbar still. Bis auf seine Atmung, die immer noch viel zu schnell ging. Beunruhigender war allerdings, dass Bagheera sich nicht bewegte und keinen Ton von sich gab. Max hing so sehr an ihm. Viel mehr sogar noch, als ich für möglich gehalten hätte. Er war jetzt schon komplett fertig mit den Nerven.

»Ich hab so Angst«, flüsterte er. Dann schluchzte er auf und es zerbrach mir das Herz.

»Alles wird gut. Ganz bestimmt.«

»Ich schaff das nicht«, sagte er neben mir, und ich tastete in dem Moment nach seiner Hand und hielt sie ganz fest.

»Ich bin da.«

Er nickte, blieb aber ansonsten wieder still. Ich bog um die nächste Ecke und sah bereits das Schild der Tierarztpraxis. Natürlich war weit und breit keine Spur von einem Parkplatz zu sehen. War ja klar. Also hielt ich kurzerhand mit Warnblinker direkt vor dem Eingang der Praxis.

»Steig schon mal aus und geh mit Bagheera rein. Ich parke und komme so schnell ich kann nach. Ja?«

Max blickte auf das schwarze Fellknäuel in seinem Schoß, bewegte sich aber nicht.

»Max!«

Er zuckte zusammen, als hätte er mich jetzt erst gehört. Ich schnallte ihn ab. »Steig aus, geh mit Bagheera rein. Sag, dass es dringend ist. Ich parke den Wagen und bin dann gleich wieder bei dir, okay?«

Max sah sich um und nickte. Er hielt Bagheera vorsichtig in seinen Armen, als er ausstieg. Er war so neben der Spur, dass er nicht mal die Tür schloss. Ich atmete einmal durch, bevor ich mich abschnallte, um das Auto rannte, die Tür zuwarf, wieder zurücklief und hinter das Lenkrad stieg. Dann fuhr ich die Straße gefühlt ein Dutzend Mal hoch und runter. Ich sah in jede verdammte Seitenstraße, aber es war einfach kein Parkplatz frei. Zumindest keiner, der groß genug war, dass ich mir das Einparken zutraute. Zum Glück entdeckte ich ein paar Straßen weiter einen Supermarkt. Kurz entschlossen parkte ich dort, obwohl das eigentlich nur der Kundschaft vorbehalten war. Aber das war mir jetzt komplett egal. Immerhin hatte ich schlicht keine Wahl. Ich schloss das Auto ab und rannte zurück zur Praxis. Die ganze Zeit hatte ich mich bemüht, nicht zu sehr an Max zu denken. Sein Gesichtsausdruck hatte mich geängstigt, und es war mir nicht recht gewesen, ihn allein in die Tierarztpraxis zu schicken. Ich wollte ihn gerade jetzt in dieser Situation unterstützen und für ihn da sein. Genau jetzt brauchte er mich. Wahrscheinlich mehr als je zuvor, und genau jetzt konnte ich nicht bei ihm sein. Und das nur, weil in diesem

Viertel ganz offensichtlich ein Gymnasium war und anscheinend jeder mit Vollendung des achtzehnten Lebensjahres von Daddy ein Auto geschenkt bekommen hatte. Was war nur mit dem guten alten Schulbus? Dachte denn niemand hier an die Umwelt? Das ärgerte mich alles ungemein. Was gut war, denn dieses Hassgefühl war angenehmer als die Angst. Ich stieß die Tür der Tierarztpraxis auf und stand direkt vor einem Tresen, hinter dem eine blonde Frau saß.

»Mein Freund kam gerade hier rein. Mit einem schwarzen Kater. Wo ist er?«

Sie sah mich freundlich an und nickte. »Nehmen Sie bitte kurz hier Platz.« Dabei zeigte sie auf das Nebenzimmer, wo ich einige leere Stühle erblickte, aber auch einen Hund inklusive Herrchen sowie einen Vogelkäfig.

»Ich wäre aber wirklich, *wirklich* gern bei ihm. Ich kann mich jetzt nicht hinsetzen.«

Sie nickte verständnisvoll. »Warten Sie einen Moment, ich sehe kurz …« Sie kam nicht dazu, den Satz zu beenden, da hörte ich Max, der gerade mit einer Ärztin aus dem Behandlungszimmer trat. Seine Augen waren gerötet. Aber ansonsten wirkte er gefasst. Er trug Bagheera noch immer in seinen Armen. Mitsamt dem Handtuch.

»Danke, Frau Dr. Bicking, dass sie uns so schnell geholfen haben. Obwohl wir ohne Termin hierhergekommen sind.«

Die Ärztin legte Max die Hand auf die Schulter.

»Kein Problem. Kommen Sie mit Bagheera in einer Woche noch mal zur Kontrolle. Sollte etwas sein, kommen Sie natürlich sofort vorbei.«

Max nickte. Dann fiel sein Blick auf mich und ich sah ein zaghaftes Lächeln, das mich beruhigte. Er lächelte. Solange Max lächelte, würde alles irgendwie gut werden.

Kapitel 26

Max – 6 Jahre zuvor

»Ist das nicht wunderschön?« Mama stand am Fenster. Sie hatte die Vorhänge zur Seite geschoben und blickte hinaus in die dunkle Nacht.

»Sag bloß, es schneit noch immer?«, fragte Paps, und nun kamen wir alle ans Fenster. Tatsache. Ein Haufen weiße Flocken schwebten wie kleine Wolken zu Boden.

»Das bleibt ja sogar liegen«, stellte ich staunend fest. Zumindest auf den Autodächern und hauchdünn wie Puderzucker auf dem Gehweg vor unserem Haus.

»Ja, wenn das so weitergeht, haben wir tatsächlich weiße Weihnachten. Einen verschneiten Heiligabend haben wir ja schon.«

»So schön«, flüsterte es ehrfürchtig neben mir. Und sie hatte recht.

»Sollen wir jetzt den ganzen Tag am Fester stehen und rausglotzen? Will hier niemand mehr ein paar Geschenke auspacken?« Paps hatte einen wunden Punkt bei uns getroffen. Natürlich wollten wir Geschenke auspacken. Also begaben wir uns alle wieder zurück und ich setzte mich neben den Weihnachtsbaum auf den Boden. Mama zückte sofort den Fotoapparat, ein wirklich prähistorisches Teil, und machte ein Foto von mir.

»Muss das sein?«, motzte ich.

»Ja! Weil du gerade so hübsch neben unserem hübschen Weihnachtsbaum aussahst. Das musste ich für die Nachwelt festhalten.«

»Der ist dieses Jahr wirklich besonders toll!«, sagte Paps anerkennend und nippte an seiner heißen Schokolade, auf der sich eine riesige Sahnehaube befand. So riesig sogar, dass ein großer Kleks an seiner Nasenspitze kleben blieb.

»Der Baum oder ich?«, hakte ich nach und lachte.

»Na ja … du bist auch ganz okay. Aber der Baum ist in diesem Jahr echt 'ne Schönheit.« Paps lachte.

»Hast du gut ausgesucht«, lobte Mama ihren Mann, wischte die Sahne von seiner Nase und gab ihm einen Kuss.

»Hast du gut geschmückt«, entgegnete er und küsste sie zurück. Ich machte Würgegeräusche und erntete Gelächter von meiner Schwester. Meine Eltern hingegen rollten beide mit den Augen.

»Wer fängt an?«, fragte Paps in die Runde, und da sich niemand rührte, stand ich seufzend auf und reichte meiner Mama eine kleine Schachtel.

»Danke, mein Schatz.« Sie küsste mich auf die Wange. An Weihnachten wurde bei uns wirklich fast schon unerträglich viel geküsst. Aber das war um Längen besser als das Weihnachtsfest von meinem Kumpel Kai. Da hatten sich die Eltern vergangenes Jahr scheiden lassen. Jetzt feierten sie getrennt, und er musste sich entscheiden, wann er wo sein wollte. Außerdem sah er seinen Hund nur noch alle zwei Wochen. Das machte ihn unglaublich traurig. Dann doch lieber die Küsse und eine intakte Familie. Auch wenn es mich manchmal nervte.

Mama packte das Päckchen aus und nickte anerkennend.

»Selbst verpackt?«

»Nein«, sagte ich. Das hatte zum Glück eine ältere Dame in dem Laden für Backzubehör übernommen.

»Oh, wie schön!« Mama packte einen Keksstempel mit der Inschrift *HOMEMADE BY MUM* aus und eine pinke Muffin-Transportbox.

»Auf die Transportbox ist dein Name graviert. Dann wird die auch nicht mehr auf irgendeiner Feier geklaut.«

»Als ob ich zulassen würde, dass mir jemand die hier klaut. Danke! Ich liebe Pink!«

»Ich weiß.«

Sie umarmte mich und ich schloss kurz die Augen. Ich war eigentlich zu alt und zu cool für Umarmungen von ihr. Aber zur Weihnachtszeit entwickelte ich mich zu Olaf, dem Schneemann aus

Die Eiskönigin. Ich hatte zwar weder eine Prinzessin noch ein Rentier als Freund, aber liebte dafür plötzlich Umarmungen.

»Okay!« Paps erhob sich aus seinem Sessel. »Dann bekommst du auch gleich unser Geschenk. Also, von uns allen zusammen.« Dann verließ er den Raum.

»Okay …« Keine Ahnung, was ich erwarten sollte. War es so groß, dass es nicht unter den Baum gepasst hätte? Ein Auto? Ich wurde plötzlich ganz hibbelig. Nein, sie würden mir kein Auto schenken. Das glaubte ich nicht. Klar, ich wünschte mir eins. Aber ich hatte diesen Wunsch nie geäußert, weil es einfach total abwegig und utopisch war. Fast schämte ich mich für meine Gedanken, als Paps mit einer Schachtel zurückkam. Sie war braun, ganz simpel und beherbergte definitiv kein Auto. Dafür zierte sie aber eine große rote Schleife.

»Ich hatte mir doch gar nichts gewünscht«, sagte ich und nahm das Päckchen entgegen.

»Ja«, seufzte meine Mama. »Das ist bei dir immer das Problem. Zum Glück kennen wir dich ja recht gut und sogar schon ein paar Jährchen.« Sie zwinkerte mir zu.

Ich grinste sie an und war dann plötzlich irritiert. »Habt ihr das gehört?«

»Was denn?« Meine Familie verkniff sich das Lachen, und es war ganz eindeutig, dass sie unter einer Decke steckten und ich mir das nicht eingebildet hatte.

»Was geht hier vor?« Wieder das Geräusch. Ein Schaben oder Kratzen. Ich sah mich um.

»Mensch, Max! Öffne endlich das Paket, bevor es zu spät ist«, beschwerte sich meine Schwester ungeduldig.

»Was?« Ich sah das Päckchen entsetzt an und hob dann den Deckel an. Ich sah hinein und entdeckte eine winzig kleine schwarze Katze.

»O mein Gott!« Ich konnte es nicht fassen. »Für mich?«

Meine Mama lächelte. »Ich habe mich daran erinnert, dass du doch unbedingt ein kuscheliges Haustier wolltest. Mittlerweile bin ich mir sicher, dass du in der Lage bist, für ihn zu sorgen. Ach ja, es ist ein Er. Und er hat noch keinen Namen.«

Ich nahm den kleinen Kater aus dem Karton und sah ihn mir genau an. Wie konnte ein Lebewesen nur so süß sein? Ich legte ihn in meinen Schoß und er kuschelte sich direkt gegen meinen Arm.

»Bagheera!«

»Was?«, fragte Mama.

»Bagheera. Wie der schwarze Panther aus dem *Dschungelbuch*. Der Name ist mir direkt bei seinem Anblick eingefallen. Passend, oder?«

»Ja, sehr.«

»Ich weiß gar nicht, was ich sagen soll.« Ich hatte einen kleinen süßen Kater. Und ich hatte mich auf den ersten Blick in ihn verliebt.

»Danke!«, brachte ich dann doch noch heraus. Aber das Wort kam mir so mickrig vor. So unbedeutend, wenn man bedachte, dass mir meine grandiose Familie gerade einen Herzenswunsch erfüllt hatte. Ich war wirklich der glücklichste Kerl auf diesem Planeten.

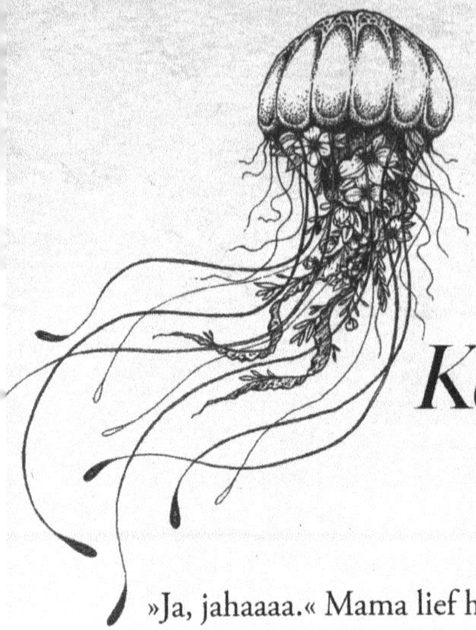

Kapitel 27

»Ja, jahaaaa.« Mama lief hektisch den Flur entlang und bog Richtung Küche ab. Das Handy hatte sie zwischen Schulter und Ohr geklemmt, als sie den Salat in der Schüssel mit dem Dressing vermengte. Dann nahm sie sich ein Salatblatt heraus und probierte. Sie nickte sich selbst anerkennend zu und lief wieder zurück zum Esstisch.

»Wer ist denn am Telefon?«, fragte ich meinen Papa.

»Deine Oma. Wir wollen doch zwischen den Jahren zu ihr fahren, und irgendwas scheint ihr dabei nicht zu passen.«

»Oma eben. Irgendwas ist immer.«

Ich liebte meine Oma sehr. Sie war ein Original. Aber eben auch nur am Nörgeln. Das hatte im Übrigen nichts mit dem Alter zu tun. Mama schwor Stein und Bein, dass sie schon immer so gewesen sei. Sie kam zurück und seufzte laut. Natürlich nicht, ohne den Hörer mit der flachen Hand abzudecken. Sie rollte mit den Augen und lief an mir vorbei.

»Nein, ich weiß nicht, ob Henry mitkommt. Er ist alt genug und kann selbst entscheiden, wie er seine Ferien verbringen will … nein … was? Warte, ich geb ihn dir.«

Ich winkte hektisch ab. Ich wollte nicht. Warum tat sie mir das an?

»Ja, da ist er. Ah, er freut sich schon.« Daraufhin hielt sie mir den Hörer entgegen.

»Mach schon«, formten ihre Lippen stumm. Ich legte einen wütenden Gesichtsausdruck auf und riss ihr das Handy aus der Hand.

»Hey, Oma. Alles gut bei dir?«

»Warum willst du mich nicht besuchen kommen?« Nicht mal ein Hallo. Na, danke schön.

»Ich will dich doch gar nicht *nicht* besuchen kommen. Ich hab nur …« Ich seufzte. Wie sollte ich ihr das bitte schön erklären?

»Was denn, Henry? Du kannst es mir doch sagen.«

»Ich hab einen festen Freund. Es ist noch ganz frisch, und irgendwie freue ich mich einfach darauf, die freie Zeit mit ihm zu verbringen. Vor allem, weil es im Moment mal wieder seltsam mit ihm ist.«

»Warum seltsam? Behandelt er dich nicht gut? Muss ich mit ihm reden?«

Ich lachte auf. »Ach Oma, vielleicht würde ihn das ja mal aufrütteln. Er behandelt mich nicht schlecht. Nur damit du es weißt und nicht beunruhigt bist. Aber er meldet sich momentan mal wieder einfach nicht bei mir. Und wenn, dann ist er nur ganz kurz angebunden.«

»Und warum ist das so?«

»Ich bin mir nicht sicher. Bei seinem Kater wurde Epilepsie diagnostiziert. Eigentlich dachte ich, dass sie das einigermaßen unter Kontrolle haben. Aber vielleicht nimmt es ihn eben doch mehr mit, als ich dachte. Das Problem, dass er einfach nicht mit mir reden will, gibt es schon, seit wir zusammen sind.«

»Dabei ist Kommunikation doch das Wichtigste in einer Beziehung.«

Ich seufzte. »Das wurde mir in letzter Zeit auch klar. Na ja, jetzt weißt du auf jeden Fall, warum ich lieber hierbleiben würde. Ich habe Hoffnung, dass wir das hinbekommen. Vor allem, wenn der ganze Feiertagsstress vorbei ist.«

»Aber du darfst nicht vergessen, dass ich dich vermisse. Wann sehen wir uns denn?«

Kurz überlegte ich. »Ich könnte ja mal ein verlängertes Wochenende zu dir fahren. Wie findest du das?«

»Klingt sehr, sehr gut. Und wenn ihr alles geregelt habt, dann bring doch deinen Freund mit. Wie heißt er eigentlich?«

»Max.«

»Ein schöner Name. Ich kannte auch mal einen Maximilian.«

Da fiel mir ein, dass ich nicht mal wusste, ob Max nur ein Spitzname oder sein richtiger Name war. Ich wusste so verdammt wenig von ihm. Hatte er noch eine Oma? War er ein Einzelkind? Warum hatte er so viele Probleme mit sich selbst, und warum wollte er mir nichts davon erzählen?

»Ja also, Oma, frohe Weihnachten, und ich komme dich auf jeden Fall so schnell es geht besuchen, okay?«

»Okay, Henry. Habt ein schönes Fest.«

Ich legte auf und lief in die Küche zu Mama.

»Hier, dein Handy. Muss das sein, dass du es mir jedes Mal in die Hand drückst, wenn du keine Lust mehr hast, mit Oma zu telefonieren?«

»Anders werde ich sie nicht los«, antwortete sie resigniert und schnitt den Braten in Scheiben.

»Kann ich noch was helfen?«

»War klar, dass du fragst, wenn alles fertig ist.«

Ich rollte mit den Augen und sie knuffte mich in die Seite. »Hier.« Sie zeigte auf eine Schüssel. »Trag den Kartoffelbrei schon mal ins Esszimmer, und dann kannst du noch Getränke aus dem Keller holen.«

»Mach ich doch gern, liebste Mama.« Ich warf ihr ein Luftküsschen zu und sie daraufhin ein Stück Kartoffelschale nach mir. Lachend brachte ich die Schüssel zum Esstisch und ging dann in den Keller. An Weihnachten sollte ich zumindest mal brav sein und auf meine Mama hören.

»Nof mea Katfflbrei!«

»Lissy, kauen, schlucken, dann sprechen!«

Lissy kaute daraufhin übertrieben und wackelte dabei mit dem ganzen Körper.

»Darf ich noch mehr Kartoffelbrei?«

»Haben«, ergänzte Mama. »Und irgendwann hatten wir dir auch mal das Wörtchen *bitte* beigebracht, oder?«

Obwohl Lissy nur frech grinste, häufte Mama ihr einen großen Löffel Kartoffelbrei auf den Teller.

»Magst du dein Fleisch nicht?«, fragte ich meine Schwester, und sie schüttelte den Kopf.

»Das schmeckt nicht!«

Ich nahm ihren Teller und schippte ihren Braten auf meinen. »Mehr für mich.«

»Also alles beim Alten, egal ob ein Feiertag ist oder nicht.« Mein Papa lachte und nahm einen großen Bissen Braten.

»Eigentlich ist ja erst morgen ein Feiertag«, sagte ich. »An Heiligabend müssen tatsächlich viele Leute normal arbeiten. Es gibt übrigens unglaublich viele interessante Heiligabend-Traditionen. In Ungarn wird traditionell eine Karpfen-Fischsuppe gegessen. Und auch in Tschechien spielt ein Karpfen eine wichtige Rolle. Den kauft man ein paar Tage vorher lebendig, und dann lebt der bis Heiligabend in der Wanne. Quasi als temporäres Haustier, bevor er dann von allen verspeist wird. Da ist uns der Braten hier lieber, oder, Lissy?«

Lissy nickte frenetisch.

»Aber am lustigsten finde ich, dass man in Schweden Heiligabend damit beginnt, eine Disneysendung mit Donald Duck anzusehen. Tatsache! Das ist dort Tradition. Erst danach wird gegessen.«

»Woher weißt du das alles denn schon wieder?«, fragte Papa amüsiert.

»Da gab's die Tage eine Dokumentation.« Ich zuckte mit den Schultern und aß dann weiter von dem Braten, der mir im Gegensatz zu Lissy echt super schmeckte.

»Mama, darf ich ein paar Reste einpacken und Max bringen? Er meinte, dass er Weihnachten nicht wirklich feiert, und na ja ... wir haben doch eh so viel, oder?«

»Kein Problem. Mach das ruhig. Wir werden trotzdem morgen noch genug für unser traditionelles Restefuttern haben. Gab's dazu auch was in der Dokumentation? Restefuttern als Tradition?«

Ich schüttelte mit vollem Mund den Kopf und spürte in dem Moment, dass mein Handy in der Hosentasche vibrierte. Ein Blick auf das Display verriet, dass es Max war. Damit hatte ich gar nicht gerechnet. Immerhin hatte er sich die letzten Tage wieder nur sehr sporadisch gemeldet.

»Hi, Max!« Auf der anderen Seite der Leitung war es ziemlich still. Dann ein Seufzen.

»Hey, ich wollte dir nur frohe Weihnachten wünschen.« Seine Stimme war sehr leise und ungewöhnlich kratzig.

»Max? Alles okay bei dir? Geht es Bagheera gut?«

Wieder Stille.

»Max?«

»Ja. Okay«, war seine kurze Antwort.

»Ich komme vorbei!« Schon stand ich auf und lief in den Flur, um meine Schuhe anzuziehen.

»Das muss nicht sein. Feiere Weihnachten mit deiner Familie.«

»Jaja, das kann ich danach immer noch tun.« Ich hatte jetzt keine Lust zu diskutieren. Ich spürte, dass etwas nicht stimmte, und die Ungewissheit wäre für mich viel schlimmer, als ihm einfach einen Besuch abzustatten.

»Henry, du musst nicht …«

»Ich weiß, dass ich nicht muss. Bin aber trotzdem fast schon bei dir. Also bis gleich.« Damit legte ich auf.

»Hier!« Papa war mir in den Flur gefolgt und reichte mir eine Tupperbox. »Ich hab schnell was eingepackt.«

»Danke. Ich weiß nicht, wie lange …«

»Mach dir keine Gedanken. Wir bescheren notfalls einfach morgen früh. So machen es doch die Amerikaner, oder?«

Ich nickte und umarmte Papa. Zum Glück waren meine Eltern so verständnisvoll. Ich zog meinen Mantel, Beanie und den Schal an, und gerade als ich das Haus verlassen wollte, hielt Papa mich noch mal auf.

»Henry?«

»Ja?«

»Pass auf dich auf, okay?«

Wieder nickte ich einfach nur. Ich hatte ja keine Ahnung, was mich erwarten würde. Eigentlich hoffte ich, dass ich keinen Grund haben würde, auf mich aufpassen zu müssen.

Ich fuhr zu Max' Wohnung und hatte die ganze Zeit ein komisches Gefühl in der Magengegend. Ich war eindeutig aufgeregt. Max hatte nicht gut geklungen, und ich wusste nicht, was mit ihm los war.

Handelte es sich um eine simple Erkältung, oder war es doch etwas anderes? Ich parkte und griff nach der Tupperdose auf dem Beifahrersitz. Als ich ausstieg, fiel mir auf, dass es eisig kalt war. Hoffentlich würde ich später nicht mein Auto freikratzen müssen. Ich hatte sogar das Gefühl, dass es schon ein wenig nach Schnee roch.

Als ich vor dem Haus mit den hässlichen Graffitis stand, war ich noch aufgeregter als zuvor im Auto. Trotzdem gab ich mir einen Ruck und klingelte. Lange tat sich gar nichts und ich hüpfte ruhelos von einem Bein auf das andere. Nach einigen Augenblicken klingelte ich ein weiteres Mal, und dann summte endlich der Türöffner. Ich stemmte mich gegen das große schwere Tor und stieg die paar Treppenstufen zu seiner Wohnung hoch. Die Tür war nur angelehnt, also öffnete ich sie zaghaft und betrat die Wohnung.

Alles war dunkel und es roch so, als wäre schon tagelang nicht mehr gelüftet worden.

»Max?«, fragte ich in die Wohnung hinein. Aber ich konnte keine Antwort hören. Langsam und etwas ängstlich lief ich weiter den Flur entlang und warf einen Blick in die Küche. Zahlreiche Flaschen standen auf dem Tisch und der Anrichte. Einige Bierflaschen, aber auch Hochprozentiges. Dann sah ich ins Wohnzimmer und dort war Max. Er saß zusammengesunken auf dem Boden. Auch hier war alles dunkel, und ich hätte am liebsten das Licht eingeschaltet und alle Fenster aufgerissen, aber es gab wahrscheinlich Gründe, warum Max lieber im Dunkeln sitzen wollte. Ich stellte die Box mit dem Weihnachtsessen auf dem Wohnzimmertisch ab, ging dann zu ihm und setzte mich neben ihn auf den Teppich. Erst nach einigen sehr stillen Sekunden ergriff Max das Wort.

»Sorry.« Seine Stimme war genau wie zuvor am Telefon. Leise und kratzig. Ich wusste nicht so recht, für was er sich entschuldigte. Wahrscheinlich einfach für alles hier.

»Kann ich irgendwas tun?«, fragte ich und fühlte mich gerade ziemlich hilflos. Max hatte die Knie angezogen und den Kopf gesenkt zwischen den Armen versteckt. Ich hatte ihm noch nicht einmal seit meiner Ankunft ins Gesicht sehen können.

»Danke, dass du gekommen bist.«

»Das ist doch klar. Dir geht es ja eindeutig nicht gut. Ich weiß nur nicht, was ich machen kann, um dir zu helfen.«

»Weihnachten ist immer mein Tiefpunkt«, begann er zu erzählen, und ich erkannte nun an der Art, wie er sprach, dass er eindeutig betrunken war. Und ich konnte es auch riechen. »Schwer vorstellbar, immerhin hast du schon ein paar mitbekommen.« Er seufzte und hob nun endlich den Blick. Er hatte dunkle Augenringe und sah total fertig aus.

»Du siehst schlimm aus. Was ist denn? Bist du krank?«

»Ich kann in letzter Zeit nicht gut schlafen. Das passiert mir immer um Weihnachten rum. Die Adventszeit ist nicht schön für mich. Überall geht es um die Familie. Das ist schwierig, wenn man, na ja ... wenn man kaum Familie mehr hat.« Die letzten Worte waren nicht mehr als ein Flüstern. So leise, dass ich sie kaum verstand. Und doch kamen sie bei mir an und hinterließen einen Haufen Fragen. Fragen, die sich zu denen hinzugesellten, die ich schon hatte.

»Du hast doch mich. Rede mit mir, wenn es dir nicht gut geht. Du musst da nicht allein durch. Du kannst mich immer anrufen. Auch nachts. Ich bin da.«

»So einfach ist das nicht. Ich *muss* da allein durch. Es gibt keinen leichten Weg. Ich will keine Abkürzung.«

Was? Ich verstand nicht, worauf er hinauswollte.

»Aber das stimmt einfach nicht. Niemand muss irgendwo allein durch. Es gibt Hilfe. Immer!«

»Das ist es doch. Ich will die Hilfe nicht. Ich verdiene sie nicht.« Er klang so bitter. So traurig und verzweifelt.

»Was ist denn um Gottes willen passiert?«, fragte ich leise. Ich traute mich nicht, die Stimme zu erheben. Er kam mir vor wie ein verschrecktes wildes Tier, das bei der kleinsten ruckartigen Bewegung zurück in seine Höhle verschwinden würde und sich dort dann wochenlang verkroch.

»Zwing mich bitte nicht, darüber zu reden. Ich kann das nicht. Noch nicht.«

Noch! Dieses *noch* war es, was mich bei ihm hielt. Was mir Hoffnung geben sollte, dass sich irgendwann alles aufklären würde. Vielleicht war dieses *noch* aber auch nur ein Mittel zum Zweck. Wahrscheinlich existierte dieses *noch* gar nicht. Es half nur dabei, mich warmzuhalten.

»Max … ich habe so viele Fragen und irgendwie wirst du … wird das alles von Tag zu Tag rätselhafter. Ich weiß nicht, ob ich das noch länger kann. Ich verlange nicht, dass du mir alles sofort erzählst. Aber wir müssen ehrlich und offen miteinander umgehen. Ich habe das Gefühl, dich überhaupt nicht zu kennen. Wie soll ich mit jemandem zusammen sein und demjenigen vertrauen, wenn ich nichts über ihn weiß?«

»Du weißt mehr als viele andere.«

»Faktisch weiß ich nichts! Außer dass du im Pub arbeitest und hier wohnst, aber selbst deine Wohnung verrät nichts über dich. Wohnst du hier überhaupt?«

Schweigen. Dieses verdammte Schweigen, das uns kein bisschen weiterbrachte. »Ich bin geduldig. Und seit ich dich kenne, bemühe ich mich, noch geduldiger zu sein. Ich weiß, dass du Zeit brauchst, und ich habe Verständnis. Aber ich weiß nicht, ob ich noch mehr Geheimnisse ertragen kann. Ob unsere Beziehung das aushält. Bitte bedenke das. Ich will das hier.« Ich zeigte mit dem Finger zwischen uns beiden hin und her. Max sah mich mit großen Augen an. »Wirst du dich morgen überhaupt noch an meine Rede erinnern? Oder bist du zu betrunken?«

Er seufzte und rieb sich die Augen.

»Ich bin ziemlich betrunken und müde. Aber ich werde es bestimmt nicht vergessen. Du bist mir wichtig, okay? Auch wenn es vielleicht manchmal anders rüberkommt.«

»Okay.«

Ich griff nach seiner Hand und drückte sie.

»Bleibst du noch ein wenig?«, fragte Max leise, und ich nickte als Bestätigung.

Und so saßen wir zusammen auf dem Boden.

In seiner abgedunkelten Wohnung.

An Heiligabend.

Irgendwo bei den Nachbarn über uns trällerten ein paar Leute ein Weihnachtslied. Schweigend lauschten wir den gedämpften Tönen von *Stille Nacht, Heilige Nacht.*

Es war vielleicht nicht mein schönster Heiligabend, aber in diesem Moment war es mit Abstand der besinnlichste.

Kapitel 28

Nur noch zwei Tage bis zu der Quiz-Meisterschaft. Die Aufregung stieg langsam ins Unermessliche. Daher hatten wir beschlossen, uns noch mal zu treffen, um zu trainieren. Wobei *trainieren* ein sehr starkes Wort war. Dafür, dass wir uns einfach bei Mike trafen, alle auf dem Boden saßen, uns abwechselnd Fragen aus *Trivial Pursuit* stellten und viel zu viel tranken. Ich freute mich richtig, mit meinen Freunden abzuhängen und mal für einen kurzen Augenblick all meine Sorgen zu vergessen. Der Weihnachtsabend bei Max steckte mir noch in den Knochen. Ich hatte in der Nacht kaum geschlafen, so viele Gedanken hatte ich mir gemacht. Am nächsten Morgen hatte ich eine Nachricht von ihm bekommen, in der er sich entschuldigt hatte. Ich hatte ihm daraufhin geantwortet, dass ich keine Entschuldigung brauche und dass es auch keinen Grund für eine Entschuldigung gab. Wir waren zusammen, also wollte ich es wissen, wenn es Max nicht gut ging. Das gehörte zu einer Beziehung dazu. Doch Max hatte es sich irgendwie zum Motto gemacht, dass er mir unter keinen Umständen zur Last fallen wollte. Wenn er nur erahnen könnte, wie sehr mich diese Ungewissheit belastete. Egal was er für düstere Geheimnisse mit sich trug, ich fragte mich mittlerweile wirklich, ob es etwas geben könnte, was ich schlimmer fand als seine Geheimniskrämerei.

»Wie heißt das Piratenschiff im Film *Fluch der Karibik?*«, fragte Zoya und warf die Karte danach auf den Stapel vor uns.

»Black Pearl«, riefen wir alle gleichzeitig und tranken. Man könnte meinen, es wäre ein Trinkspiel. Aber es gab keine Regeln. Wir tranken bei richtigen und bei falschen Antworten. Mike zog eine Karte aus dem Stapel und räusperte sich.

»Welcher Fluss fließt durch die Sächsische Schweiz?«

Kurzes Schweigen. Ich hatte keinen blassen Schimmer und nutzte die Zeit, um mein zweites Bier zu öffnen.

»Ach, kommt schon, Leute. Keiner?«

»Hättest du es denn gewusst?« fragte ich, und Mike rollte mit den Augen.

»Logisch. Die Elbe. Merkt's euch.«

Wir lachten und Fatih zog eine neue Karte.

»Welche Erzählung schrieb Joseph Freiherr von Eichendorff über einen wandernden Gesellen?«

»*Aus dem Leben eines Taugenichts*«, antwortete ich, ohne zu zögern, und die anderen applaudierten. »Musste ich letztes Semester lesen.« Ich griff nach der Schüssel mit den Chips und stopfte mir eine Handvoll in den Mund. Während Mike noch ein paar Bierflaschen aus dem Kühlschrank holte und zu uns auf den Boden stellte, blickte ich auf mein Handy. Jedoch gab es da nichts Neues. Mike setzte sich wieder neben mich auf den Teppich und reichte mir eine eiskalte Flasche Bier.

»Du legst ein ganz schönes Tempo vor. Aber danke.« Ich stieß mit ihm an.

»Wie wird die Hälfte des Durchmessers für einen Kreis oder eine Kugel genannt?«, las Zoya vor, und wir buhten sie aus.

»Laaaangweilig!«, riefen wir im Chor und bewarfen sie mit Chips. Zoya lachte und kramte nach einer neuen Karte.

»Okay, okay. Wie heißt der Übungsplatz, auf dem Golfspieler üben und sich einschlagen?«

»Driving Range«, sagte Fatih mit vollem Mund, und ich nickte ihm anerkennend zu.

»Du kennst dich mit Golf aus?«

Fatih zuckte mit den Schultern.

»Nicht wirklich. Das war Zufall.« So bescheiden, der Gute.

Wieder sah ich auf mein Handy, obwohl ich genau wusste, dass dort nichts passiert sein konnte. Mathilda hatte heute keine Zeit, und ansonsten waren alle meine Freunde hier. Außerdem war Sonntag. Max hatte sich, seit ich ihn kannte, noch nie an einem Sonntag bei mir gemeldet. Ich seufzte.

»Was ist los?«, fragte Zoya und griff in die Chipstüte.

»Nichts«, antwortete ich. Und natürlich glaubte mir niemand. Sie kannten mich zu gut, und ich war auch bei Weitem nicht der tolle Schauspieler, der ich mir manchmal wünschte zu sein.

»Dieser verdammte Barkeeper schon wieder? Könnt ihr nicht einfach euer Happy End kriegen?« Zoya trank einen Schluck aus ihrer Bierflasche.

»Also, ich wäre dafür. Aber wenn es so einfach wäre, dann gäbe es auf dieser Welt wohl keine Trennungen oder Scheidungen.«

»Oder Kriege«, ergänzte Fatih, und ich zeigte mit dem Finger auf ihn.

»Ganz genau. Es ist nun mal meist komplizierter.«

»Ich versteh's nicht. Was ist denn das Problem? An meinem Geburtstag hat er dich angesehen, als wärst du das achte Weltwunder. Und dazu passend die Frage in die Runde.« Mike erhob die Karte, die er schon die ganze Zeit in der Hand hielt.

»Welches der sieben Weltwunder der Antike existiert auch heute noch?«

»Die Pyramiden von Gizeh«, rief Fatih. Da er schon wieder oder vielleicht auch noch immer den Mund voller Chips hatte, verschluckte er sich prompt und trank gierig aus seiner Red-Bull-Dose.

»Richtig! Und nun wieder zu dir.« Mike wandte sich abrupt mir zu. »Er mag dich doch. Was ist also sein Problem?«

»Ich weiß es nicht.«

Alle sahen mich an und warteten wohl auf weitere Ausführungen, aber was sollte ich mehr sagen? »Ich weiß es wirklich nicht. Er erzählt mir nichts, gar nichts. Er hat …« Kurz zögerte ich, da ich nicht wusste, wie ich es benennen sollte. »Er scheint Sorgen zu haben, oder … ich weiß nicht. Vielleicht Depressionen oder irgendwelche familiären Probleme. Aber er möchte nicht darüber sprechen.«

»Das kann ja echt alles sein. Ist doch scheiße, wenn er nichts erzählt und dich dann nur seine Launen spüren lässt. Wie sollst du dann damit umgehen? Kannst ja schlecht hellsehen, und helfen kannst du so ja auch nicht. Ist 'ne doofe Situation«, fasste Zoya sehr gut zusammen.

»Ist es, und es bringt mich schier zum Verzweifeln. Und wisst ihr, was mich am meisten nervt?«

Alle sahen mich interessiert an.

»Die Sonntage! Er ist sonntags nie zu erreichen, und es ist so, als ob er sonntags einen Reboot macht oder auf Werkseinstellung zurückgesetzt wird. Wir können uns die Woche über noch so gut verstanden und angenähert haben. Wir können noch am Tag vorher gevögelt haben wie die Tiere …«

»Too much information«, meinte Mike neben mir.

»Ist auch vollkommen egal. Denn sonntags ist er für mich nicht erreichbar, und montags ist er wie ausgewechselt. Wenn er sich überhaupt meldet.«

»Mmmhhh, was macht er wohl sonntags?« Zoya überlegte laut und tippte sich mit dem Zeigefinger gegen die Unterlippe. »Vielleicht ist er in einer Gang und die machen sonntags immer krumme Dinge. Geiselnahmen, Raubüberfälle oder so was in der Art.«

»Oder er ist sonntags bei seiner Frau und seinen Kindern.« Das war Mikes Vermutung.

»Oder er zockt den ganzen Tag mit seiner Gilde irgendwelche total peinlichen Rollenspiele online«, schlug Fatih vor.

»Also, die Theorie von Fatih gefällt mir bislang am besten. Aber jetzt mal ohne Witz. Ich kann das auch nicht mehr viel länger. Ich bin so verdammt verständnisvoll, dass es echt wehtut. Also mir. Ich habe das Gefühl, mich in allem zurückzunehmen, weil ich Angst habe, ihn zu verschrecken. Sobald ich ihm zu nahe trete, nimmt er Reißaus. Es ist so ermüdend. Ich weiß einfach nicht, ob wir eine Chance haben. Ob all das, was ich investiert habe, nicht am Ende umsonst war.« Die letzten Worte waren kaum mehr zu verstehen, da ich gegen Ende immer leiser geworden war. Das Thema nahm mich so sehr mit, dass ich nur mit Mühe und Not meine Tränen zurückhalten konnte.

Meine Freunde sahen mich alle an und wirkten genauso nachdenklich wie ich.

»Ihr müsst darüber sprechen.« Zoya war die Erste, die das Schweigen brach.

»Das habe ich schon mehrmals versucht. Er spricht nicht darüber.«

»Nie?«

»Er meinte, dass er es noch nicht kann. Aber was bedeutet dieses *noch?* Heißt es, dass wir tatsächlich irgendwann diese Hürde überwinden werden, oder ist dieses Wörtchen nur da, um mich hinzuhalten? Wie lange soll ich noch warten? Ab wann mache ich mich lächerlich?«

»Dann ist es vielleicht Zeit für so was wie ein Ultimatum.« Für Fatih schien das ganz klar zu sein. »Du musst es ja nicht so ausdrücken, aber ich denke, dass es schon sinnvoll ist, dass du ihm klipp und klar sagst, wo deine Grenzen sind. Lass dir nicht auf der Nase herumtanzen.«

»Ihr meint also, ich sollte mit ihm reden und ihm sagen, dass … ich weiß nicht … dass wir mit offenen Karten ins neue Jahr starten?«

»Zum Beispiel.« Fatih zuckte mit den Schultern und warf sich eine weitere Handvoll Chips in den Mund.

»Ich warte noch die Quiz-Meisterschaft ab, aber danach.« Ich seufzte. »Danach werde ich wohl ein ernstes Gespräch mit ihm führen müssen.«

»Mach das. Und das mit dem guten Start ins neue Jahr ist doch eigentlich eine richtig gute Idee. Also, Silvester ist ja für viele ein wichtiger Tag, um vieles zu überdenken, alten Ballast abzuwerfen und Vorsätze zu fassen. Und vielleicht wird er dir antworten, dass ihm das zu schnell geht. Oder er wird dir einen Gegenvorschlag machen. Egal wie ihr euch einigen werdet, ihr werden einen Schritt weiter sein als jetzt. Vielleicht gibt es ja sogar einen Kompromiss, mit dem ihr beide leben könnt.«

»Oder eben nicht«, erwiderte ich betrübt.

»Aber auch dann hast du Gewissheit und bist weiter, als du es heute bist.« Zoya schien nun genauso weise zu sein wie Fatih zuvor. Jetzt fehlten nur noch besondere Ratschläge von Mike.

»Wir könnten auch irgendwo online einen Peilsender besorgen. Das gibt's garantiert auf Amazon. Da gibts ja alles. Und dann könntest du ihm diesen Peilsender irgendwie unterjubeln. Lenk ihn mit Sex ab oder so. Und dann bringst du das an seinen Schuhen an.«

»Wie soll ich denn beim Sex an seine Schuhe kommen?«

»Ich kann mich echt nicht um alles kümmern.« Mike rollte mit den Augen und zog eine neue Karte. Ich lachte auf und war gerade ziemlich happy, dass Mike zumindest weiterhin der Chaot war, den ich so liebte.

»Für welchen klassischen Komponisten schwärmt Schröder von den *Peanuts?*«

»Beethoven«, riefen wir alle im Chor, nahmen unsere Getränke und tranken alle einen kräftigen Schluck. Wie gesagt: Es gab keine Spielregeln. Wir tranken, egal ob wir die Frage beantworten konnten oder nicht.

Kapitel 29

Heute war es so weit. Heute fand endlich die große Quiz-Meisterschaft statt. Da es zwischen den Ferien keine Vorlesungen gab, hatte ich den ganzen Tag Zeit gehabt, um furchtbar aufgeregt zu sein. Nach dem Mittagessen hatte ich mich mit Lissy vor den Fernseher gesetzt und eine Dokumentation über den Amazonas gesehen. Eventuell würde mich das ja etwas beruhigen. Und wer weiß, vielleicht hatte ich ja Glück und irgendwas von dem, was ich in der Doku sah, würde uns beim Quiz den Arsch retten.

Meine Eltern waren mir dankbar, dass ich Lissy damit etwas beschäftigte und sie ihnen dadurch nicht im Weg stand. Denn Mama und Papa packten Koffer. Sie würden heute Nacht noch zu meiner Oma fahren. Was bedeutete, dass ich ab morgen sturmfreie Bude hatte. Und darauf freute ich mich riesig. Ich war nicht der Typ, der, sobald die Eltern aus dem Haus waren, eine fette Party schmiss. Auf den Ärger, und vor allem auf die Aufräumarbeiten danach, hatte ich wirklich null Bock. Aber meine Freunde würden trotzdem mal vorbeikommen und vielleicht ja sogar Max. Das wäre schön. Außerdem könnte ich auch mal Mathilda zu mir einladen. Heute würde sie das erste Mal Teil unserer Quiz-Truppe sein, und ich war schon gespannt, ob sie sich gut mit Zoya, Mike und Fatih verstehen würde. Ganz bestimmt. Zumindest, wenn Mike nicht wieder den Esel raushängen ließ. Wobei ihn ja selbst das auf eine verquere Art liebenswert machte.

Treffen wir uns heute Abend vorm Pub?

Ich schickte Mathilda die Nachricht und sah, dass sie direkt begann, die Antwort zu tippen.

Ja! Ich freue mich schon. 8 Uhr?

Besser wäre früher, damit wir einen guten Platz ergattern. Ein Tisch mit Aussicht auf die Bar ist die halbe Miete!

Du meinst, mit Aussicht auf den Barkeeper?

Ja, das meine ich.

Ich schickte noch ein paar grinsende Emojis hinterher. Dann sah ich auf und seufzte. Noch drei Stunden bis zur Meisterschaft. Und nun? Kurz entschlossen schnappte ich mir mein großes Tierlexikon und schlug es blind irgendwo in der Mitte auf.

»Der Weißhandgibbon ernährt sich hauptsächlich von Früchten, Blättern und Knospen«, murmelte ich leise vor mich hin.

Ich war schon ein ziemlicher Freak, das konnte ich nicht leugnen.

Als es neunzehn Uhr war und ich endlich das Haus verlassen konnte, machte ich drei Kreuze. Ich hätte es keine Minute länger ausgehalten, so aufgeregt und voller Vorfreude war ich.

»Ich bin dann weg«, rief ich vom Hausflur und schlüpfte in meine Schuhe.

»Warte«, rief meine Mama. Sie kam zu mir gelaufen und umarmte mich. »Ich weiß ja gar nicht, ob wir uns noch sehen, bevor es zu Oma geht.«

»Wann wollt ihr fahren?«

»Vielleicht so gegen Mitternacht. Im besten Fall schläft Lissy die komplette Fahrt durch.«

»Ja, vielleicht sehen wir uns dann nicht mehr. Je nachdem, ob es für uns noch Grund zum Feiern gibt. Aber wir telefonieren ja bestimmt.«

Auch Papa kam nun zu mir und umarmte mich. Zu guter Letzt kam Lissy angerannt und sprang in meine Arme.

»Tschüss, Riri. Wirst du mich vermissen?«

»Logisch!« Ich drückte sie ganz fest an mich. »Du bist doch meine Lieblingsschwester. Wer sonst weckt mich morgens mit nassen Fingern in den Ohren?« Ich kitzelte sie, und sie rannte daraufhin kichernd davon.

»Und toi, toi, toi.« Papa klopfte mir auf die Schulter. »Schreib uns eine SMS, wenn ihr gewonnen habt.«

»Mach ich, mit Siegerposen-Selfie!«

Und damit setzte ich meine Beanie auf, wickelte den Schal um meinen Hals und schlüpfte in meinen Mantel. Mein Auto stand ausnahmsweise genau vor der Tür. Ich machte mir jedoch keine Hoffnungen, nachher wieder einen so guten Parkplatz zu ergattern. Das war in diesem Viertel eine Besonderheit, die nur alle Schaltjahre mal vorkam. Ich stieg in mein Auto und fuhr zuerst zu Mike, um ihn abzuholen, und danach zu Zoya.

»Und, seid ihr fit?«, fragte ich in die Runde, als Zoya sich gerade angeschnallt hatte. »Habt ihr noch geübt?«

»Ja, ich hab noch diese eine neue Doku über den Amazonas angesehen«, meinte Zoya und brachte mich damit laut zum Lachen.

»Da müssen wir uns nächstes Mal besser absprechen. Ich hab die heute nämlich auch noch mit Lissy gestreamt.«

»Verdammt! Vergeudete Zeit. Hätte ich lieber die eine Sendung mit den Schwerverbrechern und Serienkillern gesehen.«

»Und du, Mike? Was hast du getrieben?«

»Ich hab Playstation gezockt. Ich bezweifle, dass uns das heute hilft.«

Wer wusste das schon.

Da wir ziemlich früh dran waren, bekamen wir sogar einen recht guten Parkplatz in derselben Straße wie das Pub, und mir blieb das viel zu enge Parkhaus zum Glück erspart. Da wir davon ausgingen, dass heute richtig viel los sein würde, wären spätestens in einer Stunde auch die Parkplätze nur noch spärlich gesät. Wir liefen Richtung Pub, und ich konnte schon von Weitem Mathilda sehen, die davor auf uns wartete.

»Mathilda«, rief ich und winkte ihr zu. Sie winkte zurück, und ich konnte ihr Lächeln bis hierher sehen.

»Das ist sie also«, sagte Zoya neben mir. »Da bin ich ja mal gespannt, wie deine neue beste Freundin so drauf ist.«

Ich legte den Arm um Zoya, zog sie an mich heran und gab ihr einen Kuss auf die Wange. »Sie wird dich niemals ersetzen.«

»Das weiß ich doch.«

»Hi.« Mathilda kam uns die letzten Meter entgegen. »Ich bin Mathilda.« Sie reichte erst Mike und dann Zoya die Hand. »Aber das habt ihr euch Dank Henrys Ausruf wohl schon gedacht.«

»Mathilda, das sind Mike und Zoya. Fatih kommt noch. Oder vielleicht ist er sogar schon drin. Falls Fatih noch nicht da sein sollte, ist es an uns, einen guten Tisch zu reservieren. Also sollten wir flott reingehen.«

Wir betraten das *The Green Leaf*, und es war zum Glück noch nicht wirklich viel los. Das frühe Erscheinen hatte sich also gelohnt. Harry, der Pub-Chef, versuchte gerade mit der Hilfe zweier Bedienungen ein paar Plakate für die Meisterschaft aufzuhängen. Sogar Girlanden mit vielen grünen Kleeblättern schmückten das sonst eher düstere Pub. Auf den Tischen standen Aufsteller, die da sonst nie waren. Womöglich spezielle Angebote für den heutigen Tag. Vielleicht gab es ja heute zwei Guinness zum Preis von einem. Das würde Mike freuen. Und mich würde es ärgern, weil ich mal wieder der Fahrer war. Weiter hinten sah ich einige Gäste, die sich Barhocker mit ihren Jacken reservierten.

»Hier gehts ja zu wie auf Malle«, kommentierte ich das Geschehen.

»Fehlen nur noch die Eimer voll Sangria und diese meterlangen Strohhalme«, stimmte mir Mike zu.

»Och nee, wie unhygienisch. Mit der Spucke von allen möglichen Leuten inklusive. Dann bleib ich doch lieber bei meinem Bier.«

»So ist es. Lasst uns den da nehmen.« Mike zeigte auf einen Tisch, mit dem ich voll und ganz einverstanden war. Von dort aus hatte man einen guten Blick auf die Bühne, wo das Quiz höchstwahrscheinlich moderiert werden würde. Zumindest standen dort eine bereits aufgebaute Tonanlage und ein Mikro. Außerdem konnte ich von diesem Platz aus auch ab und an einen Blick zur Bar werfen. Obwohl sich der Anblick momentan noch nicht lohnte, da ich Max weit und breit nicht sehen konnte.

»Wo ist er denn, dein Mister Loverboy?«, fragte mich Mathilda hinter vorgehaltener Hand. Ich rückte derweil einen Stuhl zur Seite, sodass ihr Rollstuhl Platz an unserem Tisch hatte.

»Er ist noch nicht da. Aber du wirst sofort wissen, wer es ist, weil er nämlich mit Abstand der schärfste Typ im Umkreis von fünfzig Kilometern ist.«

»Na danke!« Mike sah mich empört an. »Ich bin da ganz anderer Meinung.«

Ich lachte auf und boxte ihn gegen die Schulter. Dann reichte ich Mathilda die Getränkekarte. »Das sind die Cocktails. Und hier stehen die ganzen Biere, auch die irischen. Vielleicht magst du da ja mal eines probieren. Vielleicht ein Guinness oder ein Kilkenny.«

Mathilda blätterte in der Cocktailkarte und verzog nachdenklich ihr Gesicht.

»Ich glaube, hier werde ich fündig. Ich muss mich mal von den bunten Bildern inspirieren lassen.«

»Gute Idee«, sagte Zoya und rückte ihren Stuhl neben Mathilda. »Ich liebe alles auf der Seite.« Sie tippte in die Karte. »Die sind alle extrem. Extrem klebrig und extrem süß. Aber die knallen auch echt rein.«

»Klingt gut.« Beide lachten, und in diesem Moment hatte ich das Gefühl, dass Mathilda bei uns angekommen war.

»Harry? Ich hab die Bierfässer unten umgestellt und das Guinness-Fass ist gewechselt. Ist jetzt aber nur noch eins da. Wir sollten uns dann morgen mal mit der Getränkebestellung befassen. Milch und Apfelsaft muss auch auf die Liste.« Max hatte den Raum betreten, und ich hatte sofort nur noch Augen für ihn. Kein Plan, über welche Cocktails sich Mathilda und Zoya unterhielten, oder ob Mike noch immer beleidigt war, weil ich ihn nicht zum heißesten Kerl gekürt hatte. Max war da und ich hing an seinen Lippen. Und das, obwohl er mich noch gar nicht entdeckt hatte. Er war in ein Gespräch mit Harry vertieft, und ich hatte ihn dabei ertappt, wie er ein- oder zweimal zu unserem eigentlichen Stammtisch geblickt hatte. Das schien ihn zu irritieren, da sich da gerade ein paar Mädels hingesetzt hatten, die ich noch nie zuvor gesehen hatte. Garantiert hatte er uns wieder dort erwartet.

Und dann drehte er sich um und entdeckte uns. Er entdeckte mich! Sein Gesichtsausdruck wechselte innerhalb von Sekunden von überrascht zu tierisch erfreut. Er grinste über das ganze Gesicht, und ich merkte, wie sich auch meine Mundwinkel hoben. Es war, glaube ich, für jeden auf einen Blick ersichtlich, dass wir beide verliebt waren. Sein Chef redete zwar weiter mit ihm, aber Max sah nur mich dabei an. Mein Herz! Es sprang mir fast aus der Brust.

Gerade als ich zu ihm gehen wollte, um ihn mit einem Kuss zu begrüßen, geschah etwas. Etwas, was ich nicht so recht deuten konnte. Seine Mimik wandelte sich ein weiteres Mal. Von seiner Freude war nichts mehr zu erkennen. Stattdessen war da Entsetzen. Als würde ihn irgendetwas total erschrecken. Geradezu schockieren. Ich sah mich um, denn ich hatte für einen kurzen Moment die Befürchtung, dass hinter uns ein Feuer ausgebrochen oder ein schwer bewaffneter Amokläufer Geiseln genommen hatte.

Aber da war nichts Ungewöhnliches.

»Was ist de…« Ich kam nicht dazu, meine Frage zu beenden.

»Hey, Mäxchen! Süßer!« Mathilda kam hinter mir hervor. »Ich hätte nicht gedacht, dich noch vor Sonntag zu sehen. Was machst du denn hier?«

»I-Ich …« Max stotterte und sah nervös zwischen ihr und mir hin und her.

Und was tat ich?

Ich hatte, glaube ich, gerade einen Kurzschluss im Hirn. Zumindest schaffte ich es nicht, auch nur einen klaren Gedanken zu fassen. Aber andere Teile meines Körpers machten sich dafür selbstständig. Der Schädel glühte, der Magen tat weh und ich spürte, wie mein Blut zu kochen begann. Mathilda sah zu mir, dann wieder zu Max.

»Kennt ihr euch?«

»Nein, also … es ist so, dass …«

»Alter …« Ich schüttelte den Kopf und versuchte meine wirren Gedanken zu sortieren. Hatte er gerade tatsächlich *Nein* gesagt? Was passierte hier? Max verbrachte die Sonntage mit *ihr*? Hatte ich das richtig verstanden? Warum kannten sie sich? Lief da etwas? War das etwa genau die Situation, dieses eine Schreckensszenario, vor dem ich die ganze Zeit Angst gehabt hatte? War Mathilda die andere?

»Was machst du denn hier?«, meinte Max unsicher und schien mich nun vollends zu ignorieren. Oder vielleicht hatte er mich auch schlichtweg vergessen.

»Das wollte ich dich gerade fragen.« Mathilda wirkte nicht nur überrascht, Max hier zu begegnen. Es schien auch eindeutig eine gelungene und wunderschöne Überraschung für sie zu sein. Zumindest strahlte sie über das ganze Gesicht. Ungefähr so wie ich noch vor wenigen Minuten beim Anblick meines Freundes. Anscheinend hatte er uns beide um den Finger gewickelt.

»Na ja, ich …« Max rieb sich den Nacken. Und ich hatte einfach keine Kraft mehr, mir sein Rumgedruckse zu geben. Geheimnisse, Rätsel und immer mehr und mehr Chaos. Mir riss genau in diesem Moment der schon seit Wochen verdammt dünne und überreizte Geduldsfaden.

»Ach, fick dich doch.« Ohne auf den erschrockenen Laut von Zoya zu achten, oder auf Max, der hörbar nach Luft schnappte, verließ ich das Pub. Draußen stieß ich mit Fatih zusammen.

»Hey, wohin so eilig?«, fragte er.

»Ich gehe«, antwortete ich. »Ich kann das einfach nicht mehr. Die vielen Geheimnisse. Das macht mich krank.«

»Aber das Quiz!«

»Scheiß drauf. Scheiß auf alles.« Und damit sprintete ich los, stieg in mein Auto und fuhr wieder nach Hause. Während der kompletten Autofahrt ging es in meinem Kopf drunter und drüber. Tausende Gedanken flitzten hin und her wie auf einer verdammten Gedanken-Autobahn. Doch ich konnte nichts davon fassen. Es war einfach zu viel, und ich war so unbeschreiblich sauer. Ich fühlte mich von vorn bis hinten komplett verarscht. Ich wusste nicht, was ich davon halten sollte, dass Max und Mathilda sich kannten. Oder davon, dass sie wohl sein ominöses Sonntags-Date war. Was hatte das alles zu bedeuten? Das konnte echt nicht wahr sein. Schon wieder ein Rätsel mehr. Zu viel! Das hatte das Fass nun endgültig zum Überlaufen gebracht.

Ich hatte keine Ahnung, wie ich nach Hause gekommen war. Hatte ich überhaupt an roten Ampeln gehalten? Ich erinnerte mich nicht. Irgendwie hatte ich es zum Glück unbeschadet nach Hause geschafft. Ich parkte ein und sprintete zu meinem Elternhaus. Dort schloss ich auf und rannte fast in Papa hinein, der gerade in die Küche laufen wollte.

»Huch! Was machst du denn schon wieder hier? Hast du was vergessen?«

»Kann ich mit zu Oma fahren?«

»Was?«

»Kann ich …« Ich schniefte und wischte mir mit dem Handrücken über die Augen. Wo kamen denn plötzlich die Tränen her? Die konnte ich gerade nicht gebrauchen. Für Heulerei war ich jetzt noch nicht bereit. Ich wollte noch etwas länger wütend sein! »Kann ich bitte mit? Ich will weg von hier.«

»Klar kannst du mit.« Er nahm mich in den Arm. »Du wurdest ja nie ausgeladen. Du weißt, wie sehr sich Oma freuen würde, wenn du dabei bist. Was ist denn passiert?«

»Zu viel.« Ich schniefte noch mal unschön.

»Henry!« Es war nur eine Frage der Zeit, dass auch Mama hier im Flur erschien. Sie musterte mich besorgt. »Was ist los?«

»Ich würde gern einfach mit euch zu Oma fahren und Max für ein paar Tage vergessen. Okay? Und ich will jetzt nicht darüber reden.«

»Okay, Schatz.« Mama gab mir einen Kuss auf die Stirn. »Geh nach oben und pack ein paar Sachen zusammen. Wir fahren los, sobald du fertig bist.«

Ich nickte und stieg dann die Treppen in den ersten Stock hoch. Rasch schnappte ich mir meinen großen Rucksack, ging zu meinem Kleiderschrank und warf wahllos Socken, Unterhosen, zwei Pullover und eine Jeans hinein. Außerdem noch meinen karierten Flanellpyjama, der zwar nicht gerade toll aussah, aber dafür warm und gemütlich war. Im Badezimmer nahm ich meine Zahnbürste und ging einfach mal davon aus, dass meine Eltern schon an Zahnpasta gedacht hatten. Zurück in meinem Zimmer, blieb ich in der Mitte des Raumes stehen und sah mich um. Ich spürte, wie mein Handy in der Hosentasche vibrierte. Mein Puls beschleunigte sich sofort, und ich hatte das Gefühl, mich übergeben zu müssen. Trotzdem überwand ich mich und sah auf das Display. Es war Mike. Ich drückte ihn kurzerhand weg und entdeckte daraufhin dreizehn weitere Anrufe in Abwesenheit und einige Nachrichten, die eingegangen waren. Komisch. Anscheinend war ich bis jetzt so in Rage gewesen, dass ich davon nichts gespürt hatte.

Aber das war auch egal. Ich wollte nichts davon wissen.

Nicht jetzt.

Nicht heute.

Also schaltete ich mein Handy aus und wischte mir mit dem Handrücken ein paar Tränen von den Wangen. Das war alles so verdammt schrecklich. War es tatsächlich so, dass ich von meiner ersten großen Liebe komplett verarscht worden war? War ich zu naiv? Zu gutgläubig? Ich hätte ihm das nie zugetraut. Max war doch immer so lieb zu mir gewesen. War er genauso zu Mathilda? Spielte er uns beiden etwas vor? Oder war nur ich der Doofe?

Ich schüttelte den Kopf und atmete einmal tief ein. Nicht drüber nachdenken! Ich wollte Max und alles, was mit ihm zusammenhing, momentan einfach nur ganz weit weg von mir wissen. Ich schulterte meinen Rucksack und sprang polternd die Stufen wieder nach unten.

»Ich bin bereit, können wir los?«

Mama kam um die Ecke, zog ihren kleinen roten Koffer hinter sich her und nickte mir zu. Gemeinsam liefen wir zum Auto und warfen unser Gepäck in den Kofferraum. Mama setzte sich auf den Beifahrersitz und ich mich hinter sie. Wenige Minuten später sah ich, wie Papa die schlafende Lissy hinaustrug und vorsichtig in ihrem Kindersitz platzierte. Sie hatte nur beim Anschnallen für eine kurze Sekunde ein Auge geöffnet, war aber sofort wieder tief und fest eingeschlafen. Ich beneidete sie. Ich glaubte, die sorgenloseste Zeit war die, in der dich deine Eltern schlafend irgendwohin tragen konnten. Sobald das vorbei war, begann der Ernst des Lebens. Und der war oft echt scheiße.

Als Papa einstieg und den Motor startete, hatte ich das Gefühl, dass ich endlich durchatmen konnte. Das erste Mal, seit ich aus dem *Green Leaf* gestürmt war, fühlte ich mich ein wenig besser. Jetzt würde ich das alles hier, die Verwirrung, die Ungewissheit und die Lügen wenigstens für ein paar Tage hinter mir lassen können.

An das Danach wollte ich jetzt nicht denken.

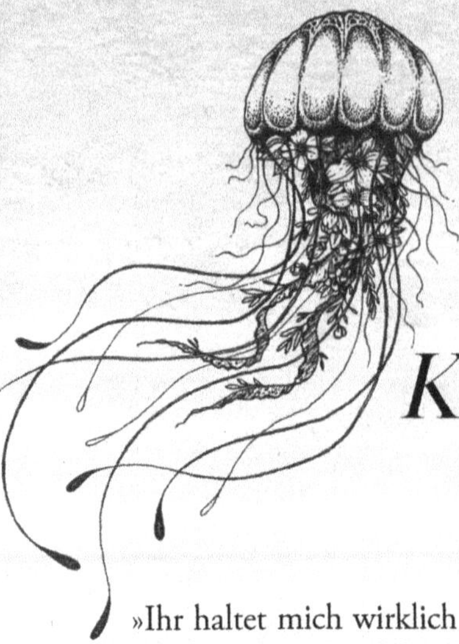

Kapitel 30

»Ihr haltet mich wirklich jung«, lachte meine Oma. »Ich wäre nie auf die Idee gekommen, an Silvester einfach Pizza zu bestellen.«

»Dabei hat das richtig viele Vorteile«, meinte Mama, während sie nach einem Stück Salamipizza griff. In der Mitte des großen Esstisches lagen drei Kartons, gefüllt mit verschiedenen Pizzen. Salami, Margherita und eine mit Paprika, Mais und Tomaten. »Man muss selbst nicht kochen, man hat nicht ewig viel schmutziges Geschirr, um das man sich danach noch kümmern muss. Und außerdem schmeckt es immer. Oder?«

Ich schreckte auf, als ich Mamas Fuß spürte, mit dem sie mich unter dem Tisch antippte.

»Was?«

»Pizza schmeckt immer, hab ich recht?«

»Du hast recht«, stimmte ich zu und biss in mein Pizzastück. Ich war froh darüber, dass Mama mich aus meinen Gedanken gerissen hatte. Denn die waren kurz in eine Richtung gewandert, in die ich nicht wollte. Für die ich noch immer nicht stark genug war. Und ich wollte nichts weniger, als mit einem mittelschweren Heulkrampf heute die Stimmung zu ruinieren.

»Und du, Lissy? Bist du auch zufrieden?«, fragte Oma die kleine Kröte neben mir. Lissy nickte ganz begeistert und mit vollen Backen. Außerdem hing ihr Tomatensoße am Kinn und seltsamerweise auch an der Stirn. Warum auch immer.

»Besucht mich doch öfter. Habt ihr nicht Lust, hier Skifahren zu lernen oder Snowboarden? Snowboardfahren ist doch cool. Das machen alle jungen Kerle hier im Dorf. Was meinst du, Henry?«

Ich kaute schnell zu Ende und schluckte, bevor ich antwortete. »Du hast schon recht. Snowboarder sind cool. Aber ich bin es nicht. Echt nicht. Ich würde mir das Genick brechen. Es gab mal einen Sommer, in dem ich mir fest vorgenommen hatte, Skateboardfahren zu lernen. Könnt ihr euch noch erinnern?« Ich blickte zu meinen Eltern.

»O ja.« Mama hielt sich die Hand vor den Mund, der wohl voll Pizza war, und unterdrückte ein Lachen. »In den zwei Wochen sind einige Pflasterpackungen draufgegangen.«

»Es war pures Glück, dass du dir nichts gebrochen hast«, stimmte auch Papa zu.

Oma seufzte. »Mal sehen, ob Lissy irgendwann Interesse am Wintersport entwickelt. Wäre schade, wenn nicht.«

Papa hatte tatsächlich früher jeden Winter hier in den Bergen verbracht. Skifahren, Après-Ski-Partys und was man hier bei Minusgraden eben noch so tat. Aber bislang waren weder Mama noch ich dazu zu bewegen gewesen, die Pisten unsicher zu machen. Wir besuchten viel lieber Oma, machten es uns bei ihr gemütlich und ließen die Hänge links liegen.

»Zumindest scheint sie von Schnee schon begeisterter zu sein, als ich es je war. Ich finde den ja einfach nur kalt, nass und eklig. Lissy hat nichts dagegen, wenn Papa sie aus Spaß in die nächste Schneewehe wirft.«

Wieder nickte Lissy mit vollem Mund. »Und ich liebe Schneeballschlachten«, ergänzte sie freudestrahlend.

»Das ist ein Anfang.« Oma lächelte und sah dann auf die Uhr. »Schon so spät? Wir haben ja kaum mehr Zeit bis null Uhr. Ich wollte doch noch so viel mit euch machen.«

»Was denn, zum Beispiel?«, fragte Papa. Oma lief zu einer Kommode und kramte eine Schachtel aus der obersten Schublade.

»Das hier. Bleigießen, und zwar nicht dieses neumodische Zeug mit Wachs, oder was man da auch immer für verwendet. Sondern das richtige Bleigießen.«

Das konnte ich so natürlich nicht stehen lassen. Also räusperte ich mich.

»Der Schmelzpunkt von Blei liegt bei über dreihundert Grad. Der von Zinn gerade mal bei etwas mehr als zweihundert. Deshalb wird oft Zinn statt Blei verwendet. Das ist praktischer und zudem auch nicht so giftig. Das ist nämlich der Grund, warum Blei für das Silvesterspiel verboten wurde. Weil es hochgiftig ist.« Ich sah mich um und bemerkte, dass ich mal wieder den Klugscheißer hatte raushängen lassen. »Hab ich irgendwo gelesen«, murmelte ich leise und trank meine Cola aus. Oma setzte ihre Brille auf, die sie an einer Kette um den Hals hängen hatte, und begutachtete die Packung. Nach ein paar Sekunden lachte sie.

»Du hast recht. Es ist Zinn, gar kein Blei. Dann also Zinngießen. Auch gut. Packt alle an und räumt die Pizzakartons in die Küche, damit der Tisch frei ist.«

Gesagt, getan. In Windeseile saßen wir alle wieder an dem nun frei geräumten Tisch, auf dem nicht nur die Packung mit dem Zinngießen-Set und eine Wasserschüssel stand. Eine Flasche Sekt, ein seltsamer gelber Likör und ein paar Gläser hatte Oma auch dazugesellt.

»Geht endlich die Sauferei los«, meinte Papa und lachte.

»Nur wenn du die Flasche öffnest.« Oma reichte die Sektflasche an Papa weiter und goss sich selbst Likör ein. Wir alle tranken und amüsierten uns. Momentan schien es sogar so, als ob Lissy durchhalten würde. Sie hatte heute Mittag eine Stunde geschlafen und war deshalb fast fitter als ich. Zumindest war sie neben mir extrem hibbelig und aufgeregt, weil sie Kinderpunsch trinken und mit den Erwachsenen noch so spät aufbleiben durfte.

»Ich möchte anfangen«, rief Lissy, als Oma den Deckel der Schachtel anhob.

»Du weißt doch gar nicht, was das ist oder wie es funktioniert«, meinte ich und rollte mit den Augen. Als alles ausgepackt war und bereitstand, sahen wir wieder zu Lissy.

»Magst du immer noch beginnen?«, fragte Papa, und sie schien sich gar nicht mehr so sicher zu sein. Aber es sah auch weniger wie ein Spiel und mehr wie ein Chemiebaukasten aus.

»Ich helfe dir, okay?«, flüsterte ich ihr zu und sie nickte. Gemeinsam hielten wir den Löffel mit dem Metall über das Teelicht und beobachteten, wie es schmolz. Lissy machte große Augen. Ich glaube nicht, dass sie damit gerechnet hatte. »Und jetzt sieh, was geschieht.« Ich goss das geschmolzene Metall in die Wasserschüssel und es wurde mit einem Zischen sofort fest. Lissy jauchzte begeistert auf.

»Und was jetzt?«, fragte sie.

»Sieh her.« Ich fischte das kleine Stück heraus und gab es ihr in die Hand. »Was denkst du? Wie sieht es nun aus?«

Lissy rollte es in ihrer Hand hin und her und begutachtete es ganz genau.

»Ich bin mir nicht sicher.« Sie hielt es in die Höhe, um es auch uns zu zeigen. »Vielleicht eine Hummel oder eine Biene.«

Papa nahm den Zettel zur Hand, der in der Packung lag.

»Hummel, Hummel, Hummel«, murmelte er. »Eine Hummel gibt es hier nicht, aber eine Biene.« Dann brach er in donnerndes Gelächter aus. »Eine Hochzeit bahnt sich an«, las er vor.

»Och, Lissy, das muss doch noch nicht sein«, meinte unsere Mama kichernd. Auch ich lachte und knuffte Lissy in die Seite. Lissy fand das hingegen gar nicht lustig. Ihr schien es ein wenig peinlich zu sein.

»Dann bin ich jetzt an der Reihe.« Oma hob den Löffel über das Teelicht, wartete kurz und ließ das geschmolzene Metall in der Schüssel mit Wasser erkalten. Sie nahm das Stück heraus und griff wieder zur Brille, um es genau zu begutachten. »Mmmhh, das ist schwierig. Sieht aus wie ein M oder ein W?«

»Da hab ich was gesehen!« Papa drehte den Zettel um und suchte das Richtige. »Buchstabe. Der Buchstabe steht dafür, jetzt etwas Neues zu planen. Hast du uns etwas zu sagen?«

Oma lachte. »Oh, ich habe bei der Urlaubsplanung noch gezögert. Aber wenn das Zinn sagt, dass ich mit der Planung loslegen soll, dann wird das Zinn auch recht haben.«

»Was hast du denn vor?«, fragte ich.

»Sonne und Strand auf jeden Fall. Heidi aus unserem Lesekreis hat schon gesagt, dass sie mitfahren würde.«

»Sonne und Strand klingt gut. Auf jeden Fall besser als Schnee und Eis.«

»Ich mag beides. Aber Berge und Skipisten habe ich immer direkt vor der Haustür. Abwechslung ist ja auch nicht schlecht.«

»Apropos Abwechslung. Dann bin ich jetzt mal an der Reihe«, meinte Mama, und als sie ihr Blei- beziehungsweise Zinnstück aus dem Wasser fischte, musste sie im Gegensatz zu den anderen nicht ewig lange interpretieren. »Eindeutig. Das ist ein Hufeisen. Oder was denkt ihr?« Sie zeigte uns ihr gegossenes Hufeisen und wir stimmten alle zu.

»Hufeisen also«, murmelte Papa und ich beobachtete, wie sein Blick auf dem Bogen mit den verschiedenen Deutungen nach links und rechts wanderte. »Da! Beruflicher Erfolg oder einträgliche Geschäfte. Kannst du dir wohl aussuchen.«

Mama nickte. »Einverstanden. Ist, denke ich, beides nicht übel fürs nächste Jahr. Jetzt ist Henry an der Reihe!«

»Muss das sein?« Irgendwie war ich mir nicht sicher, ob ich wirklich wissen wollte, was das neue Jahr für mich bereithielt. Was wäre, wenn mir das Zinn sagen würde, dass ich verflucht sei, oder dass mich im neuen Jahr nur noch mehr Enttäuschungen erwarten würden? Das wollte ich heute einfach nicht wissen. Und morgen auch nicht.

Nicht daran denken.

Ich hatte es schon die letzten Tage mehr oder weniger erfolgreich verdrängt. Hatte nicht an *ihn* gedacht. Ich war voll und ganz darin aufgegangen, mit Lissy zu spielen, mit meinen Eltern spazieren zu gehen und mit meiner Oma haufenweise Fotoalben zu betrachten. Da mich aber nun alle so auffordernd ansahen und mir Papa bereits einen Löffel herüberreichte, machte ich eben mit. Ich seufzte, als ich dem Metall beim Schmelzen zusah. Damit es wieder hart wurde, goss ich es in das Wasser und nahm das Teil dann heraus, um es zu begutachten.

»Okay.« Ich sah es mir an und zuckte mit den Schultern. Viel zu interpretieren gab es da ja nicht. »Eine Zitrone vielleicht?«

Papa nahm den Zettel zur Hand und suchte die passende Erklärung. »Nö, Zitrone steht da nicht drauf. hast du noch 'ne andere Idee?«

»Mmmhhh.« Kurz grübelte ich. »Vielleicht ein Zeppelin? Aber das gibt's garantiert auch nicht auf der Liste.«

»Ha! Zeppelin steht drauf.«

»Und was bedeutet es? Irgendwas mit in die Luft gehen? Oder vielleicht eher was mit tiefer Fall oder Explosion. So wie bei der Hindenburg?« Großartig. Mein Jahr würde also so enden wie der Flug der Hindenburg nach Lakehurst am 6. Mai 1937. Wieder so etwas, was ich nur wusste, weil es mal beim Pub-Quiz abgefragt worden war.

»Da hat jemand zu viel Pessimistenwasser getrunken. Reicht ihm mal die Sektflasche!« Papa zwinkerte mir zu und gab mir den Zettel. »Schau einfach selbst.« Dann wandte er sich an alle anderen. »Sollen wir mal den Fernseher einschalten, damit wir den Countdown nicht verpassen?«

»Gute Idee«, rief Oma aus und suchte direkt nach der Fernbedienung zwischen den vielen Kissen auf ihrem Sofa. Sie fand sie und schaltete auf einen Kanal, auf dem gerade Schlagerstars ein Medley der erfolgreichsten Schlagersongs des vergangenen Jahres sangen. Normalerweise würden meine Eltern nie Schlager hören, aber nach ein paar Gläsern Sekt schien ihnen alles egal zu sein. Also tanzten sie zu irgendeinem Liebeslied, und Oma hatte Lissys Hand ergriffen und ließ sie im Takt der Musik Pirouetten drehen. Ich betrachtete das Szenario und musste unwillkürlich grinsen. Es war eine gute Entscheidung gewesen, mit hierherzukommen. Es tat gut, im Kreise der Familie zu sein.

Dann erinnerte ich mich wieder an den Zettel, den mir Papa in die Hand gedrückt hatte. Mein Blick wanderte die Liste entlang bis nach ganz unten. Neben *Zeppelin* standen simple drei Worte:

Alles wird gut.

»Fünf, vier, drei, zwei, eins … Prost Neujahr!«

Wir fielen uns alle in die Arme. Ich gab Mama einen Kuss auf die Wange, dann drückte ich Papa, dann Oma, und zum Schluss packte ich Lissy und wirbelte sie einmal um mich herum.

»Ich wünsche dir ein frohes neues Jahr. Hast du einen Vorsatz?«, fragte ich sie.

»Was ist ein Vorsatz?«

»Etwas, was du unbedingt im nächsten Jahr tun willst. Oder vielleicht auch etwas, was du auf keinen Fall mehr tun willst.«

Sie überlegte.

»Nö, ich bin zufrieden.«

War es nicht toll, ein Kind zu sein?

Ich hoffte, dass ihr diese Zufriedenheit noch sehr lange erhalten bleiben würde. Und wenn sie zu viel davon hatte, durfte sie mir gern etwas davon abgeben.

Wir zogen alle unsere Jacken an, packten uns dick mit Mützen und Schals ein und gingen nach draußen. Dort standen bereits viele Nachbarinnen und Nachbarn, die schon eine Menge Böller gezündet und Raketen in den Himmel geschossen hatten. Ich beobachtete meinen Papa dabei, wie er eine riesige Feuerwerksbatterie zündete, aus der nach einigen Sekunden unzählige Raketen und bunte Funken herausschossen. Lissy und Mama begnügten sich mit einer Wunderkerze und Oma und ich schienen einfach damit zufrieden zu sein, mit einem Glas Sekt am Rand zu stehen und das Schauspiel zu genießen.

Allerdings griff ich dennoch einige Minuten später nach meinem Handy, das seit Tagen zwar in meiner Hosentasche verstaut, jedoch seit dem Abend der Quiz-Meisterschaft ausgeschaltet war. Ich wusste weder ob unserer Truppe noch beim Quiz teilgenommen hatte noch ob sie erfolgreich gewesen waren. Ich hatte keine Ahnung, ob Max sich bei mir gemeldet hatte, um mir alles erklären zu wollen. Und ich hatte keinen blassen Schimmer, was nun mit Mathilda war und wie ihr Verhältnis zu Max war. War das Wort *Verhältnis* am Ende haargenau das richtige?

Wahrscheinlich gab es eine ganz logische, vielleicht sogar harmlose Erklärung. Je länger ich in den letzten Tagen darüber nachgedacht hatte, desto sicherer war ich mir tatsächlich, dass es höchstwahrscheinlich harmloser war, als es im ersten Moment gewirkt hatte. Darum ging es mir aber nicht. Zumindest nicht nur. Es war einfach eine weitere Sache, die ich nicht über ihn gewusst hatte, über die ich vollkommen im Dunkeln gelassen worden war. Ich wollte mir nicht mehr wie der letzte Depp vorkommen, weil mein angeblich fester Freund quasi ein Fremder für mich war.

Wie fest konnte eine Beziehung denn sein, wenn man alle paar Tage von einer neuen Nachricht überrascht wurde?

Ich atmete einmal durch und schaltete das Handy an. Es begann wie verrückt in meiner Hand zu vibrieren, als unzählige Nachrichten eingingen und Anrufe in Abwesenheit angezeigt wurden. Auch auf die Mailbox war ein paarmal gesprochen worden.

Noch wollte ich von all dem nichts wissen.

Ich klickte mich in die Quiz-Chatgruppe, in der nur Zoya, Fatih, Mike und ich waren. Dort schrieb ich:

Frohes neues Jahr.
Macht euch keine Sorgen, ich bin bald wieder da.

»Hilfst du mir?« Lissy stand vor mir und zeigte mir eine neue Wunderkerze. Ich zündete die Wunderkerze an und machte ein Selfie von uns beiden, das mit den vor uns umherfliegenden Funken fast schon magisch aussah. Dann stellte ich das Handy wieder aus.

Das war mein Silvester.

In zwei Tagen würden wir wieder nach Hause zurückkehren, und ich hatte momentan kein gutes Gefühl dabei.

Auch wenn das Zinn in Form eines Zeppelins mir etwas anderes weismachen wollte.

Kapitel 31

Als das Auto um die Ecke fuhr und ich unser Haus sah, hatte ich für einen kurzen Moment Angst. Angst, dass er davor auf mich warten würde. Doch er stand weder auf dem Gehweg noch vor unserer Eingangstür. War ich erleichtert oder enttäuscht? Sicher war ich mir nicht. Aber schon in den letzten Tagen war mir aufgefallen, dass ich mir nicht sicher war, was ich mir wünschen sollte. Ich weckte Lissy, die auf der Heimfahrt eingeschlafen war, nahm dann meinen Rucksack und noch ein bisschen von dem Gepäck meiner Eltern und betrat unser Haus. Alles war still. Es war eine seltsame Ruhe vor dem Sturm. Ich konnte meine Gefühle noch nicht so recht deuten, aber ich würde mich schon sehr bald auf sie einlassen müssen. Ich konnte nur hoffen, dass der Sturm noch etwas von mir übrig lassen würde.

»Räumst du deine Sachen gleich aus, ich möchte heute noch eine Ladung Wäsche waschen«, sagte Mama im Vorbeigehen.

»Ja klar. Mach ich.«

Ich lief die Stufen nach oben in den ersten Stock und öffnete die Tür zu meinem Zimmer. Hier hatte sich logischerweise auch nichts verändert. Alles lag noch so da wie an dem Abend, an dem ich in größter Eile und Hektik alles zusammengepackt hatte, um zu fliehen. Ja, ein anderes Wort als *fliehen* fiel mir dazu nicht ein. Es war eine Flucht gewesen. Vielleicht auch etwas feige, im Nachhinein betrachtet. Aber es war notwendig gewesen. Ich wollte es nicht bereuen. Die Auszeit bei meiner Oma hatte mir gutgetan. Der Abstand war beruhigend gewesen. Ich räumte meinen Rucksack aus, machte einen Stapel mit

meiner schmutzigen Wäsche, brachte die Zahnbürste wieder ins Badezimmer und stopfte die Dreckwäsche dort in den Wäschekorb. Dann sah ich auf die Uhr und stellte fest, dass erst früher Nachmittag war. Auf der Fahrt hatten wir kurz an einer Raststätte haltgemacht und ein paar Pommes gegessen. Also ging ich davon aus, dass bis zum Abendessen auch noch eine Menge Zeit war.

»Mama? Ist es okay, wenn ich noch kurz weggehe?«

»Ja, geht klar. Da wir so gut wie nichts im Kühlschrank haben und erst morgen einkaufen werden, bestelle ich nachher einfach ein bisschen Pasta beim Italiener. Einverstanden?«

»Super. Bitte für mich das Gleiche wie immer.«

Dann lief ich wieder nach oben, um mein Handy zu holen. Ich setzte mich auf mein Bett und atmete einmal durch, um mich zu beruhigen und mich für das Kommende zu wappnen. Ich hatte den Moment lange genug vor mir hergeschoben. Nun war es also so weit. Ich starrte das schwarze Display meines Handys an und schaltete es dann ein.

Zuerst fielen mir die unzähligen Anrufe in Abwesenheit auf. Einige waren von Mathilda. Die meisten von Zoya. Aber auch Fatih und Mike hatten es im Laufe der letzten Tage immer mal wieder versucht. Und natürlich auch Max.

Ich klickte auf die eingegangenen Nachrichten. In unserem gemeinsamen Quiz-Chat war viel diskutiert worden. Dort erfuhr ich auch zum ersten Mal, dass sie zwar bei der Quiz-Meisterschaft mitgemacht hatten, aber nicht bis zum Schluss geblieben waren. Irgendwie tat es mir ja leid. Ich hatte mich genauso sehr auf diesen Abend gefreut wie sie. Und dann hatte ich es kaputt gemacht. Andererseits … musste ich tatsächlich ein schlechtes Gewissen haben? Es war ja wohl nicht primär meine Schuld gewesen, oder? War mein Verhalten nicht verständlich? Oder hatte ich überreagiert? Ob es nicht eine logische und womöglich vollkommen harmlose Erklärung für alles gab? Vermutlich. Aber es war eben wie immer: Es hatte nicht so ausgesehen, als ob Max gewillt gewesen war, mir etwas zu erzählen oder die ganze Situation aufzuklären. Ganz im Gegenteil. Er hatte eher den Eindruck gemacht, als ob er mich verschweigen und verleumden wollen würde.

Ich seufzte und scrollte weiter durch mein Handy. Fatih hatte mir auch außerhalb unseres Gruppenchats geschrieben. Er wollte wissen, wie es mir ging und ob alles okay mit mir war. Auch von Zoya fand ich mehrere Nachrichten. Außerdem eine SMS von Mathilda.

Henry! Ruf mich doch bitte zurück. Ich kann dir alles erklären. Oder melde dich am besten direkt bei Max.

Interessant. Vor allem, wenn man die Tatsache betrachtete, dass ich von Max keine Nachricht erhalten hatte. Ich scrollte nach unten und klickte seinen Namen an. Die letzte Nachricht war über eine Woche alt.

Was hatte ich erwartet? Anscheinend etwas anderes, sonst wäre ich nun nicht so enttäuscht. Hunderte Nachrichten voll Entschuldigungen, Worte, die mir Honig ums Maul schmieren und mir immer wieder versicherten, dass das alles natürlich nur ein Missverständnis sei. Das war es, was ich mir vorgestellt hatte. Wahrscheinlich hätte ich über jeder dieser Nachrichten den Kopf geschüttelt. Ich hätte geflucht und genervt die Augen verdreht. Aber es hätte zumindest gezeigt, dass ihm mein Verschwinden etwas ausmachte. Dass er mich vielleicht sogar vermisste.

Was bedeutete die Abwesenheit dieser Nachrichten?

Na ja, wenigstens hat er versucht anzurufen, redete mir ein besonders gutgläubiger und dummer Teil meines Hirns gut zu. Aber auch nur an dem Abend, an dem ich abgehauen war. Danach hatte er wohl aufgegeben. So musste es gewesen sein, und das machte mich traurig.

Ja, ich würde mich bei ihm melden. Nur eben nicht heute. Wir mussten uns treffen, um abschließend alles zu klären. Und wenn er noch immer nicht bereit war, mit offenen Karten zu spielen, dann mussten wir zumindest einen sauberen Abschluss finden. Denn so, wie es war, konnte es definitiv nicht weitergehen.

An Rande bekam ich mit, dass es an der Tür läutete, aber schenkte dem keine Aufmerksamkeit. Zu sehr wühlte mich mein nun wieder angeschaltetes Handy auf. Ich überlegte gerade ernsthaft, ob ich es nicht doch noch wieder ausschalten sollte, da ich mich einfach noch etwas länger vor der Realität verstecken wollte, da rief mich meine Mama von unten,

»Henry? Da ist Besuch für dich.«

Die Realität. Da war sie.

Ich bekam sofort einen Schweißausbruch und Herzrasen. Beides fühlte sich nicht gut an, und es hätte mich nicht gewundert, wenn ich hier und jetzt einfach zusammengebrochen wäre. Ich fühlte mich nicht bereit dafür.

»Henry?« Meine Mama rief ein zweites Mal.

»Ich komme«, antwortete ich mit zitternder Stimme. Gott ... wenn ich mich jetzt schon so fühlte, wie wäre es dann, wenn ich ihm direkt gegenüberstehen würde? Was würde sein Anblick mit mir anstellen?

Langsam und mit wackligen Knien stieg ich die Stufen nach unten und atmete erleichtert aus, als ich Fatih im Hausflur sah. Ich lief auf ihn zu und umarmte ihn.

»Du glaubst nicht, wie unglaublich erleichtert ich bin, dich zu sehen.«

»Das wundert mich etwas«, meinte Fatih nur, drückte mich aber auch einmal kurz an sich. Ich schob ihn von mir und sah ihn mit großen Augen an.

»Ich hatte für einen kurzen Moment Panik, dass Max vor der Tür stehen könnte.«

Fatih sagte nichts, sondern sah mich nur an.

»Na, komm doch erst mal rein.« Ich lotste ihn in die Küche, wo ich uns beiden je ein Glas Cola einschenkte.

Fatih zog seine Jacke aus, hängte sie über die Stuhllehne und setzte sich an den Küchentisch.

»Wann seid ihr zurückgekommen?«

»Vorhin. Wir sind erst seit ein paar Minuten wieder da. Ich hätte mich noch bei euch gemeldet.«

Fatih nickte und trank einen Schluck. »Ich bin zufällig vorbeigekommen und hab euer Auto gesehen. Deshalb dachte ich, dass ich mal klingeln sollte. Wie geht es dir?«

Ich zuckte mit den Schultern. »Ganz ehrlich? Keine Ahnung. Ich hab mich die letzten Tage in Glückskirchen bemüht, nicht an Max und Mathilda zu denken. Was mir natürlich nicht wirklich geglückt ist. Jetzt bin ich wieder da und habe Angst vor der Konfrontation. Auch wenn ich weiß, dass sie unvermeidbar ist.«

»Sie ist nicht unvermeidbar. Sie ist vor allem wichtig. Ich verstehe ja, dass du abgehauen bist, wirklich. Das hätte wahrscheinlich jeder an deiner Stelle getan. Aber du brauchst eine Erklärung.«

»Ich weiß, Fatih. Eine Erklärung und einen sauberen Abschluss. Ich will nichts bereuen, weißt du? Max ist, er war …« Kurz hielt ich inne, da ich nicht wusste, ob ich beim Gedanken an unsere Beziehung bereits die Vergangenheitsform verwenden sollte. »Er ist meine erste große Liebe, und wenn ich mit diesen Gefühlen wirklich allein war, wenn Max nicht so empfunden hat …«

»Hör auf! Hör auf, dich kleiner zu machen, als du bist. Warum sollte er dich nicht genauso toll finden wie du ihn? Rede nicht direkt alles schlecht, ohne mit ihm gesprochen zu haben. Rede mit ihm!«

»Ich kann einfach nicht glauben, dass er mich betrogen hat. Das passt überhaupt nicht zu dem Max, den ich kennengelernt habe. Aber was nutzt es, weiter darüber zu grübeln. Nur er kann mir Antworten liefern.«

Fatih nickte, verzog den Mund dabei aber seltsam.

»Du weißt doch mehr, oder? Haben Mathilda und er mit euch gesprochen?«

»Nicht viel. Aber von mir erfährst du definitiv nichts. Ihr beide, Max und du, ihr müsst miteinander sprechen. Das ist so was von überfällig! Ich wollte nur nach dir sehen. Aber du lebst, siehst gut aus und bist stark genug, dich ihm zu stellen. Komme, was da wolle. Stimmt's?«

»Ich hoffe es.« Die Worte kamen nur geflüstert aus meinem Mund. Da spürte ich Fatihs Hand auf meiner Schulter.

»Du schaffst das. Egal wie ein klärendes Gespräch aussehen wird, danach wird es dir besser gehen, und die Last, die du nun schon viel zu lange mit dir herumträgst, wird von dir genommen.«

Ich nickte Fatih zu. »Du bist ein toller Kerl, weißt du das?«, fragte ich meinen Freund und lächelte ihn an.

Fatih nickte. An Selbstbewusstsein mangelte es ihm anscheinend nicht.

Mama kam in die Küche und füllte Wasser in den Wasserkocher. »Wollt ihr auch einen Tee?«

»Nein danke, ich mach mich mal wieder auf den Weg.« Fatih erhob sich und griff nach der Jacke, die über dem Küchenstuhl hing.

»Schon?«, fragte ich enttäuscht.

»Ich glaube, du hast genug zu tun, oder?«

Irgendwie hatte er recht. Aber ich musste mich doch nicht direkt darum kümmern.

Ich verabschiedete Fatih und bedankte mich noch mal dafür, dass er nach mir gesehen hatte. Er war wirklich ein Guter. Und er hatte in allem, was er gesagt hatte, recht. Ich sollte das Gespräch mit Max nicht ewig vor mir herschieben.

Aber zuerst hatte ich etwas anderes vor.

Schnell zog ich mich warm an und kontrollierte mein Aussehen im großen Spiegel neben der Garderobe. Ich sah müde aus und meine Haare waren von der langen Autofahrt eine Katastrophe. Nichts, was meine Beaniemütze nicht verdecken konnte. Als ich das Haus verließ, schüttelte ich mich erst mal. Das Wetter war ekelhaft. Grau, nass und kalt. Es hatte wohl in unserer Abwesenheit geschneit. Davon waren aber nur noch dreckige Haufen am Straßenrand übrig. Lachhaft, wenn man bedachte, wie es momentan bei Oma vor der Haustür aussah.

Ich atmete erleichtert auf, als ich in der gut beheizten Straßenbahn saß. Verträumt betrachtete ich die Stadt, die an mir vorbeizog, und fühlte mich noch nicht ganz heimisch. Es kam mir vor, als wäre ich ewig weg gewesen und nicht nur ein paar Tage. Alles sah gleich aus, aber fühlte sich völlig fremd an. Ich hatte mich wirklich bemüht, mich so sehr abzulenken und all das zu verdrängen, was mich hier erwarten würde. Zurück zu sein, kam mir noch ziemlich surreal vor.

Ich stieg an meiner Haltestelle aus und konnte direkt auf das Aquarium blicken. *Aquantis*, stand in großen Buchstaben über der

Eingangstür. Ich hatte es vermisst. Sonst war ich viel öfter hier, aber der ganze Stress mit Max, die Quiz-Meisterschaft, an der ich im Endeffekt doch nicht teilgenommen hatte, und natürlich auch die Uni hatten mich davon abgehalten. Tatsächlich war ich das letzte Mal mit ihm hier gewesen.

Ich betrat das Aquarium und zeigte ungefragt an der Kasse meine neue Jahreskarte vor, die mir meine Eltern wie immer zu Weihnachten geschenkt hatten. Im ersten Raum schlenderte ich an den vielen Becken entlang, beobachtete bunte Fische in allen Farben, Formen und Größen und blieb besonders lange bei den Seepferdchen stehen, die Nachwuchs bekommen hatten. Ich war nicht der Einzige, der sich die possierlichen Tierchen genau ansah. Um mich herum hatten sich einige Familien versammelt, und vor allem viele Kinder, die mindestens so begeistert waren wie ich. Vielleicht sogar ein wenig mehr. Denn mein Lieblingsaquarium kam ja erst noch. Also lief ich weiter durch den Tunnel hindurch, in dem man komplett von Wasser umgeben zu sein schien. Natürlich sah ich mich auch hier genau um. Ein Rochen schwebte über meinen Kopf hinweg, sodass ich ihn mir von unten betrachten konnte. Ein Schwarm kleiner blauer Fische, deren Namen ich nicht kannte, folgte ihm. Dieser Tunnel war die absolute Attraktion hier im *Aquantis.* Doch mich zog es in den Raum dahinter zu meinem Lieblingsplatz. Das blau beleuchtete Becken mit den Quallen strahlte mir schon von Weitem entgegen. Ich stellte mich vor die Scheibe und sah den Medusen beim zarten Dahingleiten zu. Ich hatte direkt das Gefühl, dass ich mich beruhigte, dass mein Puls im gleichen Takt schlug wie das elegante Öffnen und Schließen ihrer Schirme. Ich atmete tief ein und lange und gedehnt aus. Es war sehr still hier. Die ganzen Familien waren noch immer bei den Seepferdchen, leises Gemurmel vom Souvenirshop um die Ecke drang zu mir durch, aber ansonsten war nur das Brummen des Quallenaquariums und mein gleichmäßiges Atmen zu hören. Das hier war einfach der perfekte Ort zum Nachdenken. Und genau das wollte ich jetzt eine Zeit lang tun. Zur Ruhe kommen und über alles nachdenken, was in den letzten Tagen geschehen war. Also drehte ich mich um und zuckte sofort zusammen.

Max saß auf meiner Bank und beobachtete mich.

Er lächelte zaghaft und rutschte zur Seite. Ganz so, als wollte er für mich Platz machen. Aber ich blieb stehen. Mein Herz raste, und ich wusste gerade echt nicht wohin mit mir. Max schien deutlich mehr Zeit gehabt zu haben, sich psychisch auf mich vorzubereiten. Anscheinend saß er ja schon länger hier und hatte mich beobachtet. Die paar Sekunden des erstarrten Herumstehens musste er mir also zugestehen.

»Da bist du ja endlich«, sagte er und räusperte sich dann. »Magst du dich zu mir setzen?«

Es herrschte Schweigen zwischen uns. Wir sahen uns einfach nur an. Ich hatte keine Ahnung, was in ihm vorging. Ich wusste nur, dass mein Kopf wie leer gefegt war und mein Puls wie verrückt raste.

»Bitte«, ergänzte er kleinlaut, und ich seufzte kurz auf, bevor ich mich neben ihm niederließ. Keiner von uns sagte etwas. Wir saßen nur beide da und beobachteten die Quallen vor uns.

»Ich denke, wir sollten reden«, meinte Max plötzlich, und ich konnte nichts dagegen tun, dass ich kurz auflachte.

»Aha. Auf einmal?« Der Ton meiner Stimme war alles andere als freundlich. Als ob ich ihn nicht seit einer gefühlten Ewigkeit angefleht hatte, mit mir zu reden. Mir endlich Antworten zu geben und mir mitzuteilen, was ihm so sehr zu schaffen machte. Max fuhr sich nervös durch das Haar.

»Wenn es noch nicht zu spät ist.«

Ich schloss die Augen und lehnte mich zurück. Was erwartete er denn?

»Was machst du überhaupt hier?« Die Frage musste erlaubt sein. Denn das hier war eindeutig *mein* Platz. Mein Wohlfühlort. Nicht seiner.

»Ich bin seit ein paar Tagen hier. Immer zur Mittagszeit, bis meine Schicht im Pub beginnt. Da du dein Handy ja anscheinend ausgeschaltet hattest und auch zu Hause nicht anzutreffen warst, erschien mir das als einzig mögliche Lösung, um dich vielleicht zu sehen. Außerdem hat man viel Zeit zum Nachdenken, wenn man hier sitzt.«

»Das stimmt«, flüsterte ich und sah weiter auf das Quallenaquarium.

»Ich hab dir nicht viel von mir erzählt«, begann Max nach einiger Zeit wieder von Neuem. »Das hatte unterschiedliche Gründe.« Er atmete einmal durch. »Zum einen weil ich einfach nicht gern darüber spreche. Zum anderen auch weil ich kein Mitleid möchte. Aber der Hauptgrund ist, dass ich all das, was mit dieser einen Nacht zusammenhängt, gern verdränge, weil es schmerzt. Es schmerzt so sehr.«

»Diese eine Nacht?«

»Ja. Mittlerweile ist es schon über vier Jahre her. Ich will, dass du weißt, dass ich es auch jetzt noch nicht erzählen will. Dass ich allein bei dem Gedanken daran Schweißausbrüche bekomme.«

Na toll, jetzt fühlte ich mich schlecht. Ich wollte ja nicht, dass er sich quälte.

»Aber ich erzähle es dir jetzt. Einfach damit du mich vielleicht hier und da besser verstehst. Oder zumindest meine Eigenarten nachvollziehen kannst. Und wenn es nur ein kleines bisschen ist.«

Ich nickte.

»Weil du mir wichtig bist«, ergänzte er mit zitternder Stimme, und ich spürte, dass das für ihn ein Kampf war. Aber ich war ihm so dankbar dafür, dass er ihn für mich kämpfen wollte. Ich griff nach seiner Hand und drückte sie.

»Du bist mir auch wichtig. Genau deshalb will ich dich ja verstehen und ein Teil von deinem Leben sein.«

Max schien sich zu sammeln. Er atmete tief durch und drückte meine Hand zurück.

»Alles begann in dieser Nacht …«

Kapitel 32

Max – 4 Jahre zuvor

»Geh noch nicht.« Die hübsche Blondine, die sich mir vor ein paar Stunden als Vanessa vorgestellt hatte, sah mich mit ihren großen blauen Augen eindringlich an. Sie war stark geschminkt und ihr Haar etwas zerzaust. Aber ich war mir auch nicht sicher, wie ich nach den fünf oder sechs Longdrinks gerade aussah. Wir saßen beide an der Theke des absoluten In-Klubs hier in der City und hatten vor ungefähr einer Stunde das Tanzen eingestellt, um uns intensiver mit dem Trinken zu beschäftigen. Ich hatte den Barkeeper gut trainiert. Jedes Mal, wenn ich mein Longdrinkglas geleert hatte, schenkte er bereits reichlich Jack Daniels und Cola nach. Vanessa war anscheinend großer Fan von Tequila. Oder sie nutzte einfach nur das praktische Angebot, dass es zwei Shots zum Preis von einem gab. Zusammenfassend: Wir waren beide komplett besoffen.

»Wenn du gehst, dann bin ich ganz allein hier. Kein Plan, wo meine Freundinnen sich rumtreiben«, lallte sie und zog einen herzzerreißenden Schmollmund.

»Morgen ist Sonntag. Da muss ich früh raus.« Das sagte ich zwar, meinte es aber nur halbherzig. Ich war jung, und sie schien echt angetan von mir zu sein. Wer wusste schon, was da noch passieren konnte?

»Musst du etwa in die Kirche?« Sie lachte dreckig, leckte sich dann den Handrücken, streute Salz darauf, leckte wieder, trank den Tequila und biss danach in eine Zitronenscheibe.

»Ne …« Aber ich musste jetzt auch nicht extra erwähnen, dass sonntags immer Familientag war. Ich hatte Paps versprochen, ihm beim Aufbauen von ein paar Ikea-Kommoden zu helfen. Wir hatten die letzten Wochen unser Haus komplett renoviert und wollten bis Weihnachten alles fertig haben. Sobald *Hemnes* stand, wollten wir uns mit Käsekuchen belohnen. Das war der Plan. Daher hatte ich schon einen Tisch im besten Café der Stadt reserviert. Aber das klang alles nicht wirklich cool. Ganz im Gegenteil sogar. Es klang, als wäre ich ein Kleinkind oder das größte Muttersöhnchen der Welt. Und ich hatte mir immerhin in den letzten Stunden sehr viel Mühe gegeben, diese Frau hier davon zu überzeugen, dass ich ein cooler Bad Boy war.

»Ach, scheiß drauf. Für einen oder zwei Drinks kann ich noch bleiben.«

Und so tranken wir, lachten, tanzten, knutschten ein bisschen rum, tauschten am Ende Telefonnummern und verabschiedeten uns am Taxistand. Sie fuhr in die eine und ich in die andere Richtung. In diesem Moment wusste ich noch nicht, dass ich nach diesem Abend über Jahre kein Interesse mehr daran haben würde, irgendjemanden zu daten. Bis zu diesem einen Tag, als mir ein süßer Typ mit Beanie auf dem Kopf und den schönsten blauen Augen, die ich je gesehen hatte, seine Nummer in die Hand drückte.

Leider reichte mein Geld nicht mehr für die komplette Taxifahrt nach Hause. Was ein ziemliches Armutszeugnis war. Als der Taxameter zwölf Euro anzeigte, bat ich den Taxifahrer, am Straßenrand anzuhalten. Ich kratzte mein übriges Kleingeld zusammen, reichte es ihm und stieg aus. Er murrte irgendwas Unverständliches und fuhr dann ohne mich weiter. Die letzten Meter nach Hause musste ich laufen. Aber das war nicht allzu schlimm. Da ich die Hoffnung hatte, dass mich das Laufen in Verbindung mit der frischen Luft zumindest ein wenig ausnüchtern würde. Es gab nichts Unangenehmeres, als im Bett zu liegen und immer wieder mit einem Fuß das sich drehende Bett abzustoppen.

Als ich um die Ecke bog und mein Zuhause sah, fielen mir zwei Dinge auf. Als Erstes der viele Sperrmüll auf der Straße. Eigentlich hatte ich gedacht, dass Paps und ich die ganzen alten Möbel und Deckenleisten morgen gemeinsam vors Haus tragen würden. Aber anscheinend hatte er das heute schon in meiner Abwesenheit getan. Was mir sonst noch auffiel, konnte ich erst gar nicht so recht benennen. Erst war es ein Geruch, der ein komisches Gefühl in meiner Magengegend verursachte. Und dann traf mich plötzlich die Erkenntnis. Mein Puls beschleunigte sich und meine Beine fühlten sich bleiern an. Trotzdem schaffte ich es loszurennen. Ich fand den Haustürschlüssel zum Glück sehr schnell in meiner Hosentasche und öffnete die Tür mit zitternden Fingern. Sofort schlug mir dicker Rauch entgegen.

»Hallo?«, rief ich laut in das Haus hinein, hörte aber keine Antwort.

Scheiße, scheiße, scheiße, scheiße, scheiße.

Immer wieder hallte dieses Wort in meinem Kopf. Ich zog mein T-Shirt nach oben und spannte es über Mund und Nase. So stieg ich die Treppen nach oben in unserem Wohnbereich. Ich konnte kaum etwas sehen, und es fiel mir verdammt schwer zu atmen. Schon jetzt konnte ich ein Husten nicht unterdrücken. Der Rauch biss mir in der Nase und meine Augen tränten stark. Wo waren meine Eltern, wo war Mathilda? Fuck!

Ich lief die Stufen wieder nach unten und riss die erste Tür im Erdgeschoss auf. Fast wäre ich über ihren Rollstuhl gestolpert, der direkt neben der Tür stand. Mathilda lag nichts ahnend in ihrem Bett. Wie lange schon? Und wo genau war das Feuer? Ich hatte nirgends Flammen gesehen oder knistern hören. Da war nur dieser beißende Rauch. Aber der musste ja auch einen Ursprung haben. Das musste gelöscht werden. Ich musste mich beeilen und den Feuerlöscher aus dem Flur holen. Der war doch da irgendwo neben dem Schirmständer, oder? Und ich spürte schon jetzt, wie mir die Kräfte wichen. Warum hatte ich nur so viel getrunken? Egal! Keine Zeit zu verlieren! Ich warf mir Mathilda über die Schulter. Dabei rutschte mein Shirt leider etwas runter und ich atmete direkt eine dicke Rauchschwade ungefiltert ein. Das würde ich nicht lange durchhalten. Mit schweren Schritten verließ ich das Zimmer, durchquerte den Hausflur und schaffte es mit ihr nach draußen. In unserem Vorgarten brach ich zusammen. Ich kniete auf dem Rasen und hustete mir die Lunge aus dem Leib. Ich spuckte und hustete, spuckte wieder und keuchte nach Luft. Mit tränenden Augen krabbelte ich zu Mathilda, die neben mir lag, und drehte ihr Gesicht zu mir.

»Tildy, Tildy … wach auf … scheiße! Wach auf!« Meine Stimme war ganz kratzig und hörte sich gar nicht wie meine an. Ich schüttelte sie und wiederholte immer wieder ihren Kosenamen. Aus der Ferne hörte ich Sirenengeheul. Am Rande nahm ich wahr, dass Nachbarinnen und Nachbarn dazugekommen waren. Sie näherten sich uns und fragten mich Dinge. Keine Ahnung, was sie fragten. Ich hörte ihnen nicht zu. Es war nur ein lautes Rauschen. Trotzdem wurde mir eins in diesem Moment schlagartig bewusst.

»Meine Eltern!« Mühsam erhob ich mich und rannte auf die Eingangstür zu. Irgendein Nachbar, ich wusste nicht, wer es war, hielt mich auf. Seine Arme wickelte er fest um meine Brust.

Immer wieder rief er: »Da kannst du nicht mehr rein! Vergiss es! Da kannst du nicht mehr rein. Das überlebst du nicht!«

Aber das war doch jetzt alles egal. Ich *musste* da rein. Oben war das Schlafzimmer meiner Eltern. Ich musste sie wecken, sie da rausholen. Der Feuerlöscher. Ich wusste genau, wo er war. Ich musste ihn holen!

»Mami!«, rief ich wie ein Kleinkind. Und genauso hilflos fühlte ich mich. Shit! Wir hatten die Rauchmelder letzte Woche abmontiert und wollten sie morgen wieder befestigen. Wir hatten die letzten Tage gestrichen, und jetzt fehlten noch die Möbel und die verdammten Rauchmelder. Diese verdammten Rauchmelder, die an die frisch gestrichene Decke mussten! Das konnte doch jetzt einfach nicht wahr sein! »Lass mich verdammt noch mal los! Meine Eltern sind noch da drin! Meine Eltern sind noch da drin!«

»Du kommst da drin um! Die Feuerwehr ist da! Lass die ihren Job machen! Kümmere dich um deine Schwester!«, brüllte der Typ, der mich noch immer wie ein Schraubstock festhielt. Ich hörte ihn, und doch prallten die Worte unverstanden an mir ab. Ich sah nur den Rauch, der aus jeder Ritze meines Zuhauses kroch, und spürte, wie es mich nach wenigen Minuten schon an meine Grenzen gebracht hatte. Meine Lunge schmerzte und ich hustete die ganze Zeit. Wie ging es Mathilda? Und wie lange konnten meine Eltern das aushalten?

»Lass mich los«, heulte ich wieder los. Aber ich wehrte mich kaum. Hauptsächlich, weil ich keine Kraft mehr hatte und in diesem Moment die Feuerwehr mit mehreren Fahrzeugen ankam. Ein Krankenwagen war auch dabei. Sofort war ein unglaubliches Treiben um uns herum. Das alles überforderte mich.

»Da sind noch Leute drin«, rief jemand der Feuerwehr zu. Und ich wollte gerade sagen, dass das meine Eltern waren, nicht irgendwelche Leute, da wurde ich aber schon von einem Rettungssanitäter über Mathilda ausgefragt. Ich antwortete stotternd und war mir danach nicht mehr sicher, was ich gesagt hatte. Ich stand komplett neben mir. Mathilda wurde auf eine Trage gelegt und zum Krankenwagen gebracht. Ich lief neben ihr her und konnte meinen Blick nicht von ihrem hübschen und doch so blassen Gesicht abwenden, als sie in den Krankenwagen eingeladen wurde.

»Wie geht es ihr?«, brachte ich mit schwacher Stimme heraus. Ich zitterte am ganzen Körper, das fiel mir erst jetzt auf. So kalt war es doch gar nicht.

»Sie hat viel Rauch eingeatmet«, antwortete eine der Sanitäterinnen. Aber das war keine Antwort auf meine Frage. Doch da wurde die Tür schon geschlossen und sie fuhren mit ihr los. Womöglich ins Krankenhaus. Hatten sie mir gesagt, in welches Krankenhaus sie Mathilda bringen würden? Ich konnte mich nicht erinnern. Hinter mir brach wieder Hektik aus und ich sah, wie mehrere Feuerwehrleute die leblosen Körper meiner Eltern heraustrugen. Auch sie wurden sofort in die Krankenwagen verladen. Ich hatte nicht mal bemerkt, dass noch mehr angekommen waren.

Überhaupt war meine Erinnerung ab diesem Moment nur noch sehr verschwommen. Ich konnte mich noch genau an den schrecklichen Qualmgeruch erinnern, der mir gefühlt noch Monate danach in der Nase hing. Ich wusste auch noch, wie überrascht ich war, als plötzlich Bagheera um die Ecke geschlendert und zu mir gelaufen kam. Ich war in diesem Moment so erleichtert gewesen, dass er anscheinend an diesem Abend draußen geblieben war und nicht, wie sonst so oft, bei mir oder Mathilda im Bett geschlafen hatte. Unglaublich viele Menschen redeten auf mich ein und stellten Fragen. Die Situation war für mich extrem wirr, und ich verstand nicht, was alle von mir wollten. Ich kam mir vor wie in einem schrecklichen und zudem auch noch sehr unscharfen Film.

»Morgen ist doch Sonntag. Familiensonntag«, sagte ich leise. Und legte mich dann neben Bagheera auf den kühlen Rasen.

Auch etwas, an das ich mich später noch erinnerte. Das Gefühl der kalten und feuchten Grashalme in meinem Gesicht.

Aber mehr war da nicht mehr.

Kapitel 33

»Meine Eltern haben nicht überlebt.« Damit beendete Max seine Erzählung, und ich sah ihn schockiert und wirklich betroffen an.

»Und was war mit dir? Hast du … warst du …?«, stammelte ich um den heißen Brei herum. Dabei wollte ich nur wissen, ob er auch verletzt worden war.

»Nicht der Rede wert. Ich stand unter Schock.« Er winkte ab. »Es ging mir viel zu gut. So gut hätte es mir nicht gehen dürfen.«

»Aber …« Ich wusste nicht, wie ich den Satz beenden sollte.

»Mathilda hatte Glück. Meine Eltern …« Er atmete tief ein und ich spürte, dass er um Fassung rang. »Meine Eltern waren nicht mehr zu retten. Es war übrigens die Heizdecke meiner Mutter. Das Schlimmste, was mir einfach nicht aus dem Kopf geht: Wir wollten am nächsten Tag die Rauchmelder wieder anbringen.« Max schüttelte den Kopf, und ich konnte Tränen in seinen Augen schimmern sehen. »Wir haben die Tage davor renoviert und auch die Zimmerdecken gestrichen.« Er seufzte. »Es konnte ja niemand ahnen, dass genau in dieser einen Nacht etwas passiert. Und ich … ich hätte sie retten können.« Eine Träne lief über seine Wange, er wischte sie fahrig mit dem Handrücken weg. »Ich hätte nur früher nach Hause kommen müssen. Vielleicht eine halbe Stunde früher, und alles wäre anders gekommen. Aber ich bin dortgeblieben. Und das werde ich mir niemals verzeihen.«

»Aber Mathilda, du hast doch Mathilda gerettet.«

»Aber ich habe ihr auch ihre Eltern genommen.«

»Hat sie dir das je vorgeworfen?«, fragte ich und war mir eigentlich schon sicher, wie die Antwort lautete.

»Natürlich nicht«, gab er zu. »Aber das würde sie auch nie tun. Selbst wenn sie es mal gedacht haben sollte, würde sie mir nie Vorwürfe machen. So ist sie nicht.«

»Weil es nicht deine Schuld war.« Ich kannte seine Geschichte erst seit wenigen Minuten und wusste jetzt schon, dass Max sich für etwas schuldig fühlte, an dem er einfach keine Schuld trug. Was er erlebt hatte, war schlimm und traumatisch, keine Frage. Aber eben auch ein absolut tragischer Unfall. »Max, das war nicht deine Schuld. Das weißt du doch?«

Er schüttelte den Kopf. »Ich komm einfach nicht mit dem Gedanken klar, dass ich früher nach Hause wollte und mich dann diese eine Frau überredet hat, noch länger zu bleiben. Die ich im Übrigen nie wiedergesehen habe. Ich bin geblieben und habe noch mehr getrunken. Das ist ja auch so was. Wer sagt, dass ich nicht schneller reagiert oder mehr geschafft hätte, wenn ich nüchtern gewesen wäre?«

»Ich kann jetzt nachvollziehen, dass es dir oft nicht so gut geht. Wirklich. Aber …« Ich zuckte mit den Schultern. »Versteh mich nicht falsch, aber was hat das mit mir zu tun?«

»Nichts.« Max vergrub sein Gesicht in den Händen. »Es hat natürlich nichts mit dir zu tun. Sondern nur mit mir! Jeden Sonntag verbringe ich entweder Zeit mit Mathilda als letzten Rest unseres Familiensonntags oder, wenn Mathilda mal keine Zeit hat, dann …« Wieder atmete er tief ein und bebend aus. »Dann gehe ich zu meinen Eltern.«

»Auf den Friedhof?«, fragte ich leise.

»Ja.« Nur ein geflüstertes Wort.

»Okay, da wäre ich danach vielleicht auch schlecht drauf und würde nicht flirty mit meinem Freund abhängen wollen.«

»Ich weiß ja, dass es absolut nicht gesund ist, was ich hier tue. Es ist selbstzerstörerisch und sinnlos. Dadurch wird sich ja nichts daran ändern. Sie sind tot. Ich bin da. Aber ich komm einfach nicht klar damit. Und manchmal trifft es mich eben besonders hart. Wie an Weihnachten, zum Beispiel. Du warst ja Zeuge davon. Keiner meiner besonders glorreichen Momente.«

»Oder als Bagheera seinen Anfall hatte.« Erst jetzt begriff ich auch da die tiefere Bedeutung.

»Bagheera war ein Geschenk meiner Eltern. Ich habe solche Angst, ihn zu verlieren. Auch das ist natürlich nicht wirklich gesund.« Er lachte kurz auf. »Ich bin ja nicht doof. Ich weiß, dass der Kater keine hundert Jahre alt wird. Aber er bedeutet so viel mehr! Nicht nur, dass er oft dafür sorgt, dass ich mich nicht so einsam fühle. Er ist eben auch noch etwas, was mir von meinen Eltern geblieben ist. Quasi das letzte große Weihnachtsgeschenk.«

»Deine Eltern haben dir doch viel mehr dagelassen. Die Tradition des Familiensonntags, zum Beispiel. Und natürlich Mathilda. Die zum Glück deine Schwester ist und nicht deine Geliebte.« Ich lachte nervös auf.

»Dachtest du wirklich, sie wäre meine Freundin?« Max wirkte schockiert.

»Erst ja, aber als ich länger darüber nachgedacht habe, eigentlich nicht mehr. Es war nur der erste Gedanke, weil es irgendwie in dem Moment so naheliegend war. Und deine Reaktion war jetzt auch nicht gerade beruhigend.« Ich zuckte mit den Schultern. »Da bin ich eben direkt vom Schlimmsten ausgegangen. Später dachte ich mir dann, dass es vielleicht auch etwas ganz anderes sein könnte. Obwohl ich sehr wenig von dir weiß beziehungsweise wusste, bin ich mir doch ziemlich sicher, dass du kein Betrüger bist. Ich bilde mir zumindest ein, dich so gut einschätzen zu können.«

Max nickte und sah wieder zum Aquarium vor uns.

»Mathilda wohnt bei unseren Großeltern. Am liebsten wäre es mir natürlich, wen wir hätten zusammenwohnen können, aber ich bin dafür einfach zu labil. Ich hab ja mit mir selbst schon genug zu tun und versuche, irgendwie mein Leben auf die Reihe zu bekommen. Da ist es schon richtig, dass sie bei Oma und Opa einen geregelten Tagesablauf hat und so.«

»Da hast du recht. Aber das bedeutet nicht, dass es immer so sein wird. Vielleicht könnt ihr ja doch irgendwann eine Geschwister-WG gründen.«

»Vielleicht.« Max seufzte. »Wo warst du eigentlich die letzten Tage?«, fragte er dann.

»Mit meiner Familie bei meiner Oma. Die wohnt doch in so einem Skigebiet. Hatte ich dir davon erzählt?«

»Du hattest mal was von Bergen erwähnt.«

»Ja. Dort war es echt verdammt kalt. Noch kälter als hier. Magst du Schnee?«

»Es geht. Als Kind war ich auch mal Skifahren. Ist ewig her.« Er wurde leiser und atmete einmal mit geschlossenen Augen durch. »Ich bin nicht gut darin.«

»Worin?«

»Im über mich zu reden. Es tut so weh, und ich kann mir nicht vorstellen, dass der Schmerz irgendwann nachlässt. Deshalb vermeide ich es.«

»Hast du schon mal darüber nachgedacht, dir Hilfe zu suchen?«

»Klar. Ich war auch schon bei einem Therapeuten. Aber ich kam irgendwie nicht mit ihm klar. Ich hatte das Gefühl, dass es mir nach jeder Sitzung dreckiger ging.«

»Dann brauchst du vielleicht einen anderen Therapeuten oder eine Therapeutin. Manchmal muss man etwas suchen, bis man jemanden findet, der zu einem passt.«

»Woher willst du das wissen?«

»Zoyas Mutter ist bei einer Therapeutin. Ich hab das alles mitbekommen. Auch dass sie mehrere ausprobieren musste, bis sie jemanden gefunden hat, der auf ihrer Wellenlänge war.«

Wir schwiegen wieder, saßen eng nebeneinander und hielten uns an der Hand. Die Quallen tanzten vor uns ihren Quallentanz und wir hingen womöglich beide einfach unseren Gedanken nach. Es war sehr viel auf einmal. Max' Geschichte war krass und ich verstand ihn nun ein wenig besser. Ich wünschte mir nur, dass er sich mir schon früher geöffnet hätte. Dann hätten wir uns all diese Missverständnisse sparen können. Andererseits war es auch absolut verständlich, dass er darüber nicht gern sprach, weil es ihn zu sehr belastete.

»Wie kam es jetzt zum Umdenken?«

»Was meinst du?«

»Warum hast du dich nun plötzlich dazu entschieden, mit mir zu reden?«

Max lächelte und sah mich von der Seite an. »Mathilda hat mir den Kopf gewaschen. Und zwar ordentlich. Die Standpauke meines Lebens. Sie war richtig sauer auf mich. Stinksauer. Sie wusste nicht mal, dass ich als Barkeeper arbeite und vor einiger Zeit das Studium geschmissen habe. Das hab ich ihr alles verschwiegen. Und dann natürlich noch die Sache mit dir.« Er lachte kurz auf und schüttelte den Kopf. »Schon ein lustiger Zufall, dass ihr befreundet seid, oder?«

»Irgendwie schon. Aber vielleicht ist das ja auch ein klein wenig Schicksal. Wenn ich an diesem Tag zu spät in die Uni gekommen wäre, hätte ihr vielleicht jemand anderes die Tür aufgehalten und sie hätte sich nicht zu mir gesetzt. Aber so konnten wir uns kennenlernen, und ich mochte sie von Anfang an. Genau wie dich. Den Charme habt ihr wohl in der DNA.« Ich grinste ihn an.

»Mag sein. Aber sie meinte auch, dass ich da nicht allein durchmuss. Dass ich nicht nur da bin, um ihr zu helfen. Dass sie auch für mich da sein will. Und sie ist so verdammt stark. Viel stärker als ich. Sie ist schon länger in Therapie, und natürlich ist es auch für sie nicht einfach. Aber sie kommt mit ihrem Schicksal irgendwie besser klar als ich. Obwohl ich der große Bruder bin und stärker sein sollte.«

Ich drückte seine Hand.

»Jeder hat nun mal seine Stärken und Schwächen. Vergiss nicht, dass du auf uns zählen kannst. Nicht nur auf deine Schwester. Ich bin auch da. Und ganz so leicht wirst du mich nicht los.«

»Zum Glück. Die letzten Tage waren nicht schön. Ich habe dich vermisst.« Er küsste mich auf die Wange.

»Um ehrlich zu sein, habe ich versucht, nicht an dich zu denken. Aber es ist mir nicht richtig gelungen. Ach, da war ja noch etwas.« Ich kramte in meiner Hosentasche und wurde schnell fündig. »Hier, für dich.« Ich reichte ihm ein Zuckerpäckchen aus der kleinen Bäckerei bei meiner Oma um die Ecke. »Sogar als ich nicht an dich denken wollte, hab ich ein Mitbringsel für dich besorgt. Lustig und beschämend zugleich.«

»Oh, wow!« Er betrachtete das Tütchen genau und steckte es sich dann in die Brusttasche seines Karohemds. »Danke, bekommt einen Ehrenplatz in der Kiste.«

»Aha, wie sieht der aus?« Ich lachte auf.

»Weiß ich noch nicht, aber ich denk mir was aus. Scheinwerferlicht und roter Teppich dürften vollkommen berechtigt sein.«

»In deinem Zucker-Pappkarton?« Ich sah ihn skeptisch, aber auch belustigt an.

»Logisch.«

Das war der Moment, in dem ich mich vorbeugte, um ihn zu küssen. Zaghaft und dennoch zuckersüß. Passend zum Mitbringsel aus Glückskirchen. Dann sahen wir uns tief in die Augen, und sein Blick gab mir mehr, als jedes Versprechen mir hätte geben können. Und ich spürte etwas, was ich schon lange nicht mehr gespürt hatte: Hoffnung.

Kapitel 34

Ich betrat das Irish Pub und ehe ich mich versah, kassierte ich zuerst einen Boxhieb gegen den Oberarm und direkt danach eine unglaublich feste Umarmung.

»Mach so was nie wieder!«, flüsterte Zoya nahe an meinem Ohr. »Ich hab mir Sorgen gemacht.«

Ich strich ihr über den Rücken und schob sie dann etwas von mir weg, um sie ansehen zu können.

»Versprochen! Aber dann darfst du mich auch nicht wieder verhauen.«

»Verhauen. Pfft!« Sie winkte ab, nahm meine Hand und zog mich mit zu unserem neuen Tisch, der zwar etwas größer, dafür aber um einiges niedriger war. Ich ließ mich auf die Bank sinken und atmete erleichtert aus.

»Diese Barhocker waren eh immer total unbequem, oder? Warum haben wir uns nicht schon früher für diesen Tisch entschieden?«

»Weil wir verdammte Gewohnheitstiere sind. Aber du hast recht. So eine Rückenlehne hat schon Vorteile. Mir tut ja nach drei Stunden Barhocker immer extrem der Rücken weh«, meine Mike.

»Weil du alt bist, Opa.« Zoya knuffte ihn in die Seite.

»Was kann ich euch bringen?« Jule erschien neben uns und lächelte. Eigentlich war ja immer Jenny unsere Dienstags-Bedienung. Aber seit Jule und Mike ein Paar waren, wollte sie sich um unseren Tisch kümmern und hatte Jenny den hinteren Bereich des Pubs überlassen. »Bist du wieder der Fahrer?«, fragte sie in meine Richtung, und ich schüttelte den Kopf.

»Nope! Heute definitiv nicht! Also bitte ein Bier.«

»Bring ich dir!«

»Und bring bitte gleich 'nen ganzen Pitcher«, ergänzte Mike. »Den teilen wir uns! Einverstanden?«

»Logo!«

»Hey.« Plötzlich stand Max hinter mir und küsste mich auf die Wange.

»Hi, Hübscher, wie lange musst du noch?«

»Wir werden sehen, vielleicht kann ich früher Feierabend machen, wenn ich Anton lieb frage.«

»Notfalls kann ich auch meinen Hundeblick aufsetzen, falls ihn das vielleicht umstimmen sollte.« Ich sah Max mit großen Augen an, um ihn von meinem Können zu überzeugen.

»Das Problem ist«, Max beugte sich zu mir herunter, damit ich ihn besser verstehen konnte, »ich glaube, er hat heute auch noch was vor. Er meinte, dass jemand bei ihm zu Hause sei. Keine Ahnung. Deshalb kann ich nichts versprechen.«

»Aber ich kann warten«, sagte ich und schenkte ihm einen Kuss. Er erwiderte ihn und wandte sich genau in dem Moment um, als Mathilda zur Tür hereinkam.

»Max! Aus dem Weg! Ich muss zu Henry!« Fast bekam ich Angst bei ihrem bedrohlichen Blick. Max tätschelte ihr kurz zur Begrüßung die Schulter und verschwand dann wieder hinter der Bar. Als Mathilda neben mir stehen blieb, griff sie nach meiner Hand und sah mich mit großen Augen an. »Ist alles okay?«

Ich nickte.

»Auch zwischen uns?«, fragte sie zaghaft.

»Alles okay. Wir, also Max und ich, wir haben geredet und na ja … das war echt bitter nötig. Jetzt verstehe ich einiges besser.«

»Glaub mir, ich habe ihm auch ins Gewissen geredet. Nicht nur einmal. Während deiner Abwesenheit habe ich quasi nonstop auf ihn eingeredet. Ich wusste auch so vieles nicht. Glaub mir. Er hat nicht nur dich komplett im Dunkeln gelassen. Ich hatte keinen blassen Schimmer, dass er hier arbeitet oder dass er einen Freund hat. Oder wie sehr er leidet.«

Ich nickte verständnisvoll und strich ihr über die Finger. »Aber egal jetzt.« Sie blinzelte die Traurigkeit weg und lächelte mich an. »Alles wird gut, und es wäre toll, wenn wir uns bei unserem nächsten Café-Date mal darüber unterhalten könnten. Heute ist aber Quiz-Zeit! Lass uns Spaß haben!«

»Genau! Und nachdem ich euch die Meisterschaft versaut habe, hab ich fest vor, heute alles zu geben. Sogar mehr als das.«

»Du hast uns nichts versaut, rede dir das ja nicht ein«, meldete sich nun Zoya zu Wort. »Das wird nicht die letzte Quiz-Meisterschaft gewesen sein. Mach dir also keine Vorwürfe.«

Ich nickte, aber ich konnte nichts dagegen tun, dass sich das schlechte Gewissen trotzdem bei mir meldete. Mir tat es eben leid, dass sie wegen mir die Meisterschaft nicht richtig hatten genießen können. Immerhin hatten wir uns alle darauf gefreut.

»Schwamm drüber!«, rief ich aus und sah meine Freunde alle der Reihe nach an. »Das Quiz heute ist ein besonderes, denn heute ist Mathilda offiziell das erste Mal so richtig dabei.«

Alle applaudierten ihr zu.

Jule brachte unsere Getränke und ich bewunderte die pinkfarbenen Cocktails, die Zoya und Mathilda bestellt hatten, wurde aber direkt von dem großen Bierpitcher abgelenkt, den Jule vor mir auf den Tisch abstellte.

»Ich hab Durst«, murmelte ich mehr zu mir selbst und schenkte zuerst Mike und dann mir ein.

»Prost«, sagte ich in die Runde, und alle erhoben ihr Glas.

»Prost!«

»Hallo, alle zusammen. Herzlich willkommen zum heutigen Pub-Quiz«, schallte es krachend aus den Lautsprechern. »Unsere zauberhaften Servicekräfte Jenny und Jule – ihr kennt sie ja alle – verteilen gerade noch Zettel und Stifte, und dann geht es auch schon los.«

Ich sah mich um und betrachtete die Gesichter von Mike, Fatih, Zoya und zuletzt Mathilda. Sie zwinkerte mir zu und ich musste grinsen. Zum Glück war ich wieder hier.

»Fugu!« riefen Fatih und ich unisono und hielten uns dann gleichzeitig die Hände vor den Mund. Wir sahen uns unauffällig um, aber anscheinend hatte der Nachbartisch die Antwort nicht gehört. Trotz der Tatsache, dass wir sie laut hinausgeschrien hatten. Vielleicht ließen es sich unsere Gegner aber auch einfach nicht anmerken.

»Fugu?« Mike ließ sich das Wort auf der Zunge zergehen. »Noch nie gehört.«

»Schreibt man das, wie man es spricht?«, fragte Zoya, die die Antworten auch heute wieder für uns niederschrieb. Unsere persönliche Schriftführerin.

»Ja.«

»Und der ist giftig, oder was?« Mike wunderte sich immer noch über unsere Antwort.

»Fugu ist eine Delikatesse in Japan«, legte nun Fatih los. »Aber es gibt Teile des Körpers, einige der Innereien und die Haut, die hochgiftig sind. Deshalb gilt es eben als *gefährliche Delikatesse.*«

»Du weißt ja viel über Fisch«, stellte Mathilda fest und sah dann zu mir. »Ich dachte, das wäre dein Spezialgebiet.«

»Ist es auch. Aber Fatih kennt sich mit Japan gut aus.«

Fatih nickte. »Meerestiere bleiben mein Metier.«

Kaum hatte Zoya die richtige Antwort niedergeschrieben, folgte auch schon die nächste Quizfrage.

»Welche beiden Mitglieder der Neunzigerjahre-Boyband NSYNC kannten sich bereits aus dem berühmten *Micky Mouse Club?*«

»Was ist das bitte schön für eine Scheißfrage?«, murmelte Mike, der sich danach anscheinend in seinem Bierglas zu ertränken versuchte. Zumindest war das Glas nach einigen kräftigen Schlucken leer.

»Banause!« Zoya lachte und schrieb etwas auf den Antwortzettel. Ich beugte mich rüber und las die Worte *Justin und JC.*

»Justin hätte ich auch gewusst«, sagte Mathilda, und Zoya zwinkerte ihr zu.

»Wollt ihr noch was trinken?« Jule stand an unserem Tisch, notierte für Mike noch ein Bier, gab ihm einen schnellen Kuss auf die Wange und steckte mir unauffällig einen Zettel zu.

»Nachrichten vom sexy Barkeeper?«, fragte Mathilda neben mir und ließ die Augenbrauen hüpfen. Na ja … wohl doch nicht so ganz unauffällig.

»Irgendwie ist es total merkwürdig, seit ich weiß, dass er dein Bruder ist.«

»Stimmt, hat sich auch echt seltsam angefühlt, es auszusprechen.«

Wir lachten beide und ich nahm einen Schluck von meinem Bier.

»Wie ist dein Eindruck so?«

»Was meinst du genau?«

Ich atmete einmal tief ein und warf Mathilda meinen *Was-wohl-*Blick zu. »Max, welchen Eindruck macht er auf dich? Meinst du, er kommt klar?«

»Schwer zu sagen.« Sie zog kräftig an ihrem Strohhalm. Ihr aktuelles Getränk war knallblau. Sah total chemisch und alles andere als gesund aus. »Er hat Kontakt mit meiner Therapeutin aufgenommen. Unabhängig davon, ob er bei ihr bleiben wird oder sich jemand anderes sucht, ist das, glaube ich, ein wichtiger erster Schritt. Und er hat immerhin mit mir über alles geredet. Und mit dir. Ich finde, dass er gute Fortschritte macht.«

»Finde ich auch.«

»Trotzdem wird er auch wieder Rückschritte machen und Zusammenbrüche haben. Es ist wichtig, dass er weiß, dass er nicht allein ist. Ich werde auf jeden Fall auf ihn aufpassen.«

»Ich natürlich auch, wenn er mich lässt.«

Mathilda griff nach meiner Hand und drückte sie. »Das wird schon.«

Wir sahen uns kurz tief in die Augen, und ich spürte Zuversicht in mir wachsen. Dank Mathilda.

»Was ist der, die oder das *Titania*?«, fragte Harry, der Pub-Chef, knarrend über die Lautsprecher.

»Ist das nicht dieses Lied von *David Guetta*?« Mike kratzte sich am Hinterkopf. Zoya schüttelte energisch den Kopf.

»Das ist *Titanium*, du Honk!«

»Einer der Monde des Uranus«, murmelte Mathilda leise neben mir.

»Was meinst du?«, hakte ich nach. Mathilda räusperte sich und wiederholte dann ihre Vermutung mit kräftiger Stimme. »So heißt einer der Uranusmonde!«

»Der hat mehrere?« Zoya stellte die Frage, die auch mir auf der Zunge lag.

»Siebenundzwanzig bislang entdeckte.«

Wir sahen sie alle überrascht, aber auch voll Bewunderung an.

»Ich hatte doch gesagt, dass sie uns unbesiegbar machen wird!«

Ich nutzte die kurze Gunst der Stunde, in der sich alle auf Mathilda konzentrierten und sie mit Fragen löcherten, um klammheimlich auf den Zettel zu sehen, den ich schon die ganze Zeit in der Hand hielt. Unwillkürlich musste ich grinsen.

Da ich nicht abschätzen kann, wie lange meine Schicht heute dauert, geb ich dir nachher einfach meinen Wohnungsschlüssel. Fühl dich wie zu Hause. (Im Kühlschrank findest du Russischen Zupfkuchen. Selbst gebacken!)

Und ich freue mich dann, dass jemand zu Hause ist und auf mich wartet. Das ist ein schönes Gefühl!

Ich liebe dich!

Ich faltete den Zettel zusammen und steckte ihn in meine Hosentasche. Zu Hause würde ich ihn in die kleine Schatulle zu den anderen Zettelchen von Max packen. Als ich zur Bar blickte, erkannte ich, dass auch Max in dem Moment zu mir sah. Ich warf ihm eine Kusshand zu und er zwinkerte. Hach. Dieses simple Augenzwinkern brachte mein Herz zum Rasen.

»Ja, es wird schon alles gut werden«, flüsterte Mathilda neben mir, die zwar eben noch abgelenkt gewesen war, ihren Bruder wohl aber nie so ganz aus den Augen ließ. Ich nickte. Denn irgendwie musste ich ihr und dem Zinn recht geben.

Alles wird gut – ich konnte es spüren.

Weigelt

Epilog

Max – einige Zeit später

Ich seufzte, als ich die letzten Gläser in die Spülmaschine räumte und auf *Start* klickte. Die Maschine begann mit der Reinigung. Ich hörte das Wasser rauschen und die Gläser klirren. Ansonsten war es still hier. Endlich Stille. Noch vor einer Stunde war im Pub einiges los gewesen. Unzählige Menschen, von denen ich viele noch nie zuvor gesehen hatte, waren hier gewesen, hatten sich auf das Büfett gestürzt und literweise Guinness und Cider getrunken.

Alles zu Ehren von Harry.

Ich konnte noch gar nicht glauben, dass er tatsächlich weg war. Er hatte lange schon mit gesundheitlichen Problemen zu kämpfen gehabt, aber er war dem Pub bis zum Schluss treu geblieben. Vor zwei Wochen hatte er noch hier auf der Bühne gesessen und die Quizfragen beim wöchentlichen Pub-Quiz vorgelesen. Zwar mit schwacher Stimme, aber ohne Pause und mit genauso viel Spaß dabei wie die Jahre und Jahrzehnte zuvor. Doch während der letzten Karaoke-Night hatte er mit gewohntem Elan und mit einer Extraportion Freude sein *Piano Man* gesungen. Das Lied, das heute den ganzen Tag über in Dauerschleife gelaufen war. Und alle hatten mitgesungen. Mitgesungen und dabei an den alten Pub-Chef Harry gedacht. An den Mann, der mir diesen Job gegeben hatte, der mich bei der Wohnungssuche unterstützt und am Ende sogar bei meinem Vermieter für mich gebürgt hatte. Ohne ihn hätte ich die Wohnung nicht bekommen. Dank ihm hatte ich meine Liebe zur Gastronomie entdeckt. Es war eine Verzweiflungstat gewesen, das Studium zu schmeißen und hier als Barkeeper anzufangen. Aber es hatte sich zu der besten Entscheidung meines Lebens entwickelt. Noch vor einem Jahr war ich verloren gewesen. Ich wusste nicht, wie es weitergehen sollte, war gefangen zwischen Unlust und depressiven Phasen. Ich hatte weder ein Ziel noch irgendwelche Ambitionen.

Und nun?

Nun war alles anders.

Ich war Besitzer eines Irish Pubs. Harry hatte mir das alles hier vererbt. Ich wusste nicht, was er in mir gesehen hatte, aber ich schien für ihn etwas Besonderes gewesen zu sein. Und das machte mich stolz. Ich dachte oft an Harry und war ihm sehr dankbar.

Seufzend nahm ich einen nassen Lappen zur Hand und begann, alle Tische abzuwischen. Das hatte schon fast etwas Ehrwürdiges für mich. Immerhin gehörte das alles jetzt mir. Ich war mir darüber im Klaren, dass damit auch eine Menge Verantwortung auf mir lastete. Aber Harry hatte mich die letzten Monate gut vorbereitet. Das hoffte ich zumindest.

Überhaupt war ich durch seine Hilfe innerlich gewachsen. Dank ihm, meiner Therapeutin und natürlich dank Mathilda. Jeder Einzelne von ihnen hatte geholfen, einen Teil von mir – na ja, nicht direkt – zu heilen, aber sie hatten mir dabei geholfen, mit diesem Teil zu leben. Mich mit ihm zu arrangieren. Mit der Trauer umzugehen.

Als ich alle Gläser an ihren Platz gestellt, den Tresen und alle Tische gereinigt hatte, sah ich mich stolz um.

Ich war zufrieden.

Ein schönes, wenn auch noch ungewohntes Gefühl, das ich deshalb umso mehr zu schätzen wusste.

Ich ging zum Sicherungskasten und legte alle nötigen Schalter um. Zum Schluss schnappte ich mir meine Tasche, verließ den Laden und schloss die Tür ab.

»Da bist du ja endlich!« Mathilda wartete bereits auf mich. Immerhin war Sonntag und wir hatten nicht vor, an unserer Tradition etwas zu ändern. Mit einem ganz kleinen Unterschied.

»Hey, Hübscher.« Henry sprang von der Fensterbank, auf der er auch schon vor unserem ersten Date auf mich gewartet hatte, und kam auf mich zugelaufen. Er gab mir einen Begrüßungskuss und sah mich mit dem gleichen verliebten Blick an, wie er es immer tat. Mein Henry.

Wenn Mathilda, Harry und meine Therapeutin einen großen Teil dazu beigetragen hatten, dass ich heute hier stand und okay war, dann durfte man Henry in dieser Aufzählung auf keinen Fall vergessen.

Einfach weil er noch immer da war. An meiner Seite.

Seine Treue und Liebe gaben mir bis heute Halt. Bei jedem meiner Tiefpunkte – und das waren viele gewesen – hatte ich gewusst, dass ich auf ihn zählen konnte. Dass er auf mich wartete. Dass er mich unterstützte. Auch in Zukunft. Er war schon längst viel mehr als mein fester Freund. Er war ein fester Bestandteil unserer Familie. Und deshalb war er auch immer öfter bei unseren Sonntagsausflügen dabei.

»Bist du bereit für das neue Drama mit Zac Efron?«, fragte Henry, und ich konnte den Blick kaum von seinen blauen Augen abwenden. Den schönsten blauen Augen, die ich je gesehen hatte.

»Ist man das jemals?« Ich küsste ihn auf die Nasenspitze und schulterte dann meine Tasche.

»Tickets sind auf jeden Fall reserviert, und Sebastian wartet bestimmt auch schon vorm Kino auf uns. Wir sollten uns beeilen, damit wir noch genug Zeit haben, um Popcorn, Chips, Eis und Gummibärchen zu besorgen«, meinte Mathilda. Auch ihr Freund, den sie damals in der Bibliothek kennengelernt hatte, würde uns begleiten.

»Das alles?«

»Mathilda und ich sind uns einig. Wir arbeiten uns heute einmal durch die kompletten Kino-Fressalien! Das ist unser Ziel. Los, wir sind spät dran.«

»Als ob dir das sonst etwas ausmachen würde«, neckte Mathilda Henry, der daraufhin betroffen nach Luft schnappte.

»Es ist ja nicht so, dass mir das nichts ausmacht. Ich kann nur eben nichts daran ändern.« Henry nahm meine Hand und zog mich mit sich. Gemeinsam bogen wir in die Fußgängerzone ein, in der sich das kleine Kino befand, in das wir gehen wollten.

Wie oft hatten wir uns gewünscht, einfach nichts zu fühlen. Henry hatte die Enttäuschung nicht mehr spüren wollen, wenn ich ihn mal wieder außen vor gelassen oder ihn sogar tagelang ignoriert hatte. Mich hingegen quälte nicht nur die Trauer um die zwei wahrscheinlich wichtigsten Menschen in meinem Leben, sondern auch das schlechte Gewissen, weil ich sie nicht hatte retten können. Wie sehr hatten wir die Quallen beneidet, denen Schmerz fremd war. Denen es überhaupt nicht möglich war, Emotionen zu empfinden.

Aber dann würde ich auch das nicht fühlen.

Ich blickte nach rechts und sah Henry an. Meine große Liebe. Der schräge Nerd mit dem Kopf voll unnützem Wissen. Mit den Postern von Meerestieren an der Wand und diesem einzigartigen Fable für Quallen. Und so langsam verstand ich die Faszination dieser Tiere. Denn das Leben war auch nicht viel anders als … na ja, es mochte komisch klingen, als eine Qualle.

Es war geheimnisvoll, rätselhaft, unvorhersehbar, zuerst unspektakulär, für manche sogar langweilig. Manchmal mit toxischen und geradezu gefährlichen Seiten. Doch wenn man genau hinsah, war es unerwartet schön. Beinahe perfekt auf seine eigene, ganz besondere und einzigartige Weise.

»Hey.« Henry drückte meine Hand und lenkte meine Aufmerksamkeit auf sich. »Meine Eltern würden sich freuen, wenn du und Mathilda nächste Woche mal wieder zu uns zum Essen kommen würdet. Das letzte Mal ist schon so lange her.«

»So lange auch mal wieder nicht.« Kurz überlegte ich und zählte nach. »Zwei oder drei Wochen maximal.«

»Für meine Mama viel zu lange. Sie meinte, dass sie dann sogar eine riesige Schüssel Pannacotta machen würde. Also lass uns nicht zu lange warten.«

»Wir freuen uns.« Mathilda lächelte.

»Das tun wir«, stimmte ich zu. Anfangs war es mir nicht leichtgefallen, bei Henrys Eltern zu Besuch zu sein. Es schmerzte auf besonders gemeine Art und Weise, weil es mir zeigte, was mir die letzten Jahre gefehlt hatte. Dieses warme Gefühl der Geborgenheit, das dir nur ein liebendes Zuhause geben kann. Doch nach einiger Zeit hatte ich verstanden, dass ich Henry, seine Eltern und seine kleine Schwester Lissy nicht als Zeichen meines Verlustes ansehen durfte. Sie waren ein Teil meiner neuen Familie. Kein Ersatz, einfach eine wunderbare und liebevolle Ergänzung. Und sie alle machten mein Leben lebenswerter.

»Max?«

Ich sah zu Henry hinunter.

»Ich liebe dich, das weißt du, oder?«

Ich nickte und beugte mich zu ihm, um ihn zu küssen.

»Und ich dich.«

Ende

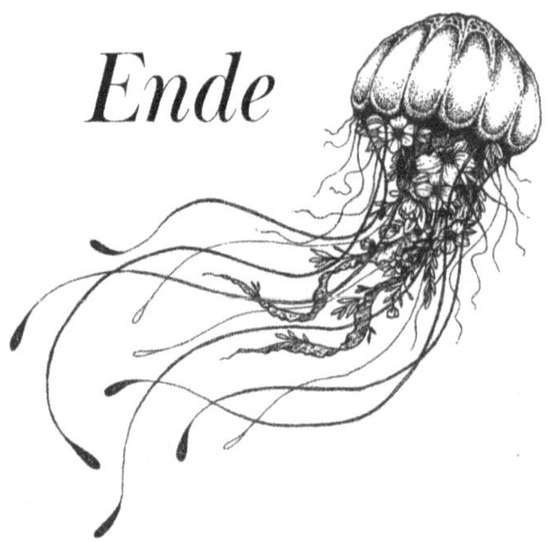

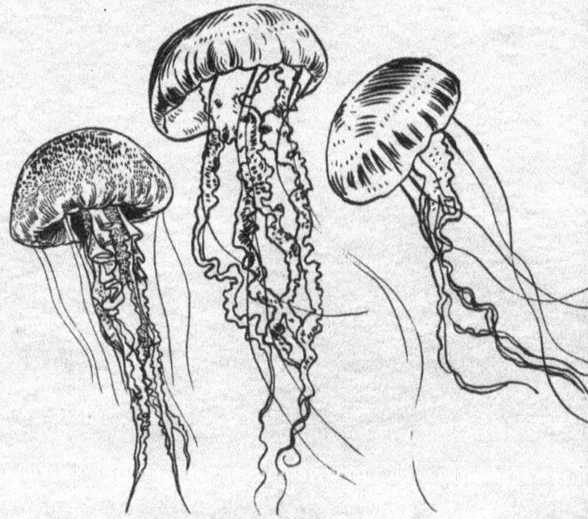

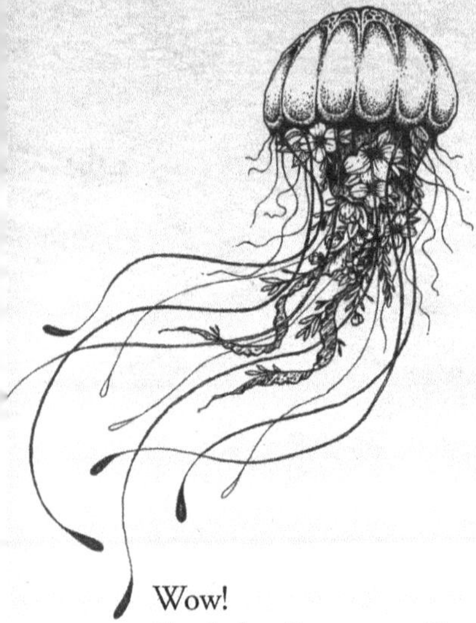

Danke

Wow!
Ihr habt die ganze Geschichte gelesen und wollt euch jetzt auch noch die Danksagung antun? Ihr habt Durchhaltevermögen. Das gefällt mir! :-)

Die Tatsache, dass ihr dieses Buch in euren Händen haltet, ist alles andere als selbstverständlich. Dass dieses Buch lektoriert, korrigiert, gesetzt und gedruckt auf eurem Nachttisch liegt, habt ihr definitiv nicht nur mir kleiner Autorin zu verdanken.

Zuallererst möchte ich mich bei meiner Schwester bedanken, der ich dieses Buch auch gewidmet habe. Mit ihr habe ich die Geschichte von Henry und Max gemeinsam erarbeitet. Ihre Idee waren zum Beispiel die Max-Kapitel, die ich als unglaublich wichtig für dieses Buch erachte. Und sie hat mich im Laufe des Schreibprozesses immer weiter angefeuert. Das war auch bitter nötig.

Dann danke ich Patrick und Emil, meiner Familie, die während meiner Schreibphasen immer besonders zurückstecken und sich zudem auch noch mein Gejammer anhören müssen. Höchststrafe. :-)

Ein weiterer Dank geht an Justine Pust (einigen bekannt als @justine_thereadingmermaid), diese blauhaarige, wunderbare Frau hat mich dazu ermutigt, mein Exposé an den Drachenmond Verlag zu schicken.

Und dort erreichte es die wundervolle Astrid, die Mutter aller Drachen, die mir und meiner Geschichte ein Heim geschenkt hat. Danke, Astrid, für dein Vertrauen in mich und in meine Quallen-Geschichte.

Ich möchte auch noch einige weitere Namen nennen. Freund*innen, Testleser*innen, Sensitivityreader*innen, die mir teilweise schon seit Jahren zur Seite stehen und mir mit ihrem Wissen, ihrer Erfahrung und ihrer Meinung helfen:

Anke, Bianca, Diana, Fred, Ina, Juli, Julia, Liam, Leo, René, Rica.

Ein besonderer Dank geht an Alexandra, mit der ich meinen Plot besprochen habe und die mir direkt am Anfang Tipps gegeben und wertvolle Vorschläge gemacht hat. Dank ihr habe ich meinen Plot Mathilda betreffend tatsächlich noch mal komplett überdacht und überarbeitet. Nun mag ich ihn noch lieber. :-)

Danke auch an alle Buchbotschafter*innen, Blogger*innen und jeden einzelnen Menschen auf Instagram und Facebook, der Werbung für mein Buch gemacht hat und noch immer macht.

Danke fürs Lesen, fangirlen, liken, teilen, in die Kamera halten, weiterempfehlen!

Danke an Nina Hirschlehner von NH Buchdesign für das Cover. Ich mag es wirklich sehr!

Danke an Saskia Weigelt (@sasuart) für die Illustration meiner beiden Protagonisten vor dem Quallenaquarium. Einfach traumhaft schön!

Danke am Mira Manger für das bereichernde Lektorat und die vielen motivierenden Kommentare, die genau im richtigen Moment kamen.

Und zu guter Letzt:

Danke an euch!
Danke, dass ihr *Was wir von Quallen lernen können* gelesen habt.
Danke für eure Unterstützung!
Ich freue mich über jede Rezension, jeden Beitrag in den Sozialen Medien und jede persönliche Nachricht.
Das tue ich wirklich!
Also scheut euch nicht, mich anzuschreiben.

So erreicht ihr mich:
Instagram: @katharina.wolf.autorin
E-Mail: feedback@katharina-wolf.com

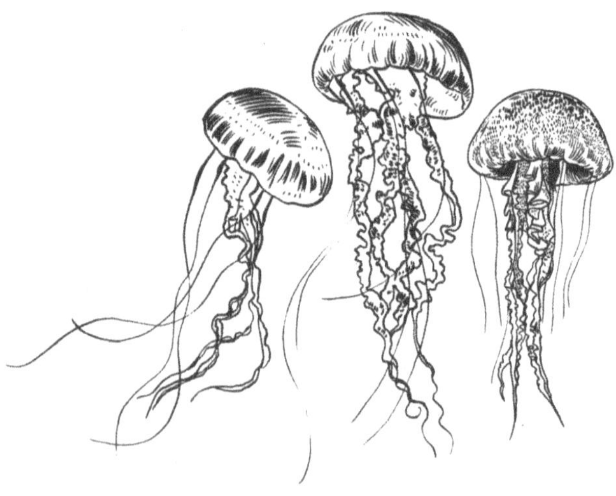

Triggerwarnung

Trauer, Tod, Alkohol

In dieser Geschichte geht es unter anderem um Max.

Max kämpft mit seiner Vergangenheit, da er seine Eltern in einem Feuer verloren hat und sich dafür die Schuld gibt. Er trauert und ist von Verlustängsten geplagt. In dieser Trauerbewältigung neigt er zu ungesundem und teilweise selbstzerstörerischem Handeln, wie zum Beispiel zu übermäßigem Alkoholkonsum.

Menschen, die manchen Auslösereizen lieber aus dem Weg gehen wollen, haben nun die Möglichkeit, selbst du entscheiden, ob sie diese Geschichte lesen möchten oder lieber nicht.

Passt auf euch auf.

Mira Manger

All The Things That Matter

ISBN: 978-3-95991-761-2, Klappenbroschur, EUR 14,90

Austin und Vic – Eine turbulente Liebesgeschichte in Seattle, der berühmten Emerald City – fesselnd, gefühlvoll und voller Geheimnisse.

Vic kann es kaum erwarten, ihr Studium an der University of Washington endlich zu beenden – im luxuriösen Verbindungshaus der Schwesternschaft Alpha-Omega-Alpha hat sie sich nie wirklich zugehörig gefühlt. Doch dann trifft sie auf den Youtuber Austin, der mit seiner ruhigen und besonnenen Art schneller einen Weg in ihr Herz findet als gedacht. Als Vic auch noch ein verlockendes Jobangebot winkt, scheint es plötzlich tausend gute Gründe zu geben, in Seattle zu bleiben, Austin allen voran. Allerdings wird schnell klar, dass er nicht ganz ehrlich zu ihr ist. Er verstrickt sich immer wieder in widersprüchlichen Aussagen und hält sie auf Abstand. Was verschweigt Austin ihr? Kann Vic ihm überhaupt vertrauen? Oder liegt ihre gemeinsame Zukunft bereits in Scherben?

Ina Taus

Bullshit Bingo – Das Spiel beginnt

ISBN: 978-3-95991-868-8, Klappenbroschur, EUR 14,90

Endlich ist Haley Studentin an der Penn University und lebt ihren Traum. Doch dann verliert ihr Vater seinen Job und sie weiß nicht, wie sie in Zukunft die Studiengebühren und ihr Zimmer im Wohnheim bezahlen soll. Als sie erfährt, dass die Mitglieder der »Crossbones« – eine Studentenverbindung – seit Jahren in einem geheimen Spiel gegeneinander antreten, scheint »Bullshit Bingo« die Rettung für Haley zu sein.

Nachdem sie der Verbindung beigetreten ist, wartet allerdings bereits die nächste Schwierigkeit: Adam Carter, ihr ehemaliger Nachbar und der Mensch, dem sie gern weiterhin aus dem Weg gehen möchte. Doch leider ist das nicht so einfach, denn Adam ist ebenfalls Verbindungsmitglied und wirklich hilfreich beim Lösen der gestellten Aufgaben. Je länger die beiden zusammenarbeiten, desto klarer wird, dass sie zwar ein Spiel gewinnen, aber möglicherweise auch ihr Herz verlieren könnte ...

Jessica Wismar

Love me snowly

ISBN: 978-3-95991-712-4, Klappenbroschur, EUR 14,90

Urlaub im schneebedeckten Österreich … so hatte sich Elina die Winterferien eigentlich nicht vorgestellt. Um einem ungebetenen Gast aus dem Weg zu gehen, schließt sie sich spontan einem Skitrip an. Abenteuer, Spaß und unbegrenzte Freiheit sind genau das, was Elina gerade braucht. Mitten im Schnee lernt sie neue Freunde kennen – und Noah. Attraktiver, als ihm – und ihr – guttut. Sie kommt ihm näher, als sie sollte, denn eine Beziehung ist das Letzte, was sie will.

Doch während ihr Kopf das einsieht, scheint ihr Verstand irgendwo auf der Piste verloren gegangen zu sein. Und ihr Herz gleich mit! Als dann auch noch der Barmann Santino in ihr Leben tritt und Elina gefällt, was sie hinter seiner schroffen Fassade entdeckt, ist das Chaos perfekt.

Mariella Heyd

No Pain, No Gain – No Love

ISBN: 978-3-95991-379-9, Klappenbroschur, EUR 14,90

Endlich raus aus ihrem alten Leben!

Die heiß ersehnte Studienzusage der University of Michigan erlaubt es der 19-jährigen Harper, von ihrer kaputten Familie fortzukommen.
Jetzt soll alles anders werden. Sie konzentriert sich aufs Lernen und gönnt sich keinerlei Ablenkungen. Zumindest ist das der Plan. Dummerweise läuft ihr jedoch immer wieder ihr ebenso chaotischer wie attraktiver Mitstudent Maxwell über den Weg.
Und dann ist da auch noch ein störrischer Teenager, der ihre Hilfe braucht.
Kurz: Ihr Studium verläuft schon bald ganz anders als geplant ...